Liebe will nicht

Von Alica H. White

Buchbeschreibung:

Mein Körper ist ein Verräter, bemerkt Lea erschrocken, als sie Tim begegnet. Der atemberaubende Coach flirtet ungeniert mit ihr, während sie mit ihren Freundinnen ein Fitnessstudio besucht. Doch Lea ist bereits verlobt. Den Traum von der eigenen kleinen Familie möchte sie um alles in der Welt bewahren. Leider scheint auch das Schicksal ein Verräter zu sein, da sich der geheimnisvolle Tim kurz darauf als ihr Chef entpuppt. Auf einer Dienstreise lässt er Lea hinter seine Fassade blicken. Leas Gefühle sind kaum noch zu beherrschen, genauso wie ihre Angst, denn Tim ist ein Frauenjäger und behauptet von sich, er kann nicht lieben.

Liebe will nicht

von Alica H. White

1. Auflage, 2021

© 2021 Alle Rechte vorbehalten.

Herstellung und Vertrieb:

BOD - Books on Demand, Norderstedt

Cover: © Kooky Rooster

Unter Verwendung von: Shutterstock Bildmaterial

Lektorat/Korrektorat: Kooky Rooster

ISBN: 9783753407951

Kapitel 1 Rätselhaft

Der Hauch ehrlicher Anstrengung streifte Leas Nase, als sie mit ihren Freundinnen das Fitnessstudio betrat. Der Duft war gemischt mit jenem von neuem Kunststoff. Er wurde untermalt vom leisen Klacken der Kraftgeräte, auf denen die Sportler im unregelmäßigen Takt vor sich hin schnauften.

Unschlüssig stand die Gruppe im edlen Empfangsbereich und sah sich ehrfürchtig um. Lea überlegte, ob sie nicht einen der fetten und gemütlich aussehenden Ledersessel ausprobieren sollte, da sprang schon eine attraktive und unglaublich schlanke Frau auf sie zu und streckte ihnen nacheinander die Hand entgegen.

»Guten Tag, ich bin Uta, die Leiterin des Studios, und freue mich, dass ihr den Weg zu uns gefunden habt. Seht euch um, probiert alles aus, lasst euch alles zeigen«, sagte sie mit einem warmen Lächeln, während sie mit einer ausladenden Handbewegung durch die großzügige Halle deutete. »Ihr könnt euch auch einen Sekt dort nehmen«, forderte sie sie und ihre Freundinnen auf.

Die Köpfe der vier Frauen schwenkten gleichzeitig zu einem geschmückten Tisch, auf dem die Reste einer Champagnerpyramide zu erkennen waren.

»Für Fragen stehen euch die Trainer dort zur Verfügung. Die meisten von ihnen arbeiten hier. Bei ihnen könnt ihr dann auch den Vertrag ab-schließen«, ergänzte sie mit einem Augenzwinkern und wandte sich ab.

»Da wäre ich gerne dabei gewesen, als die Pyramide eingeschenkt wurde. So was hab ich noch nie gesehen«, raunte Karina Lea ins Ohr.

»Aber jetzt wird die köstliche Prickelbrause leider warm sein«, erwiderte Lea nickend.

»Der Sekt ist sicher schon warm, lasst euch einen frischen einschenken«, bemerkte Uta, die sich nochmals umwandte.

Lea zuckte zusammen. Sie fühlte, wie ihr das Blut in den Kopf stieg und sah vor ihrem inneren Auge die roten Flecken am Hals, die sie immer bekam, wenn ihr etwas peinlich war. »Nein, nein, nicht vor dem Training«, gab sie eilig zurück. »Kommt Mädels«, forderte sie ihre Freundinnen auf, »wir ziehen uns erst mal um.«

»Ooooch ... lass uns doch vorher einen Sekt trinken«, murrte Manuela, die von ihren Freundinnen Manu genannt wurde.

»Ich weiß nicht, immerhin ist das hier vielleicht ein Studio meines zukünftigen Arbeitgebers«, erwiderte Lea.

»Aber nur vielleicht. Aber wir alle wissen, dass Lea ihre spitze Zunge nur schlecht zügeln kann, wenn sie auch nur eine winzige Menge Alkohol getrunken hat«, warf Frauke mit einem Augenzwinkern in die Runde.

»Willst du damit sagen, dass ich nicht so trink-feste Gene habe wie du mit deinem norddeutschen Blut?« Lea riss ihre Augen auf und musterte ihre

Freundin übertrieben skeptisch. »Du weißt doch, Alkohol macht das Training zunichte.«

»Gott bewahre!«, erwiderte Frauke mit erhobenen Händen.

»Also ich hätte auch Lust auf ein Schlückchen«, bemerkte Karina und ihre Freundinnen nickten zustimmend.

»Und außerdem hemmt Alkohol die Fettverbrennung«, ergänzte Lea mit Blick auf ihre Freundin, die ständig mit den Pfunden kämpfte. Sie seufzte, als sich die Gruppe trotz aller Warnungen auf den Weg zum Sektstand machte.

Sofort kam einer der Trainer auf sie zu und nahm die Sektflasche aus dem Kühler in die Hand.

Lea stockte der Atem. Dieser Kerl war atemberaubend attraktiv. Sportliche Figur, ohne übertriebene Muskelpakete. Dunkle Haare, etwas länger, zwei große dunkelgrüne Augen, die sie übermütig anfunkelten.

Um ihre blitzartig aufsteigende Nervosität zu mindern, griff sie schnell zu einem der Sektgläser, die der heiße Typ einschenkte. Es war geradezu lächerlich, dass sie wie ein pubertierender Teenager auf diesen Mann reagierte.

Er lächelte sie an und ihre Blicke verbanden sich sekundenlang. In ihrem Bauch begann ein Kribbeln, das bis hoch in ihre schon wieder erblühten Flecken zog. Was war nur los mit ihr? Lea senkte den Kopf und starrte verlegen auf den goldschimmernden Sekt, in dem feine Blasen aufstiegen. Sie nahm einen großen Schluck von dem funkelnden Getränk und drehte anschließend verlegen das fast leere Glas in der Hand.

»Oh, schon fast leer. Schmeckt er dir? Darf ich noch etwas nachschenken?«

Sie schaute auf. Es fiel ihr schwer, dem gewinnend lächelnden Blick des Trainers standzuhalten. Vor Aufregung bildete sich ein Kloß in ihrem Hals. Verzweifelt versuchte sie, ihn hinunterzuschlucken. »Nein danke«, krächzte sie mit energischem Kopfschütteln und räusperte sich verlegen.

Verdammt. Niemand sollte merken, dass sich ihre Atemfrequenz erhöht hatte. Vor allen Dingen nicht dieser Kerl, der sie unverhohlen weiter musterte. Nein, er zog sie mit Blicken aus.

»Zu viel Alkohol macht nur die Trainingswirkung zunichte«, fügte sie, möglichst gelassen, hinzu und drehte sich zu den Mädels um. »Lasst uns umziehen gehen«, forderte sie ihre Freundinnen auf, um endlich der Situation zu entkommen.

Diese murmelten unwillig so was wie »nicht so schnell«, »man kann den Sekt ja gar nicht genießen« und »hetz doch nicht so«. Aber das war Lea egal, sie stürzte den restlichen Inhalt ihres Glases runter, schwang die Sporttasche über die Schulter und folgte dem Schild ›Umkleidekabinen‹.

»Was war das denn?«, fragte Karina Lea, als die Tür hinter ihnen ins Schloss fiel. Sie war die Sensibelste der vier Freundinnen. Lea hatte immer den Eindruck, dass ihre Freundin schon kleinste Schwingungen ihrer Stimmung wahrnehmen konnte. Und sie mochte es gar nicht, wenn sie das

Gefühl hatte, dass sie durchschaut wurde. Es war schon mehr als peinlich, wie ihr Körper auf den Typen reagierte. Das mussten ihre Freundinnen nicht auch noch mitbekommen.

»Was?«, fragte sie daher ungeduldig.

»Na das zwischen diesem extrem heißen Trainer und dir? Man konnte die Luft zwischen euch knistern hören.«

»Was du dir immer so einbildest. Du weißt doch, dass ich verlobt bin«, erwiderte Lea giftig.

Karina zuckte zurück. »Immer schön ruhig bleiben, Süße«, bemerkte sie mit erhobenen Händen.

Auch die anderen beiden Mädels schauten Lea verblüfft an.

»Können wir uns jetzt vielleicht umziehen? Schließlich sind wir nicht zum Männeraufreißen hier«, brummelte die genervt.

»Nein, das sowieso nicht. Aber du musst zugeben, dass hier echt heiße Trainer am Start sind«, setzte Karina nach.

»Na, dann schnapp dir doch einen und lass mich in Ruhe«, murmelte Lea, während sie umständlich in ihrer Tasche kramte.

»Wow, so großzügige Umkleidekabinen und Spinde habe ich sonst noch nirgendwo gesehen«, versuchte die harmoniebedürftige Frauke, die Unterhaltung wieder in harmonischeres Fahrwasser zu bringen.

»Ja, nicht wahr? Es ist ja auch eine Nobelkette.« Lea lächelte stolz, als wäre die Kette schon ihr Arbeitgeber. »Hier im Ort stand das allererste

Studio, dies hier. Es wurde frisch umgebaut und renoviert.«

»Und wie viele Filialen haben die bis jetzt?«, fragte Manuela und band sich ihre Haare hoch.

»Hm, weiß ich gar nicht.« Lea schürzte die Lippen. »So an die fünfzig Studios sind es sicher.«

»Nicht schlecht, nicht schlecht«, murmelte Manu. Sie hatte sich aufs Umziehen konzentriert und war schon fix und fertig.

»Da verdienst du sicher gut, wenn du die Stelle bekommst«, meinte Karina. Sie war als einzige der Mädels nicht berufstätig und kümmerte sich ausschließlich um ihre Familie.

»Ja, ich hoffe. Das muss ich auch. Inzwischen steht fest, dass Thorsten seine Stelle verliert. Weiß der Himmel, wie lange es dauert, bis er etwas Neues hat.«

»Jep, es ist wahrlich nicht einfach, eine vernünftige Stelle zu bekommen. Ich weiß, wovon ich rede«, bestätigte Frauke mit einem leisen Seufzen und setzte sich auf eine Bank.

Eine Weile ging die Unterhaltung über den Arbeitsmarkt und ihre Probleme weiter, bis sie zusammen voll motiviert aus der Umkleide traten.

Leas Hände wurden feucht, als der Trainer von vorhin direkt auf sie zukam. Sofort stieg die Hitze erneut in ihr auf, diesmal bis über die Ohren. Am liebsten wäre sie umgedreht und wieder zurück in die Umkleide gestürzt, aber diese Blöße wollte sie sich nicht geben. Was hatte sie denn nur? Sie war doch sonst nicht so schüchtern.

Lea vermied den Blickkontakt und las sein Namensschild. ›Tim‹ stand darauf. Wie eingeschüchtert suchte sie Schutz hinter ihren Freundinnen, aber Tim ließ sich nicht beirren. »Kann ich euch irgendwie helfen?«, sagte er zwar, sah aber nur dabei Lea an.

Jetzt lag wieder dieses magische Flirren zwischen ihnen, das die Aufmerksamkeit ihrer Freundinnen auf sie lenkte. Wie peinlich. Verzweifelt versuchte Lea, Speichel in ihrem Mund zu sammeln und hinunterzuschlucken. Aber die Zunge klebte gnadenlos am Gaumen. Am liebsten hätte sie ihn angeblafft, dass er sich verkrümeln soll. Während sie Luft holte, irrte ihr Blick umher und hielt bei ihren Freundinnen. »Nein danke, wir finden uns sicher auch so zurecht«, versicherte sie eilig.

Aber ihre Kameradinnen dachten nicht daran, mitzuziehen und nickten Tim zu.

»Mich interessieren die Fatburnerkurse«, meinte Karina.

»Ich würde mir gerne die Geräte ansehen«, bat Manuela.

»Habt ihr auch einen Kursplan?«, kam von Frauke.

›Mann, die sind doch sonst so sensibel‹, dachte Lea. ›Merken die denn nicht, wie unangenehm mir die Anwesenheit dieses Trainers ist?‹

»Natürlich haben wir einen Kursplan«, antwortete Tim zuerst Frauke und zeigte Richtung Tresen. »Und drei Kursräume sowie einen Spinningraum«, ergänzte er mit Blick auf Karina.

»Die Geräte zeigt dir Thomas«, erklärte er mit Blick auf Manuela. Er hielt einen gut aussehenden jungen Mann, der gerade vorbeiging, am Shirt fest. Der lachte sympathisch, als Tim ihm auf die Schulter klopfte und Manuela lächelte zufrieden.

»Über unser Schlankheitsprogramm unterhältst du dich am besten mit Uta persönlich. Sie hat früher 20 Kilo mehr gewogen.« Karinas Blick hellte sich auf und ihre Augen begannen zu leuchten. Zielstrebig steuerte sie auf Uta zu.

Jetzt stand Lea allein mit Tim. Seine Augen durchbohrten sie, während um den Mund ein arrogantes Lächeln spielte. Anscheinend hatte er sein Ziel erreicht. Der Kerl war der Prototyp eines Aufreißers. So viel war sicher.

Lea konnte solche Typen nicht ausstehen und wich seinem Blick aus. Warum nur raubte er ihr weiter den Atem?

»Und du? Was kann ich dir zeigen? Verrätst du mir, wie du heißt?«

Seine sanfte, tiefe Stimme fuhr ihr durch Mark und Bein. Sie musste tief Luft holen, bevor sie sich besann. »Bikram-Yoga, mich interessiert das Bikram-Yoga.«

Er musterte sie so aufmerksam, dass sie sich geradezu nackt fühlte. Was sollte sie nur dagegen tun? Ihren Namen würde sie ihm auf keinen Fall verraten.

Immer wieder hatte sie in ihrem Leben mit Ängsten kämpfen müssen, viele davon hatte sie überwunden. Im Laufe der Jahre hatte sie gelernt, die Phobien, die Andere nicht sehen sollten, mit ihrer ›großen Klappe‹ zu überdecken. Das vorgetäuschte Selbstbewusstsein beeindruckte viele Gegner und sie hielten sich zurück.

Offensichtlich klappte diese Strategie bei Tim nicht. Dieser Kerl machte sie sprachlos. Möglicherweise lag es daran, dass er überhaupt keine greifbare Gefahr darstellte, sondern nur ein komisches Gefühl in ihr auslöste. Was sollte von ihm auch für eine Gefahr ausgehen? Lea beschloss, nicht weiter darüber zu grübeln, als der Trainer sie aufforderte, ihm zu folgen.

Dieser Mann bewegte sich mit einer unglaublichen Eleganz. Sie konnte beobachten, wie er die Blicke der Kunden und Angestellten auf sich zog, während sie den Kursraum ansteuerten. Auch sie war mit ihren langen blonden Locken eine attraktive Erscheinung. Aber solch schmachtende Blicke wie er, hatte sie noch nie geerntet.

Der Raum, den sie betraten, hatte eine Fensterwand mit einem Milchglasstreifen bis auf Sichthöhe. Als Tim die Tür öffnete, wehte ein winziger Hauch seines Duftes zu ihr herüber. Der Geruch von Sandelholz, gemischt mit einer guten Portion Testosteron, ließ ihre Knie weich werden. Die Krux war, wenn sie jetzt tief einatmete, um sich zu sammeln, würde sie eine noch höhere Dosis dieser teuflischen Mixtur abbekommen. Also hielt sie die Luft an und schritt durch die Tür.

Krachend fiel diese hinter ihr ins Schloss. Lea zuckte zusammen, als wäre sie in der Falle. Sie befanden sich in einem Raum mit Spiegelwänden und Ballettstange. In einer Ecke waren Aerobic

Steppbretter gestapelt. Der Raum wurde offensichtlich auch zum Tanzen genutzt.

»Diesen Raum kann man auf vierzig Grad temperieren. Genau richtig für Hot-Yoga, um schön ins Schwitzen zu kommen. Badebekleidung ist übrigens Pflicht. Eine wirklich heiße Sache, nicht wahr?«, raunte er, während er sich leicht zu ihr neigte. Abermals fixierte er sie, wie ein Raubtier seine Beute. Sie vergaß zu atmen und wich einen Schritt zurück, bis sie von der Wand gebremst wurde.

Mit dem Rücken an der Wand kam endlich ihr Mut zurück. »Okay, Gott sei Dank hast du dir das: ›so heiß wie du‹ verkniffen«, konterte sie mit innerem Jubel. Plötzlich war es ihr auch möglich, seinem durchdringenden Blick standzuhalten.

Tim stutzte und lachte auf. »Du bist gut!«, schnaubte er. »Aber ob du's glaubst oder nicht, genau das habe ich gerade gedacht.«

Lea traute sich nicht mitzulachen, entspannte sich aber. Seine Reaktion verlieh ihm eine ganz andere Ausstrahlung, viel wärmer, weniger gefährlich.

Dann wandelte sich sein Gesichtsausdruck und zeigte ein gefälliges Grinsen. »Du bist wirklich verdammt heiß«, raunte er dunkel.

Wieder verhakten sich ihre Blicke, diesmal wandte Lea den Blick nicht ab. Tim schluckte und sekundenlang sagten sie beide gar nichts. Lea beobachtete seine Mimik, die zwischen Ernst und Lächeln abwechselte. Sie bekam eine Gänsehaut und es kribbelte in ihren Magen.

›Bloß raus hier‹, schoss ihr durch den Kopf, aber da war es schon zu spät. Tim hatte sie energisch, aber sanft gepackt. Ein Griff, der klar machte, dass er es gewohnt war, zu bekommen, was er wollte. Mit halbgeschlossenen Augen, die sie dennoch fixierten, senkte er seinen Mund auf ihren.

Lea war wie hypnotisiert. Ihre Knie wurden weich, der Atem stockte. Sie wusste selbst nicht wie ihr geschah, als sie die Augen schloss und sich dem Kuss ergab. Sie musste ihn einfach kosten.

Er schmeckte nach purer Sünde. Als er bemerkte, dass sie seine Zärtlichkeit erwiderte, zeigte er ganz offen seine Begierde. Lea konnte es nicht verhindern, dass ihr Feuer entfacht wurde. Sie ließ es zu und ihre Zungen fingen an, wild miteinander zu spielen. Eine Gänsehaut kribbelte über ihren Körper, als sie seine Hände spürte, die leidenschaftlich ihren Rücken streichelten.

So verdrängte sie alle Hemmungen. Mit einem leisen Seufzen ließ sie sich in den Moment ziehen. Und für einen kurzen Augenblick fühlte sie so etwas wie Glück, wurde federleicht. Der Kloß im Magen wurde zu tausend flatternden Schmetterlingen, die an unsichtbaren Fäden in ihrem Unterleib zogen. Dort fing es gewaltig an zu brodeln. Sie war drauf und dran, die Zeit zu vergessen. Dieser Mann war brandgefährlich ...

Brandgefährlich. Das Wort ließ sie wieder zu Bewusstsein kommen. Was machte sie da eigentlich? Wie konnte sie einfach einen Fremden küssen? Das war doch sonst nicht ihre Art! Erschreckt über sich selbst, stieß sie ihn zurück.

Der verdutzte Tim rang um Atem.

»Entschuldigung«, presste er hervor.

Lea fasste sich an den Mund, als könnte sie ihre Entgleisung einfach wegwischen. »Ich muss jetzt«, murmelte sie zerstreut, wandte sich ab und stolperte zum Ausgang.

Als sie an der Tür war, blickte sie noch einmal kurz zurück und sah, wie sich Tim gedankenverloren durchs Haar strich. Er hob den Kopf und öffnete den Mund, als wollte er etwas sagen. Doch Lea kniff die Lippen zusammen und stürmte aus dem Raum.

Nervös suchte sie eine ruhigere Ecke – hoffentlich folgte er ihr nicht hierher – und atmete tief durch. Was sollte sie jetzt nur tun? Bitte, diesem Kerl nicht noch einmal begegnen. Aber zu ihren Freundinnen rennen und sie aus dem Studio zerren, kam in dem Zustand auch nicht infrage. Gehetzt sah sie sich um und verschwand hinter der nächstbesten Tür zum Spinningraum.

Gott sei Dank, hier war sie allein. Sie stellte ein Fahrrad auf ihre Größe ein, schwang sich auf den Sattel und fing wie eine Wilde an, zu strampeln. Ohne Aufwärmphase war natürlich schnell die Luft knapp, aber sie trat energisch weiter in die Pedale. Ihre Muskeln fingen an zu schmerzen. Sie ignorierte das und strampelte gegen den Schmerz und ihre Gefühle an, als könnte sie ihnen entfliehen.

Erst als die Lunge schmerzte und sich im Mund ein metallischer Geschmack breitmachte, verringerte sie das Tempo. Schweißtropfen liefen an ihrer Stirn herunter und brannten in den Augen. Die Schläfen pochten in hoher Frequenz. Lea nahm ihr Handtuch, wischte sich die Stirn und verringerte den Tretwiderstand.

Sie schüttelte den Kopf. Wie konnte man sich von einem dämlichen Kuss so vollkommen aus dem Konzept bringen lassen? Das war doch der reine Wahnsinn!

Hier würde sie mit Sicherheit keinen Vertrag abschließen. Diesem Mann wollte sie nicht mehr begegnen. Überhaupt, was der sich einbildete, eine Kundin anzugraben. Sie schüttelte den Kopf über seine fehlende Professionalität.

Da öffnete sich die Tür und Tim kam herein. Wie ein begossener Pudel stand er da und räusperte sich.

Lea schluckte. »Was kommt jetzt noch? Verschwinde! Sonst werde ich mich über dich beschweren!«, schimpfte sie. Ihr Kopf drohte zu platzen. Doch dann stellte sie fest, dass er zurückzuckte.

»Ich wollte mich entschuldigen. Mein Verhalten eben war völlig unprofessionell. Ich weiß auch nicht, was da in mich gefahren ist. Ich konnte einfach nicht widerstehen ... ich ...«, stammelte er und fuhr sich durchs Haar.

»Halt Stopp! Sie reden sich gerade um Kopf und Kragen. Sie können froh sein, wenn ich nicht zu Ihrer Vorgesetzten gehe.«

»Ja, Sie haben vollkommen recht. Ich kann mich nur wiederholen. Entschuldigung, ehrlich«, beteuerte er und hob beschwichtigend die Hände.

Lea nickte.

»Aber hier ist es eigentlich üblich, sich zu duzen«, bemerkte Tim heiser.

»Sie können wohl nicht locker lassen? Ich kann Ihnen nur raten, endlich Ruhe zu geben. Sonst werde ich bei meinem Vorstellungsgespräch ein paar Takte zu diesem ›noblen‹ Schuppen hier sagen«, schimpfte sie und betonte ›noblen‹ mit Finger-Gänsefüßchen.

»Beim Vorstellungsgespräch? Sie haben sich bei uns beworben?« Tims Augen weiteten sich. »Darf ich fragen, in welchem Bereich?«

»Das geht Sie nichts an.«

»Okay«, murmelte er und nickte, während er aus dem Raum schlich.

»Geht doch«, flüsterte Lea ihm unhörbar hinterher und atmete erleichtert durch.

Kapitel 2 Warum nur?

Tim schloss die Tür des Spinningraums hinter sich und stand einen Moment unschlüssig herum. Er wäre gern schneller bei dieser faszinierenden Frau gewesen, um sich zu entschuldigen, aber die verräterische Beule in seiner hautengen Sporthose hatte ihn daran gehindert. Ihm war schon viel passiert. Er hatte unzählige Flirts hinter sich, aber einen solchen Kontrollverlust hatte er noch nie erlitten. Und das auch noch bei der Arbeit! Diese Frau hatte recht, unprofessioneller ging es wirklich nicht mehr.

Er ging zum Wasserspender, um seine trockene Kehle zu befeuchten. Hier hatte er die Wahl zwischen verschiedenen Geschmacksvarianten. Er nahm das einfache, klare Wasser. Ablenkungen jeglicher Art sollte er jetzt tunlichst vermeiden, denn sein Kopf musste wieder klar werden. Nachdenklich ließ er die kalte Flüssigkeit im Mund hin und her laufen, bevor er sie die Kehle hinunterschickte.

Nachdem die Frau aus dem Kursraum geflohen war, hatte er dem Bedürfnis nachgegeben, den blutleeren Kopf gegen die Wand zu schlagen. Leider hatte das keine Erleichterung gebracht.

Und dann die vernichtenden Blicke seines Freundes Marc. Der hatte sicher mitbekommen, wie sie aus dem Kursraum gestürmt war.

19

Wie ein Engel sah sie aus, mit dem langen blonden Haar und den wunderschönen blauen Augen. Ihr Blick, der so viele Widersprüche in sich barg, hatte einen nachhaltigen Eindruck hinterlassen. In einem Moment schüchtern und warm und im nächsten frech und feurig. Er liebte Frauen, die geheimnisvoll und undurchsichtig waren. Wie gerne würde er all ihre Facetten kennenlernen. Stille Wasser sind tief, der Spruch galt hier bestimmt. Vermutlich schlummerte unter der anständigen Hülle ein brodelnder Vulkan. Eine Hitze, in der man sich verlieren und der Realität entfliehen konnte. Das waren kurze Momente des Glücks. Schöne Gefühle, wie er sie sonst nicht zuließ.

Aber darüber wollte er jetzt nicht grübeln, er wollte seine Konzentration lieber auf diese Frau richten. Bestimmt gehörte sie zu denen, die nicht so leicht zu gewinnen waren. Die süßen Früchte hingen hoch, aber das barg einen besonderen Reiz. Er badete im Siegesrausch, wenn seine Flirtbemühungen nach langem Werben von Erfolg gekrönt wurden. Dabei liebte er besonders dieses Gefühl von Exklusivität, dass ihn eine Frau ranließ, die nicht mit jedem flirtete. Wahrscheinlich gehörte sein blonder Engel dazu, sie hatte eine ganz besondere Ausstrahlung.

Er konnte die Sache drehen und wenden, wie er wollte, seine Konzentration war dahin. Diese Frau besetzte alle seine Gedanken, dabei kannte er nicht einmal ihren Namen. Er musste unbedingt mehr über sie herausfinden. Dafür bräuchte er nur die aktuellen Bewerbungen durchsehen. Wenn er ihre erst in den Fingern hatte, war es eine Kleinigkeit, eine Möglichkeit zu finden, um ihr näherzukommen. Es durfte ihn nur keiner dabei erwischen.

Mit dem Gedanken, jetzt in die Zentrale zu fahren und die Bewerbungen zu durchsuchen, spürte er schon wieder eine Regung im Unterleib. Es war verrückt. Bei praktisch jeder Frau überlegte er sich, ob er mit ihr schlafen wollte. Aber dieses Mal brauchte er nicht weiter nachdenken, die Sache war von vornherein klar gewesen.

Diese Frau musste er haben!

Auf dem Weg zu den Umkleidekabinen würde er sicher Marc begegnen. Der ließ dann sicher den Moralapostel heraushängen. Tim verdrehte die Augen. Ihm war klar, dass sein Verhalten oft unangemessen war. Leider hatte er sich mittlerweile eingestehen müssen, dass gar nicht anders konnte. Dabei wusste er selbst nicht, warum er das tat. Er wollte aber auch nicht drüber nachdenken. Nicht einmal über das, was ihn hinderte, darüber nachzudenken.

Fuck, da war Marc schon!

»Mensch Alter, was hast du denn da wieder für Mist gebaut? Du verjagst ja deine eigenen Kunden. Kannst du nicht ein einziges Mal dein Blut im Kopf behalten? Eigentlich müsstest du dich aus deinem eigenen Studio schmeißen«, foppte Marc und boxte Tim, stärker als rein freundschaftlich, gegen den Arm.

»Ach lass mich in Ruhe«, knurrte Tim und stieß ihn, wenig freundlich, zurück. Er hatte keine Lust auf eine Predigt von seinem Freund. Schließlich wusste er selbst, dass sein Verhalten zu wünschen übrig ließ.

Aber Marc blieb ihm auf den Fersen und folgte ihm bis zu den Umkleidekabinen. »Denkst du eigentlich auch mal daran, wie das mit deiner Frau war? Diese ewige Jagd bringt dich doch nicht weiter.«

»Spar dir deine guten Ratschläge. Das haben wir schon zu oft durchgekaut.« Jede Art von überzogener Moral war Tim zuwider und das wusste sein Freund. Er mochte diesen Zahlenfreak ja ungemein, nur seine engstirnigen Vorstellungen von Ehe und Treue waren für ihn nicht nachvollziehbar. Sein Seelenheil ging seinen Freund nichts an. Und die Frauen waren doch erwachsen, die wussten, was sie taten.

»Da hast du ganz schön blechen müssen«, hakte Marc nach.

»Mann Alter, du hast immer nur die Kohle im Kopf. Ich weiß, dass ich viel geblecht habe, okay? Wie könnte ich das auch vergessen? Aber ich versprech dir, einen solchen Fehler werde ich nie wieder machen. Ich bin für Beziehungen nicht geschaffen, geschweige denn für eine Ehe. Und jetzt lass mich bitte in Ruhe.«

»Du willst für immer allein bleiben? Deine Ehe ist doch nur in die Hose gegangen, weil du ständig fremdgegangen bist.«

»Du lässt nicht locker, oder? Mein Sexleben ist allein meine Sache«, knurrte Tim.

»Sag schon, könntest du damit leben, wenn *dich* deine Frau betrügen würde? Du musst doch auch eifersüchtig sein.«

»Das glaubst du mir nicht, oder? Ich kenne keine Eifersucht. Von mir aus hätte sie vögeln können, mit wem sie will, solange sie sich entsprechend schützt. Aber die Frage stellt sich nicht mehr ... und wird sich nie wieder stellen.«

Marc schüttelte den Kopf.

»Du weißt, ich bin nicht so, wie die Anderen«, bekräftigte Tim.

Marc klopfte ihm hart auf die Schulter. »Wenn ich dich nicht so gut kennen würde ... ich würde denken, du bist ein Arsch.«

Tim zuckte mit den Schultern. »Geh wieder arbeiten«, befahl er.

Tim hatte oft darüber nachgedacht, dass er in Sachen Treue nicht dem Standard entsprach. Aber was sollte er machen? Es war wie ein Zwang.

Ein Fremder betrat die Kabinen und Tim war froh, dass damit das Gespräch beendet war. Marc verkrümelte sich endlich. Doch ein schales Gefühl hatte der Appell an sein Gewissen hinterlassen.

Im Auto legte Tim die Stirn aufs Lenkrad. Wohin jetzt? In die Firma oder nach Hause.

Wie fremdgesteuert startete er den Wagen und fuhr zum Friedhof. Ein wenig allein sein, das half immer. Er liebte die friedliche Atmosphäre dort.

Der Kies knirschte unter seinen Schuhen. Eine leichte Brise ließ die Blätter der Bäume ein wenig rascheln, was seine Nerven beruhigte.

Mit gefalteten Händen fand er sich vor einem Grab wieder. »Es ist immer wieder schön, bei dir zu sein«, murmelte er mit geschlossenen Augen.

Nach einer Weile setzte er sich auf die kleine Bank unter der alten Eiche. Von hier aus konnte er auf das Grab sehen. Es war üppig mit bunten Blumen bepflanzt.

Tina Jaeger
Geboren: 26. Januar 1986
Gestorben: 24. Dezember 1993

– stand in großen goldenen Buchstaben auf dem Marmorstein.

Tim starrte lange auf das Grab, spürte das Blätterspiel von Licht und Schatten. »Ich bin froh, dass ich noch etwas spüren darf, ich danke dir dafür«, flüsterte er wie bei jedem Besuch.

Als er sich erhob, war bestimmt eine Stunde vergangen. Langsam schritt er zum nächsten Grab. Es lag am anderen Ende des Friedhofs. Diese Ruhestätte war ausschließlich mit Maiglöckchen bepflanzt.

Silke Jaeger
Geboren: 29. Juni 1958
Gestorben: 24. Dezember 2000

– stand auf dem Grabstein. Obwohl die Maiglöckchen davor nicht mehr blühten, hatte er ihren Duft in der Nase. Dadurch war ihm seine Mutter sehr nah, denn sie liebte den Geruch über alles. So hatte auch immer ihr Lieblingsparfüm gerochen …

»Hallo Mama, wie geht es dir heute da oben? Du duftest schon wieder so gut«, murmelte Tim vor dem Grab.

Immer, wenn es ihm schlecht ging, kam er zum Friedhof. Die Stille hier half ihm, Abstand zu gewinnen. Er starrte vor sich hin oder schloss seine Augen und hatte das Gefühl, dass Schwester und Mutter bei ihm waren. Zu gerne flüchtete er in seiner Fantasie mit den beiden in eine andere Welt, um seine innere Leere zu bekämpfen.

Aber heute funktionierte das nicht richtig, die Begegnung von vorhin besetzte immer noch seine Gedanken. Ihr wollte er gerade nah sein! Verwundert schüttelte er den Kopf und machte sich wieder auf den Weg.

Erneut sammelte er sich mit der Stirn auf dem Lenkrad. Es half alles nichts, er musste zum Angriff übergehen – jetzt. Entschlossen startete er den Wagen, wählte Marcs Nummer, und als er nicht abhob, die ihrer gemeinsamen Assistentin. »Hallo Miss Moneypenny, wie ist die Lage? Ist M. schon eingetroffen?«

»Ich heiße Eva.«

»Ja, natürlich. Schlechte Laune? Hilft es, wenn ich sage: Du bist ein Fest für meine Ohren?«

Eva seufzte. »Du hast Humor. Marc hatte eben schlechte Laune. Und wer hatte mal wieder etwas damit zu tun? Mr. Hunter – der Rächer der Ent-nervten. Marc hat sich beklagt, du hättest ihn einfach sitzen lassen, bei der Neueröffnung. Und *das* war nicht gerade ein Fest für meine Ohren.«

»Oh, stimmt, sorry. Musste dringend was erledigen«, murmelte Tim schuldbewusst.

»Was sollten das für Erledigungen gewesen sein, dass du nicht mal Marc Bescheid gibst?«

»Ach, er hat mich vorhin wieder angepisst, da hatte ich keine Lust.«

»Kann ich mir vorstellen. Er hat so was angedeutet ... Mensch Tim.«

»Grrr, nicht du auch noch!«, knurrte er.

»Also, rück schon raus ... was gibt's denn jetzt? Was willst du?«, fragte Eva ungeduldig.

»Schick mir doch mal alle aktuellen Bewerbungsunterlagen auf meine private Mailadresse.«

Er konnte Eva entrüstet nach Luft schnappen hören. »Hab ich richtig verstanden? Du willst wohl kaum zu Hause arbeiten, oder?«

»Ich würde sagen, das geht dich nichts an. Aber ich glaube, ich habe eine super Kandidatin für den Spezialauftrag«, versuchte er, sie zu beruhigen.

»Verstehe. Und welche Stellenausschreibung soll ich dir schicken?«

»Alle.«

»Hoffentlich missbrauchst du die Bewerbungen nicht für deine Spielchen. Mitarbeiter sind tabu!«, erinnerte ihn Eva im ernsten Ton.

»Würdest du es machohaft finden, wenn ich sagen würde: Zerbrich dir nicht dein hübsches Köpfchen darüber? Komm schon, Eva, so schlimm bin ich auch wieder nicht. Ich habe noch nie etwas zum Nachteil der Firma gemacht.«

»Außer heute.«

»Ich meine einen echten Nachteil. Ich würde so was nie bewusst tun.«

»Ist schon okay, ich schick dir sofort die Unterlagen. Kommst du heute noch mal rein?«

»Nein heute nicht mehr, komme gerade vom Friedhof, bin durch.«

»Oh ja, okay, dann sag ich Marc Bescheid.«

»Danke Miss ... äh ... Eva.«

»Gerade noch mal die Kurve gekriegt. Tschüss Tim.«

»Tschüss Eva.«

Er hörte das Piepen der unterbrochenen Verbindung und legte auf. Mit beiden Händen packte er fest das Lenkrad des Cayman, und checkte, ob die Verkehrslage eine höhere Geschwindigkeit zuließ. Entspannt lehnte er sich zurück und drückte allmählich das Gaspedal durch.

Was war es doch für ein grandioses Gefühl, wenn er durch die Beschleunigung fester an die Lehne gepresst wurde. Ein Stück weit konnte er sich so von der Realität entfernen. Aus den Augenwinkeln beobachtete er, wie die Landschaft immer schneller an ihm vorbeizog und fast wie ein Tunnel wirkte. Das war der Moment, in dem er dachte, er gehörte nicht mehr zu dieser Welt und sie nicht mehr zu ihm. Als die Tachonadel immer weiter, über zweihundert kletterte, fühlte er wieder dieses wohlige Kribbeln, das der Geschwindigkeitsrausch verursachte.

Ein perfekter Moment.

Doch die Verkehrslücke war nur klein und Tim musste zu schnell wieder seine Geschwindigkeit reduzieren. Dennoch war er dankbar für jeden Funken Gefühl, den er in sich auslösen konnte. Wenigstens hier klappte es heute noch, diese dumpfe Leere für einen kleinen Moment zu vertreiben.

Als er sein Haus betrat, empfing ihn die geliebte Stille. Seit seiner Jugend empfand er die Einsamkeit als Erholung. Niemand wollte etwas von ihm, niemand beurteilte, oder verurteilte ihn. Kein Krach, keine Wut, keine Tränen. Das hier war der einzige Ort, an dem er, er selbst sein durfte. Sein erster Weg führte ihn zum Kühlschrank. Die klärende Wirkung eines kalten Wassers brachte ihn etwas zur Ruhe.

Er setzte sich auf einen harten Küchenstuhl und konzentrierte sich auf seine Atmung, tief ein, tief aus. Er lebte und versuchte Dankbarkeit dafür zu empfinden.

Doch heute ploppten in seiner Einkehr Gedanken an diese Frau auf. Dass die ihn immer noch aus dem Konzept brachte, beunruhigte ihn. Er musste etwas dagegen unternehmen, und zwar möglichst bald.

So folgte er dem Impuls und ging in sein Büro. Ungeduldig fuhr er sein Laptop hoch. »Dann wollen wir mal sehen, ob wir dich finden meine Schönheit«, murmelte er, während er sich eine Bewerbung nach der anderen vornahm. »Auch nicht schlecht, ganz nett, du bist ja ein

Schnuckelchen ...«, murmelte er, während er sich durch die Fotos potentieller Mitarbeiterinnen klickte, »aber wo bist *du*, mein süßer Engel?«

Als ihm das ersehnte Bild unterkam, schlug sein Herz schneller. Das war sie! Genau so, wie er sie in Erinnerung hatte. Mit einem natürlichen Bild, in freier Natur geschossen. Ihre Augen strahlten ihn geradezu an. Ehrfürchtig strich er mit dem Finger über ihre Wange auf dem Bildschirm, als könnte er so Kontakt zu ihr aufnehmen.

Lange betrachtete er das Bild, bewunderte jeden Zug. Bis er das Gefühl hatte, ihr Gesicht wäre in sein Gehirn gebrannt.

Irgendwann griff er zum Handy. »Hallo Miss ...«

»Tim! Was willst du? Ich wollte gerade Feierabend machen«, unterbrach ihn Eva.

»Ich hab sie gefunden. Sie heißt Lea Kaiser und hat sich auf die Personalstelle beworben. Besser kann es doch nicht passen, oder?«

»Wie schön. Und jetzt?«

»Lädst du sie heute noch zum Vorstellungsgespräch ein? Sie kann doch sicher noch an die Bewerbungsrunde morgen drangehängt werden, oder?«

Er konnte hören, wie seine Mitarbeiterin am Telefon tief Luft holte. »Was an: ›Ich wollte gerade Feierabend machen‹ hast du eigentlich nicht verstanden? Ich habe schließlich auch ein Privatleben.«

Er nickte. »Okay, ich versteh schon. Aber das geht doch schnell. Frag einfach per Mail an ... bitte«, flehte er.

»Wer solch einen Chef hat, braucht keine Feinde«, grummelte Eva zur Antwort.

»Hoho, chill mal wieder, dafür kannst du morgen früher gehen, okay? Immerhin bist du meine Lieblingsassistentin«, beschwichtigte er.

»Ja, ist ja schon gut. Du hörst ja doch nicht auf zu betteln. Ich mach's«, brummte Eva genervt.

Tims Herz klopfte, sein Bauch kribbelte und sein Schwanz regte sich. Wann hatte er das letzte Mal so viel Freude und Aufregung gespürt? Er schüttelte den Kopf. Gott sei Dank konnte ihn keiner sehen. Hoffentlich klappte jetzt alles.

Kapitel 3 Mulmige Gefühle

»Du hast dein T-Shirt falsch herum an, Lea«, bemerkte Karina.

»Ups, ja ... bin ziemlich ausgepowert.« Schnell berichtigte Lea ihren Fehler. Hoffentlich merkte keiner, wie durcheinander sie noch war.

»Ich habe gesehen, wie du im Spinningraum wie eine Wahnsinnige gestrampelt hast. Wolltest du abheben?« Manuela klopfte ihr kumpelhaft auf die Schulter.

»Und dieses Trainerschnuckelchen, was wollte das von dir?«, fragte Karina.

Auf einmal standen alle um Lea herum. Die scheinbar unbeeindruckt weiter die Schnürsenkel ihrer Schuhe band, doch sie zog so fest daran, dass einer abriss. »Fuck!«, fluchte sie und warf das abgerissene Ende zu Boden.

»Was war denn nun mit dem?«, wollte nun auch Frauke wissen.

»Nichts, er hat mich angebaggert und ich hab ihm ein paar Takte dazu erzählt«, murmelte sie mit gesenktem Kopf, damit keiner etwas von ihren Gefühlswallungen mitbekam.

»Dann muss der ja ganz schön ausfallend geworden sein, wenn du so unter Dampf stehst. Willst du dich nicht über ihn beschweren?«, fragte Karina.

Lea schloss kurz die Augen. Karina und ihre Antennen ...

»Ach, das könnte nach hinten losgehen. Schließlich will ich bei der Kette arbeiten«, wiegelte sie ab. »Hier schließe ich jedenfalls keinen Vertrag ab. Das ist zu teuer und die Trainer ...«

Karinas Augen wurden zu Schlitzen. »Und die Trainer zu gefährlich ...?«

Lea stöhnte. »Können wir das Thema jetzt bitte beenden? Ich bin fertig, ihr auch?«

»Gehen wir noch zusammen einen Kaffee trinken?«, schlug Manuela vor.

»Ja, das finde ich auch gut. Ich hab diese Woche nämlich keine Zeit für unser SatV«, bemerkte Frauke.

Bei SatV handelte es sich um ihre regelmäßige Frauenrunde in einer Dorfkneipe. Ihre Gespräche dort erinnerten manchmal an eine bekannte Fernsehserie. In Anlehnung daran nannten sie das Treffen irgendwann ›Sex and the Village‹.

»Schon klar. Kaum hast du wieder einen Mann im Haus, sind deine Freundinnen Nebensache«, frotzelte Manuela.

»Nur keinen Neid, meine Lieben. Ich war lang genug allein. Elias hat uns einen Kurzurlaub gebucht und dafür gesorgt, dass seine Mutter auf die Kinder aufpasst. Mann, ich weiß überhaupt nicht mehr, wie es ist, etwas ohne die Kinder zu unternehmen. Ihr hattet es immer einfacher, einen Babysitter zu finden«, gab Frauke zurück.

»Schon gut Süße, war doch nur Spaß. Ich hab selbst keine Zeit«, beschwichtigte Ihre Freundin.

»Thorsten wird auch froh sein, wenn ich zuhause bleibe«, bemerkte Lea.

»Tatsächlich? Früher war das aber nicht so. Hockt ihr nicht viel zu viel aufeinander?«, wunderte sich Karina.

»Na ja, damals hat er ja auch lange gearbeitet und war froh, wenn er abends seine Ruhe hatte. Jetzt hat er viel Langeweile. Außerdem ... wenn ich jetzt bald Vollzeit arbeite ...«

»Und allein macht SatV für mich auch keinen Sinn. Dann ist es also entschieden: Lasst uns als Ersatz kurz auf einen Kaffee gehen«, ermunterte Karina ihre Freundinnen.

»Also Lea, wenn ich das richtig verstanden habe, willst du die Stelle, damit ihr die Hypothek für ein Haus abzahlen könnt, das dir nicht einmal anteilig gehört?«, fragte Manuela verwundert, als sie in der Kaffeerunde saßen.

»Na ja, ganz so krass würde ich das nicht sehen. Aber es stimmt schon, dass das Arbeitslosengeld von Thorsten und mein Teilzeitgehalt einfach nicht reichen. Ich sehe es mehr als notwendiges Übel, damit wir unser zukünftiges, gemeinsames Familiennest halten können. So gesehen ist es ja eine Investition für uns beide – und unsere Kinder.«

»Aber letzten Endes investierst du Geld, von dem du nichts wiedersiehst, falls ihr euch trennen solltet«, gab Karina zu bedenken.

»Dass ihr aber auch dauernd an Trennung denkt. Thorsten hat das Haus ja für uns gekauft, auch wenn wir uns da noch nicht so lange kannten. Und immerhin wollen wir ja jetzt auch heiraten.«

»Wenn man heiratet, denkt man immer, das hält ›bis dass der Tod uns scheidet‹. Aber die Statistiken sprechen für sich, und meine Erfahrungen passen«, gab Frauke zu bedenken.

»In Krisenzeiten lernt man sich erst richtig kennen. Da muss man zusammenhalten, sonst wird das sowieso nichts«, erwiderte Lea unbeeindruckt.

»Aber das klappt nur, wenn man ehrlich zu sich und dem Anderen ist«, ermahnte Karina.

»Ja, ja, ich kenne deinen Lieblingsspruch zur Genüge. Ist das Kreuzverhör jetzt beendet? Dann können wir bitte das Thema wechseln?«

Lea war genervt. Ihre Freundinnen mochten Thorsten nicht, weil er sich immer verkrümelte, wenn irgendjemand von ihnen am Horizont auftauchte. Doch sie hatte Verständnis dafür. Dieser Weiberkram war einfach nicht seine Sache. Sicher, auch Thorsten hatte seine Macken, und war vielleicht eine Spur zu konservativ, aber die große Gemeinsamkeit zwischen ihnen beiden lag eher im ausgesprochenen Familiensinn. Dafür liebte sie ihn, denn die Familie war Lea heilig. Und sie vergötterte Thorstens Sohn aus erster Ehe. Wie war sie doch damals beeindruckt, als sie den alleinerziehenden Vater kennenlernte, der so engagiert versuchte, Kind und Arbeit unter einen Hut zu bekommen. Da musste sie einfach helfen. Aber sie wünschte sich auch nichts so sehr wie eigene Kinder - am besten eine ganze Fußballmannschaft. Wenn Thorsten erst wieder Arbeit hatte, würde sie das Projekt in Angriff nehmen.

Gott sei Dank legten Leas Kameradinnen nun andere Themen auf den Tisch. Trotzdem war Lea nicht recht bei der Sache und beteiligte sich kaum an dem Gespräch. Immer wieder musste sie an die Begegnung mit Tim im Studio denken. Die Sache beschäftigte sie mehr, als sie vor sich selbst zugeben wollte. Ihre Freundinnen fragten sie mehrmals, warum sie so still war. »Ach nichts, bin einfach nur kaputt«, wiegelte sie ab.

Nach dem Kaffee zuhause angekommen, wollte der blöde Schlüssel nicht ins Loch. Warum war sie nur so fahrig? Was war es nur, das sie so aus dem Konzept brachte? Sie sehnte sich nach nichts mehr, als von Thorsten in den Arm genommen zu werden.

Doch als sie ins Wohnzimmer kam, lag der selig auf der Couch und schlummerte. Lea beschloss, ihn nicht zu wecken, und schlich nach oben. Vorsichtig schob sie den Kopf durch die Kinderzimmertür. Dort steckte Linus versunken Legosteine ineinander.

»Hallo mein Süßer, was machst du denn da Schönes?«

Linus zuckte ein wenig zusammen. Sein Gesicht hellte auf, als er Lea sah. Sie schmolz jedes Mal dahin, wenn er beim Lachen diese entzückende Zahnlücke präsentierte. »Hallo Lea. Ich bau eine Garage für meine neuen Rennautos.«

»Echt, du hast neue Autos?«, fragte Lea und trat ins Zimmer.

»Ja, guck.« Stolz hielt er seine zwei Autos in die Höhe. »Und eine Startrampe.«

»Wow! Woher hast du die?«

»Hat Papa mir gekauft, wenn ich ihn nicht störe. Papa ist müde. Er wollte schlafen.«

Lea wollte es sich nicht anmerken lassen, dass sie es missbilligte, wenn Thorsten seinen Sohn so lange unbeaufsichtigt ließ. Offensichtlich setzte ihm die Arbeitslosigkeit mehr zu, als er zugeben wollte. Vielleicht sollte sie mal mit ihm reden, dass es nichts brachte, wenn er sich gehen ließ.

»Hast du dich gut beschäftigt?«, fragte sie Linus, damit dieser nichts von ihren Bedenken bemerkte.

»Jaaa … Papa ist lieb.«

»Ja mein Schatz, das ist er. Hast du Hunger? Ich koch uns jetzt mal was Schönes, oder?«

»Jaaa! Pfannkuchen.«

»Okay, Pfannkuchen … weil du so artig warst.«

»Du bist auch lieb«, rief er, stand auf und schlang seine kleinen Arme um sie. Lea lächelte zufrieden und strich über den Kopf mit den blonden Kinderlocken.

»Jetzt musst du mich aber loslassen, sonst kann ich nicht anfangen«, bemerkte sie nach einer Weile lachend. Es rührte sie immer zutiefst, wenn Linus diese Anhänglichkeit zeigte, als hätte er Angst, dass sie wieder aus seinem Leben verschwinden könnte.

Sie beugte sich zu ihm herunter und gab ihm einen Kuss auf die zarte Kinderwange. Zur Belohnung bekam sie ein Zahnlückenlächeln.

»Boah, bin ich matschig«, knurrte Thorsten, als er in die Küche kam.

Lea befüllte die Pfanne gerade neu und stellte den Teller mit den fertigen Pfannkuchen in den Backofen. »Hallo Schatz, gut geschlafen?«

»Nein, das ist es ja.« Er trat näher und sah seiner Verlobten über die Schulter. Lea schloss die Augen, lehnte sich ein klein wenig zurück, um ihn zu spüren. Aber ihm war anscheinend nicht nach Nähe, denn er wich zurück. »Bah! Schon wieder dieser Kinderfraß. Kannst du nicht mal was Ordentliches kochen?«

»Das habe ich Linus versprochen, weil er so artig war. Du hättest ja was kochen können, statt hier herumzumeckern.«

»Okay, Okay, ich bin ja schon still«, sagte er und hob die Hände. »Ich kann einfach nicht mehr gut schlafen, seit dieser verdammten Arbeitslosigkeit.«

Lea nickte, während sie den Pfannkuchen wendete. »Kann ich ja verstehen. Alles wird gut, daran musst du fest glauben. Deck doch schon mal den Tisch und dann ruf Linus, ja?«

»Aye-aye, Sir!«

»Sag mal krieg ich eigentlich keinen Kuss?«, forderte Lea den ersehnten Körperkontakt ein.

»Sorry Liebes. Ich bin einfach zu sehr durch den Wind«, murmelte er, drückte ihr flüchtig einen Kuss auf die Wange und marschierte schon die Treppe hoch zu Linus.

Lea seufzte. Seit ihr Verlobter so unter Druck stand, litt die Harmonie zwischen ihnen. Zärtlichkeiten gab es immer weniger. Thorsten war oft unkonzentriert oder zu kaputt. Lea musste sich eingestehen, dass ihr das nicht mehr genügte. Vor allen Dingen musste das der Grund sein, warum ihr Körper so unpassend auf Tim reagierte. Das machte ihr Sorge.

Lea seufzte. Irgendwann musste sich das Blatt doch wenden und er eine neue Stelle finden, oder? Er war schließlich ein erfahrener Ingenieur. Allerdings schwankte der Arbeitsmarkt für seine Qualifikation stark, darum konnte es dauern. Umso wichtiger war es, dass sie jetzt ihren Teil leistete und die Arbeitszeit aufstockte, damit mehr Geld in die Haushaltskasse kam.

»Ich geh mal nach oben und check meine Mails. Vielleicht ist ja eine Einladung zum Vorstellungs-gespräch dabei«, erklärte Lea nach dem Essen.

»Okay, mach das. Linus und ich räumen ab. Nicht wahr Großer?«

»Klar!«

Jeder bekam ein Küsschen, bevor sie nach oben ging. Dies Familienleben war genau ihr Ding. Da sie als Einzelkind aufgewachsen war, war ihr Traum immer eine große Familie gewesen, mit vielen Geschwistern und noch mehr Spaß. Vollzeit zu arbeiten und damit weniger Zeit für den süßen Linus zu haben, war ein Gedanke, der ihr gar nicht behagte. Aber es musste sein, denn wenn nicht genügend Geld da war, litt die Harmonie auch.

Wenn Thorsten eine neue Stelle fand, war noch genug Zeit für ihre Träume. Während der PC hochfuhr, verlor sich Lea in Gedanken an ihre bald große, glückliche Familie.

Doch immer wieder stahl sich Tim in ihren Kopf. So stark hatte sie noch nie auf einen Mann reagiert. Was hatte der nur an sich? Wenn es einen klassischen Verführer gab, dann ja wohl ihn. Auf so was war sie doch noch nie reingefallen.

Ihr Herz klopfte schneller, als sie sah, dass von der HEALTH-POINT-Kette eine Mail dabei war. Die Einladung zu einem Vorstellungsgespräch! Vor Freude fing ihr Herz an zu hüpfen.

Sie stürmte nach unten. »Drückt mir die Daumen! Ich habe morgen Nachmittag ein Vorstellungsgespräch!« Begeistert fiel Lea ihrem Liebsten um den Hals. Thorsten war die Erleichterung anzumerken, was ihrem Glücksgefühl noch einen zusätzlichen Schub gab.

»Aber das ist noch keine Zusage. Freu dich nicht zu früh«, wiegelte er ab.

»Ich weiß, aber ich bin perfekt qualifiziert für die Ausschreibung. Das ist erst mal ein Erfolg. Selbst wenn es nichts wird, irgendwann wird es schon klappen. Man muss einfach positiv denken«, sagte sie und strahlte. Sie wollte sich ihren allerersten Bewerbungserfolg nicht madigmachen lassen. Eine Einladung schon nach der fünften Bewerbung, das war ja schließlich nicht schlecht. Es zeigte, dass ihre Qualifikation grundsätzlich am Arbeitsmarkt gefragt war. »Ich muss gleich wieder hoch und mir das richtige Outfit für morgen zurechtlegen. Vielleicht muss ich noch waschen.«

Thorsten nickte und lächelte nachsichtig.

Abends vor dem Fernseher beflügelte sie das Glücksgefühl noch immer. Lea rückte näher an Thorsten heran, sie hatte so große Lust, zu kuscheln. Wenn es klappte, würden zwischen ihnen ganz neue Zeiten anbrechen. Doch der zeigte keine Regung. Das veranlasste sie, in sein kurzes Haar zu fassen, um seinen Kopf zu kraulen. Ihre Lust wuchs, als sie kleine Küsschen auf seinen Hals setzte.

Normalerweise funktionierte das immer, aber diesmal rückte er ab und drückte sie weg. Lea schluckte bei dieser heftigen Reaktion. Ihm war sicher gar nicht richtig klar, wie sehr er sie damit vor den Kopf stieß. Der Vorfall im Studio war noch immer unterschwellig präsent und hatte ihre Lust geweckt.

Nein, sie wollte noch nicht aufgeben. Frei nach dem Motto: Appetit holt man sich woanders, gegessen wird zu Hause.

»Lass uns feiern. Linus schläft bestimmt schon«, raunte sie in Thorstens Ohr und fuhr mit der Hand unter sein T-Shirt. Er hielt den Atem an, als sie über die weiche Haut streichelte. Eigentlich war Thorsten ein sinnesfroher Mensch – zumindest, was das Essen betraf. Da er bei seinem anstrengenden Job und seiner kleinen Familie keine Zeit für Sport fand, zeigte sich das in einem kleinen Bäuchlein. Lea liebte ihn, so wie er war. Das Bäuchlein war ihr lieber als jemand, der ruhelos seiner Idealfigur, und womöglich anderen Frauen, hinterherjagte.

Sie schob das Shirt höher. Er bekam eine Gänsehaut, als sie sich hinunterbeugte, um ihn dort zu küssen. Zufrieden stellte sie fest, dass sich bei ihm endlich etwas regte. Doch plötzlich schob er sie sanft, aber nachdrücklich, weg. »Tut mir leid, Liebes. Ich bin jetzt einfach nicht in Stimmung, ich könnte mich nicht richtig konzentrieren und du hast nur einen fitten Mann verdient.«

»Hmm, ich bin fit genug für uns beide«, raunte sie und ließ die Hand nach unten, Richtung Beule, wandern. Sie wollte noch lange nicht aufgeben.

»Hast du nicht gehört? Ich hab keine Lust! Und mit diesem dämlichen Gummi schon gar nicht!« Ungeduldig schlug er die zudringliche Hand fort.

»Komm schon, du willst doch auch kein Risiko eingehen. Du weißt, warum wir es benutzen müssen.« Da sie sich einig waren, dass ein Baby ihre Situation zu schwierig machen würde und Lea die Pille nicht vertrug, hatten sie sich auf Kondome zur Verhütung geeinigt. Leider hatte Thorstens Libido darunter gelitten.

Lea ließ ihren Kopf für kurze Zeit mit geschlossenen Augen auf seinem Bauch ruhen. Er roch so schön nach Geborgenheit. Im Moment brauchte sie einfach Nähe. Vor allem seine Nähe, um sich die Gedanken an den dreisten Trainer aus dem Hirn zu vögeln.

»Sorry, geht jetzt gerade gar nicht«, murmelte er, als er ihre Enttäuschung registrierte.

Frustriert richtete sich Lea auf. »Okay«, seufzte sie. »Ich glaub, ich geh jetzt besser ins Bett. Ich bin ziemlich müde und sollte morgen fit und ausgeschlafen sein.«

Leider war die Sache mit dem Schlafen nicht so einfach. Ihre Gedanken kreisten in einem immer schneller drehenden Karussell. Wann würden sie endlich die glückliche Familie sein? Würde sie Arbeit und Familie unter einen Hut bekommen? Was sie wohl bei dem Gespräch erwartete und ob sie den Erwartungen dieser Firma gerecht wurde?

Immer wieder funkte Tim dazwischen. Dann war es, als wäre er anwesend. Die dunkle, sanfte Stimme, sein Geruch, das Knistern in der Luft und dieses Prickeln im Unterleib, beim Kuss. Warum gab Thorsten ihr nicht die Chance, mit ihm Ähnliches zu erleben? Dann würde sie diesen Vorfall endlich vergessen können.

Sie musste einfach Spannung abbauen und befriedigte sich selbst. Das führte Gott sei Dank zu einer gewissen Beruhigung. Vielleicht war es ihr jetzt endlich möglich, einzuschlafen.

Doch davor musste sie noch mal zur Toilette …

Danach ein Schluck Wasser …

Als sie in die Küche kam, konnte sie Stimmen aus dem Wohnzimmer hören. Neugierig trat sie zum Eingang, legte das Ohr auf die Tür und konnte es nicht glauben. Thorsten sah sich einen Porno an!

Lea fühlte sich, als hätte jemand einen Eimer Wasser über sie geschüttet. Was lief da falsch? War sie ihm plötzlich nicht mehr gut genug? Am liebsten hätte sie ihn zur Rede gestellt, aber das wäre nach hinten losgegangen. Thorsten mochte es überhaupt nicht, wenn man ihn kritisierte. Wer es trotzdem wagte, musste sich auf Schimpftiraden gefasst machen. Enttäuscht schlich sie nach oben.

Wie betäubt lag sie lange Zeit im Bett, bis sie endlich der Schlaf erlöste.

Sie hatte das Gefühl, sie sei gerade eben eingeschlafen, als es im Schlafzimmer rumpelte. Thorsten schlüpfte unter die Decke. Lea knurrte, um deutlich zu machen, dass er sie geweckt hatte, und drehte sich weg. Doch er rückte näher und drückte sich an ihren Rücken.

»Wenn du noch willst, ich hätte jetzt doch Lust«, flüsterte er.

Sie hielt die Luft an, sein Atem roch nach Bier. Da hatte sie keine Lust zu küssen und das brauchte sie, um die Libido wieder hochzufahren.

»Jetzt nicht mehr«, gab sie zurück.

»Wieso nicht? Ich hab mich extra inspirieren lassen.«

»Ja, hab ich mitbekommen. Sehr sexy. Jetzt bin ich müde und will schlafen. Du hast mich geweckt.« Energisch drehte sie den Körper so, dass etwas mehr Platz zwischen ihnen entstand.

»Hey, das gilt nicht. Versprechen muss man halten. Du hättest Lust für uns beide. Das hab ich mir gemerkt. Ich hab mir auch schon artig die Lümmeltüte übergezogen.«

»Egal. Lass mich!«, startete sie einen halbherzigen Abwehrversuch. Sie war schon eingeknickt, denn es gefiel ihr, dass er endlich Lust hatte.

Thorsten verstand ihre unterbewussten Signale sofort und schob ihr Shirt hoch, um ihre Brüste zu kneten und die Nippel heftig zu stimulieren. Das zog geradewegs in Leas Unterleib, sie spürte, wie sie feucht wurde und seufzte. Es gab schließlich schlimmere Schicksale, als mitten in der Nacht Sex zu haben. So half sie ihm, den Slip auszuziehen.

»Na gut. Aber jetzt bist du dran, mich zu verwöööh ...«, forderte sie, da hatte er sich schon zwischen ihre Beine geschoben.

Das ging ihr eindeutig zu schnell, doch sie wollte die Stimmung nicht verderben. Schwer lag er auf ihr, während er sie küsste. Erst auf die Halsbeuge und dann auf den Mund. Er schmeckte nach Tabak, hatte also wieder mit dem Rauchen angefangen. Den Verdacht hatte sie schon seit einiger Zeit, aber sie verkniff sich eine Bemerkung.

Ihr Verlobter hielt sich allerdings nicht lange mit Zärtlichkeiten auf, ehe sie ihn am Eingang spürte. Hastig drang er ein. Sie wusste nicht, wie ihr geschah, da hämmerte er schon mit mechanischen Stößen gegen ihren Unterleib. Thorsten fing an, schwer zu atmen. Sie drehte sich weg, um seinem stinkenden Atem zu entgehen, und sich auf ihre Gefühle zu konzentrieren. Trotzdem kam es ihr vor, als sei sie eine lebende Sexpuppe, an der er sich abreagierte.

Er keuchte, Schweißperlen bildeten sich auf seiner Stirn. Schon nach wenigen Stößen fühlte sie seine wachsende Körperanspannung. Er stöhnte. Unmittelbar danach wich alle Spannung aus seinem Körper und er lag so schwer auf ihr, dass sie nur mühsam Luft holen konnte.

»Sorry, so schnell, das war nicht meine Absicht. Aber ich konnte mich einfach nicht mehr zurückhalten.«

44

»War wohl ein bisschen zu viel Inspiration, was?«, krächzte Lea. Es fiel ihr schwer, die Enttäuschung zu verbergen.

»Wenn du willst, bring ich es mit der Hand zu Ende.« Mit diesen Worten wälzte er sich von ihr herunter und schlüpfte unter seine Decke.

Immerhin hatte er bemerkt, dass sie nicht zum Höhepunkt gekommen war.

»Nein lass nur, nicht nötig«, sagte sie und schob ihr Shirt wieder nach unten. »Du weißt ja, ich bin ziemlich müde.«

»Na dann … ich auch.« Er drückte ihr noch ein flüchtiges Küsschen auf die Stirn und rollte sich auf die Seite, mit dem Rücken zu ihr. »Ich hoffe, es war trotzdem schön für dich«, murmelte er, ohne die Antwort abzuwarten.

Da hörte Lea schon, wie seine Atemzüge immer länger wurden. In ihrem Hals bildete sich ein Kloß. Ihm war wohl nicht klar, dass sie sich immer mehr voneinander entfernen würden, wenn es so weiterging. Hoffentlich hatte er bald wieder Arbeit, dann würde sicher alles besser.

Lea blieb nichts anderes übrig, als ihre Spannung wieder per Hand abzubauen. Doch das half nicht viel. Ihre Gefühlswelt war jetzt noch aufgewühlter als zuvor und so lag sie noch lange mit offenen Augen im Bett, während Thorsten vor sich hin schnarchte.

Kapitel 4 Vertrag mit Folgen

»Komm schon, Marc. Du musst dieses Gespräch mit ihr erst mal allein führen. Wenn sie mich gleich zu Anfang sieht, springt sie sicher sofort ab.« Wie ein Tier im Käfig lief Tim auf und ab und sah dabei immer wieder flehend zu seinem Freund hinüber.

»Und wenn sie dich am Ende des Bewerbungsgespräches sieht, läuft sie raus, bevor sie unterschrieben hat. Wie stellst du dir das vor?« Marc ordnete unbeeindruckt die Bewerbungsunterlagen, die sie bisher zusammen durchgearbeitet hatten. Ordentlich stupste er den Stapel auf dem Schreibtisch zurecht. »Dieses Ding im Studio hättest du dir einfach verkneifen müssen.«

»Wahrscheinlich, aber jetzt kann ich es nicht mehr rückgängig machen. Ich habe dir doch erklärt, warum sie ideal für unser Sonderprojekt ist.« Er blieb breitbeinig vor dem Schreibtisch stehen und stützte sich auf die Stuhllehne.

Sein Freund zog die Augenbrauen zusammen. »Ja, zugegeben, qualifiziert ist sie schon.«

»Und sie nimmt kein Blatt vor den Mund. Sie wird alles herausfinden, was sie soll.«

»Ich weiß nicht, ob das so gut ist. Warum nehmen wir nicht irgendeine Hässliche, die du nicht als Jagdbeute siehst?« Marc nahm sich einen Kugelschreiber und ließ ihn spielerisch durch die Finger tanzen. Das machte er oft so, wenn er seinem Freund unbequeme Wahrheiten vor den

Latz knallte, denn dann musste er ihm nicht in die Augen sehen.

Tim schnappte nach Luft. »Sie hat mir doch einen Korb gegeben. Was willst du noch?«

»Als wenn dich das jemals aufgehalten hätte. Nein, nein mein Lieber, ich kenne dich zu gut. Das ist für dich der größte Ansporn.«

»Warum bist du eigentlich immer so spießig? Ich tu nichts, was die Frauen nicht auch wollen.«

»Kannst du ja auch, aber nicht mit unseren Mitarbeitern ... und Kunden.«

Tim trat einen Schritt dichter an den Schreibtisch. »Mitarbeiter und Kunden sind für mich tabu«, log er. Er war überrascht, wie leicht das über seine Lippen kam. Grund dafür war sicher, dass er stets gute Vorsätze hatte.

Marc lachte schallend auf. »Tabu, ja? Auch wenn du dich da etwas mehr zusammennimmst ... sei ehrlich, für dich gibt es doch keine Tabus ... nicht wirklich.« Natürlich glaubte er ihm nicht.

Tim setzte sich auf den Stuhl vor dem Schreibtisch und sah seinen Freund mit zusammengekniffenen Augen an. »Wenn du so redest, könnte man meinen, ich wäre der Wüstling schlechthin. Und wenn ich verspreche, dass ich sie in Ruhe lasse?« Ungeduldig nahm er seinem Freund den Kuli aus der Hand. »Diese Spielerei nervt«, erklärte er. »Sag schon.«

»Kannst du das denn versprechen?«, fragte Marc und sah seinen Freund prüfend an.

»Du traust mir ja wohl gar nichts zu, oder? Sie ist die Idealbesetzung, das musst du zugeben.«

»Muss ich darauf antworten?«, knurrte er. »Nein, in Liebesdingen nicht.«

Tim hob die Hände. »Hoho, wer redet denn hier gleich von Liebe.«

»Na, du bestimmt nicht«, erwiderte sein Freund grinsend.

»Also, was ist jetzt?« Nervös ergriff Tim den Kuli und trommelte damit auf seinem Zeigefinger herum.

Umgehend wurde ihm das Spielzeug entrissen. »Diese Spielerei nervt, hast du selbst gesagt«, erklärte Marc und fing an, auf den Knopf zu drücken. »Also, um auf deine Frage zurückzukommen ... unter einer Bedingung.«

»Und die wäre?«, fragte Tim und lehnte sich zurück. Dieses Spiel wurde ihm langsam zu blöd.

»Du kommst zum Schluss rein und sie muss sich darauf einlassen. Sie muss wissen, was da auf sie zukommt.«

»Ja, klar. Aber im Prinzip hängt alles an dir, wie gut du sie vorbereitet hast.« Lässig faltete Tim die Hände im Nacken und zwinkerte seinem Geschäftspartner zu. »Also verbock es nicht.«

»Alles hängt an dir, wie gut du deinen kleinen Freund in der Hose lassen kannst. Vergiss nicht, DU hast es verbockt. Sie wäre nicht die Erste, die uns davonläuft, weil du dich nicht an die Regeln hältst«, erwiderte Marc und ahmte die Pose seines Freundes nach.

Tim ließ die Arme wieder sinken. »Ja, ja, ist ja schon gut. Ich werde mich zusammenreißen, versprochen.«

»Hoffentlich. Du weißt, diese Reisen sind wirklich wichtig.«

Grummelnd erhob er sich. »Als wenn ich das nicht wüsste.«

***

»Also ich bin wirklich froh, dass Sie sich vorstellen können, für uns zu arbeiten. Wann könnten Sie anfangen?«

Marc blickte Lea wohlwollend an. Sie gefiel ihm ausnehmend gut, da war sie sich sicher. Thorsten hatte recht behalten, mit ihrer sozialen und kaufmännischen Ausbildung war sie wohl die ideale Kandidatin. Dass sie auch noch so viel von Fitness verstand, war das Tüpfelchen auf dem I.

»Sagen Sie ... ist das eigentlich ein Verlobungsring, den sie da tragen?«

Mit dieser Frage hatte sie schon früher gerechnet. Lea rätselte über die Motivation ihres Gesprächspartners. Möglich, dass es gut war, wenn sie gebunden war. Andererseits konnte eine Schwangerschaft wieder eine neue Mitarbeiterin notwendig machen.

Sie entschied sich für eine diplomatische Antwort: »Nächste Woche könnte ich anfangen. Ich hab meine Teilzeitstelle bereits gekündigt. Mein Verlobter ist zurzeit arbeitslos, wir sind also auf das Geld angewiesen. Das beantwortet sicher auch gleich die obligatorische Frage nach der Familienplanung«, sagte sie, während sie am Ring drehte.

Lea wunderte sich selbst immer wieder über ihr selbstbewusstes Auftreten, das sie an den Tag legen konnte, obwohl sie eigentlich so unsicher war. Mit dem Rücken zur Wand war sie am abgeklärtesten. Definitiv eins ihrer Talente. Und sie wusste, wie sie dabei authentisch rüberkam.

Das Gespräch war mehr als gut gelaufen. Zunächst hatte man ihr den Auftrag als Undercoverkundin zugedacht. Diese Aufgabe war zwar mit Reisen verbunden, aber in einem überschaubaren Umfang. Den Rest ihrer Stunden würde sie in der Personalabteilung zubringen. Für die Reisetätigkeit konnte sie noch ein paar Stunden extra freibekommen, was Linus zugutekommen würde. Die Zeit, in der sie unterwegs war, würde sein Vater eben mit ihm verbringen müssen. Solange er arbeitslos war, war das ja kein Problem. Der Rest würde sich zeigen, wenn es so weit war.

»Okay … da wäre nur noch eine Kleinigkeit, von der ich nicht weiß wie Sie es aufnehmen werden«, ergänzte ihr Chef in spe.

Nervös zuckten Leas Augenlider. Das klang gar nicht gut. Sie hatte gedacht, sie hätte alles hinter sich. Zu früh gefreut? Zu den ohnehin feuchten Händen gesellte sich ein trockener Mund. Schnell nahm sie einen Schluck von dem Wasser, das vor ihr stand. Was kam jetzt noch für ein Haken? »Worum geht es?«

Der Chef nahm das Telefon in die Hand. »Moment ich hole ihn dazu.«

In einem Anflug von dumpfer Vorahnung bekam sie bereits ihre roten Flecken am Hals. Als Tim das

Büro betrat, war das wie ein Schlag gegen den Kopf. Ihr Atem stockte.

»Darf ich Ihnen meinen Partner Tim Jaeger vorstellen? Er wäre Ihr Fachvorgesetzter für den Sonderauftrag.«

Tim stand unschlüssig in der Tür und lächelte verlegen.

Wie gelähmt saß Lea mit offenem Mund da. Feine Schweißtropfen kühlten ihre Stirn. »Der ... Chef«, murmelte sie. Lea schüttelte den Kopf. »So was hätte ich mir denken können. Ein normaler Mitarbeiter wäre doch längst geflogen ... Das ist nicht Ihr Ernst, oder?«, würgte sie hervor.

In Tim kam plötzlich Leben und er machte einen vorsichtigen Schritt auf Lea zu. »Doch, unser voller. Genau darum wollen wir Sie unbedingt. Sie nehmen kein Blatt vor den Mund und kennen sich gut mit Menschen aus«, erklärte er und legte ein charmantes Unschuldslächeln an den Tag.

Marc beobachtete die Szene und schüttelte unmerklich den Kopf.

Lea kniff die Lippen zusammen und sah zu ihm hinüber.

Eine Zeit lang taxierten sich alle drei abwechselnd mit kritischen Blicken.

»Mein Verhalten wird tadellos sein, ich schwöre.« Tim wirkte immer noch verlegen und hob eine Schwurhand.

»Die anderen Finger auch nach vorne bitte, damit du sie nicht kreuzen kannst«, ermahnte Marc.

»Kann es nicht sein, dass mittlerweile genug Asche auf meinem Haupt ist?« Mit einem charmanten Lächeln versuchte Tim, die Diskussion zu beenden. Immer noch wirkte er unsicher.

Da musste auch Lea grinsen. Na so ein Früchtchen!

Marc schnaufte erleichtert. »Wir möchten Sie wirklich unbedingt. Ich werde auch persönlich auf ihn aufpassen. Bitte sagen Sie zu.«

Tim schluckte schwer. Seine Verlegenheit wirkte ehrlich und nahm ihr die Angst. Sie entspannte etwas. Ihr Respekt vor ihm, oder wie sie das Gefühl auch immer nennen sollte, schien ihr auf einmal lächerlich. Schließlich war sie ein erwachsener Mensch und nicht gerade unerfahren. Sie würde sich wohl noch gegen einen Weiberhelden zur Wehr setzen können, falls das nötig sein sollte. Außerdem brauchte sie das Geld … und die Bezahlung war mehr als gut. Mehr Freiheiten würde sie auch nirgendwo bekommen.

»Okay, ich unterschreibe«, erklärte sie und beobachtete, wie sich Tims Gesicht aufhellte.

»Wir können Ihnen gar nicht sagen, wie erfreut wir sind«, verkündete er strahlend.

Leas Blick wurde von kleinen Lachfältchen gefesselt.

Seine Augen funkelten erfreut unter den langen Wimpern. Er sah wirklich verdammt gut aus.

Als Lea aufstand, bemerkte sie, dass sie wackelige Gummiknie hatte. Um das zu vertuschen, bewegte sie sich nur langsam auf ihre zukünftigen Chefs zu und reichte ihnen die Hand. »Wir werden

Ihnen den Vertrag in den nächsten Tagen zuschicken. Ach und da wir uns in den Studios duzen, machen wir das hier in der Zentrale auch so. Ich bin Marc.«

»Lea«, antwortete sie und nahm die Hand an.

Sie fühlte sie wie elektrisiert, als Tim an der Reihe war.

»Tim, auch wenn das schon klar ist.«

Lea spürte den Puls in den Schläfen pochen. Merkwürdig, dieses undefinierbare Gefühl, das sie nicht einordnen konnte, kroch von der Hand durch ihren ganzen Körper. Millimeter für Millimeter arbeitete es sich vor und stellte ihre Empfindungen auf den Kopf. Sie versuchte, es abzuschütteln, indem sie tief Luft holte. Für einen winzigen Moment sahen sie sich in die Augen.

Tims Adamsapfel wanderte, als er schluckte.

Ihr Mund war schon wieder trocken. Sie konnte seinem Blick nicht standhalten. Verlegen sah sie über seine Schulter in die Tiefe des Raumes, ohne dabei etwas wahrzunehmen.

Worauf hatte sie sich da nur eingelassen?

»Wenn du keine weiteren Fragen hast, bringe ich dich jetzt zu unserer Assistentin Eva. Die wird dir alles zeigen.«

Lea nickte und war froh, dieser merkwürdigen Situation zu entkommen.

»Wir haben hier flache Hierarchien, da in der Zentrale nicht sehr viele Leute arbeiten. Allerdings ist dabei die Personalabteilung mit fünf Leuten, inklusive dir, verhältnismäßig groß«, erklärte Eva.

Lea hatte das zwar schon im Vorstellungs-gespräch erfahren, und auch, dass Marc ihr offizieller Vorgesetzter war. Aber sie wollte nicht unhöflich sein und Eva im Redefluss alle paar Minuten unterbrechen. So trottete sie brav hinter ihrer zukünftigen Kollegin her und ließ sich alles zeigen.

So klein war die Firma nicht. Auf Anhieb würde sie sich sicher nicht zurechtfinden.

Eva machte einen netten und offenen Eindruck. Mit ihrem dunkelblonden Dutt und den Perlen-steckern in den Ohrläppchen sah sie wie eine typische Assistentin aus.

»So, hier haben wir jetzt dein Reich«, erklärte sie, während sie die Milchglastür zu einem kleinen Büro öffnete. »Die Aussicht ist nicht so toll, aber du kannst dir ein paar Pflanzen auf die Fensterbank stellen.«

Lea sah sich um. Einfache Büromöbel, und ein großer Schrank, bildeten die Einrichtung des Büros. Das Fenster war zur Straße und der Blick von einer großen Fabrikmauer versperrt. Sie erblickte kein Grün weit und breit. »Immerhin ein eigenes Büro, das ist doch gut. Häuslich einrichten werde ich mich aber erst nach der Dienstreise. Ich soll undercover Qualitätskontrollen bei den schlecht laufenden Studios machen.«

Eva drehte sich überrascht zu ihr herum. »Du fährst mit auf Qualireise?«

»Ja, wieso?«

»Ach nichts ... pass auf dich auf«, murmelte sie und wandte sich wieder ab.

»Warum? Komm schon, du kannst doch nicht solch eine Andeutung machen und dann nichts weiter dazu sagen.«

»Na ja, es geht mich nichts an, aber nimm dich in Acht vor Tim. Ich glaube, er ist die Reinkarnation von Casanova. Er hat schon einigen Frauen das Herz gebrochen. Bei Mitarbeiterinnen hält er sich zwar zurück, das hindert aber die Mitarbeiterinnen nicht, sich in ihn zu verlieben. Wenn er ein Angebot bekommt, sagt er nicht Nein. Die Reise wird gut bezahlt, aber sie ist *der* Schleudersitz hier in der Firma.«

Nervös spielte Eva mit ihrer Kette. Sie hatte durchaus Grund dazu, nervös zu sein, denn immerhin hatte sie gerade etwas gegen ihren Chef gesagt.

Lea musterte sie und spekulierte, ob er vielleicht auch ihr Herz gebrochen hatte. »Danke für die Warnung. Aber ich glaube, ich kann ganz gut auf mich selbst aufpassen. Und wie du weißt, bin ich ja gebunden.«

»Okay, gut, wenn du alles im Griff hast. Ich wollte dich nur gewarnt haben. Es ist gut gemeint, ehrlich. Trinken wir noch einen Kaffee zusammen?«

Lea zögerte zunächst, aber Eva sah so aufrichtig und freundlich aus, dass sie schließlich zustimmte. Während ihrer Unterhaltung erfuhr sie, dass Tim vor kurzem noch verheiratet gewesen war. Es war zwar nicht so, dass Eva hemmungslos über ihren Chef lästerte, aber aus verschiedenen Andeutungen ließ sich schließen, dass er schon immer ein chronischer Frauenheld war.

Lea war ohnehin in Alarmbereitschaft, aber mit jedem weiteren Wort nahm sie sich vor, resistent gegen seinen Charme zu sein. So musste und würde diese Sache gut gehen.

Kapitel 5 Eine Heldentat

»Tschüss, mein Großer.« Lea griff unter Linus' Achseln und hob ihn hoch. Der legte seine kleinen Ärmchen um ihren Hals. »Pass mir auf deinen Papa auf«, ergänzte sie und zwinkerte Thorsten zu.

»Du sollst nicht weggehen«, schmollte Linus.

»Finde ich auch«, warf Thorsten ein.

Dafür erntete er einen strengen Blick von seiner Verlobten. »Ich dachte, das hätten wir besprochen.«

»Du hast deine Entscheidung verkündet. Von ›besprochen‹ kann keine Rede sein«, nörgelte er, während er bei ›besprochen‹ Finger-Gänsefüßchen machte.

»Thorsten, ich hab mich schweren Herzens dazu entschlossen, damit wir mit der Hypothek nicht in Schwierigkeiten kommen. Du selbst wolltest, dass ich mehr arbeite. Warum machst du es mir jetzt so schwer?«

Thorsten seufzte. »Da wusste ich ja auch noch nicht, dass du reisen wirst. Ich fühle mich irgendwie alleingelassen.«

»Ich werde mich auch allein fühlen. Ich mag auch nicht von euch getrennt sein. Wir werden sehen, wie es läuft«, versicherte sie und umarmte ihn mit dem freien Arm. Alle drei umarmten sich nun gegenseitig und steckten die Köpfe zusammen. »Zusammen sind wir alles was wir brauchen«, beschworen sie wie selbstverständlich ihr Familienmantra. Leas liebstes Ritual.

Thorsten befreite sich als Erster. »Hast du dir selbst zugehört? Was ist, wenn ich zu einem Vorstellungsgespräch muss?«, klagte er.

»Dann hast du deine Eltern und meine Eltern. Selbst wenn die nicht können, hat Linus immer noch seine Mutter. Bitte, mach's mir doch nicht so schwer.«

Thorsten seufzte. Lea setzte Linus ab und nahm ihren Verlobten in die Arme. »Komm schon, es sind doch nur fünf Tage, die wirst du sicher überleben. Danach bekomme ich Stunden gutgeschrieben, die uns zugutekommen. Ich finde das sehr familienfreundlich von der Firma.«

Draußen hupte es und Lea war dankbar, dass diese herzzerreißende Szene jetzt ein Ende hatte.

Tim sprang aus dem Auto, um Lea mit dem Gepäck zu helfen. Marc saß am Steuer und stellte am Navi herum. Als sie Tim so auf sich zukommen sah, war sie insgeheim froh, dass sie zu dritt auf diese Reise gingen. Marc war sicher ein guter Schutzwall gegen die Anziehungskraft, die sie schon wieder verspürte. Es war auch gut, dass sie allein auf der geräumigen Rückbank saß. Sie setzte sich hinter Marc, sodass der Abstand zwischen ihr und Tim möglichst groß war.

»Wann genau hast du deinen Termin, Lea?«, fragte Marc, der den 5er-BMW sicher und souverän lenkte.

»Heute Nachmittag, um halb vier.«

»Okay, dann können wir ja noch vorher im Hotel einchecken.« Tim drehte sich zu ihr um, während er das sagte, und Lea wurde sofort wieder flau im Magen. Sie musste nur seine Stimme hören, und ihr Körper reagierte. Vorhin wäre sie am liebsten wieder umgedreht.

Tim drehte sich zu ihr. »Für dich ist ein Golf gemietet worden, schöne Hausfrauenkutsche. Kannst du ein Navi bedienen?«

»Ja, klar. Ich nehme immer die App auf meinem Handy.«

Lea seufzte leise. Sein Blick schien sie auszuziehen und sie hatte das Gefühl, dass er genau wusste, welche Wirkung er auf sie hatte. Hitze stieg in ihr auf. Am liebsten hätte sie ein paar Knöpfe ihrer Bluse geöffnet, aber das hätte definitiv das falsche Signal gesendet. Dies würde die anstrengendste Dienstreise ihres Lebens werden ...

***

Tim stand in Unterhose vor seinem geöffneten Koffer, um die Sportsachen herauszuholen. Das Wetter war genau richtig, um noch ein paar Kilometer mit dem Rad zu absolvieren. Wo auch immer er sich befand, sein Rennrad war dabei. Er konnte ja schlecht in seine eigenen Studios gehen, denn dann wären die Mitarbeiter gewarnt. Die Fitnessgeräte, die oft in den Hotels zur Verfügung standen, genügten seinen Ansprüchen nicht. Und ohne ausreichende Bewegung war er ein Nervenbündel.

Plötzlich drang ein markerschütternder Schrei durch die Wand. Er erschrak. Jemand musste Todesangst haben. Konnte es sein, dass der Schrei aus Leas Zimmer kam? Achtlos warf Tim die Kleidung in den Koffer zurück und sprang auf den Flur.

»Lea, alles in Ordnung? Was ist passiert?«, rief er und klopfte kräftig gegen ihre Tür.

»Ja, nein ... ähm ... Hilfe!«, wimmerte sie.

Ihm wurde flau im Magen, denn ihre Stimme zitterte und klang hilflos. Aufgeregt rieb er sich über die Stirn. »Dann musst du mir die Tür aufmachen. Was ist denn los?«

Die Antwort ließ auf sich warten. Ungeduldig trat er von einem Bein auf das andere.

Endlich rasselte es im Schloss und zaghaft öffnete sich die Tür. Seine Mitarbeiterin war leichenblass. »Da, in der Ecke ... über dem Bett«, stotterte sie.

Tim folgte ihrem Zeigefinger und erblickte das ansehnliche Exemplar einer großen Spinne.

»Mach die weg! ... Aber nicht totmachen!«

Seine Anspannung entlud sich in einem erleichterten Lachen. »Das ist jetzt nicht dein Ernst, oder? Ich habe gedacht, dir ist was Schlimmes passiert.«

»Es gibt kaum etwas Schlimmeres. Wie soll ich in Ruhe meinen Koffer auspacken, geschweige denn schlafen?« Lea zog einen Schmollmund.

Tim wurde wieder kribbelig im Magen, als er sie musterte. Sie war einfach süß. Ihre ernstgemeinte

Hilflosigkeit amüsierte und rührte ihn, denn sie zitterte am ganzen Körper.

»Beruhig dich, ich fang sie ein«, tröstete er und streichelte über ihren Oberarm. Diese weiche, warme Haut war einfach wunderbar. Als er an ihr vorbeiging, streifte ein Hauch Maiglöckchenduft seine Nase. Das brachte ihn fast aus dem Konzept. Dennoch, diese Chance auf eine Heldentat durfte er sich nicht entgehen lassen. »Ich werde dieses Ungeheuer fangen und unschädlich machen, wie mein Nachname es verspricht«, verkündete er lächelnd.

»Aber nicht totmachen!«, mahnte Lea.

»Nein, natürlich nicht! Wofür hältst du mich? Ich bin doch kein Spinnenmörder.«

Er riss ein Blatt vom Schreibblock des Hotels, nahm ein Wasserglas und fing die Spinne vorsichtig ein.

»Balkontür auf, bitte«, instruierte er Lea, die gehorchte.

Geschmeidig sprang er auf den Balkon und setzte die Spinne in einem Blumentopf aus. »So, gleich zwei Leben gerettet. Da muss ich mir für morgen keine gute Tat mehr ausdenken.«

»Ja, spotte nur. Aber danke.« Lea hatte ihre Hände immer noch angstlich am Kinn.

»So ein kleines Tier, das tut dir doch nichts. Spinnen sind nützliche Tiere.«

»Ich weiß. Aber die Angst vor Spinnen ist ein in den Genen verankerter Urinstinkt, der früher Leben rettete. Rein von der Evolution her gesehen ...«, erklärte sie matt.

»Ja früher wimmelte es hierzulande nur so vor gefährlichen Giftspinnen«, spottete er und grinste.

»Was gibt es da zu grinsen? Ich bin schließlich nicht die Einzige, die Angst vor Spinnen hat.«

Lea sah in der Tat so aus, als großen Stress hinter sich. »Ist ja schon gut, ich spotte auch nicht mehr, okay?«, beschwichtigte er.

»Okay.« Sie setzte sich erschöpft aufs Bett und starrte ihn an.

»Kann ich noch etwas für dich tun? Soll ich dich vielleicht in den Arm nehmen?«

Energisch schüttelte sie den Kopf, ihr Körper nahm augenblicklich eine Abwehrhaltung an.

Tim fiel es schwer, seine Enttäuschung zu verbergen. Fehlte nur noch, dass sie ein Kreuz schlug. Einer Ahnung folgend, blickte er an sich herunter und erkannte die Ursachen. Zumindest eine der Ursachen: seine mehr als spärliche Bekleidung. »Okay ... ja ... ähm ... ich geh dann mal wieder.«

Lea nickte matt und fummelte nervös mit ihren Fingern.

Er stand schon in der Tür, da fiel ihm ein, dass er keinen Schlüssel mitgenommen hatte. Sofort verfluchte er seine Vorliebe für altehrwürdige Hotels, in denen man für die Zimmertüren noch einen Schlüssel brauchte. Aber das nützte ihm jetzt auch nicht mehr viel. »Ähm ... ich will ja jetzt keine Zeit schinden, oder so ... Aber ich bin eben einfach aus dem Zimmer gestürmt, ohne darauf zu achten, dass ich gar keinen Schlüssel dabei habe. Könntest du vielleicht ... könnte ich mal dein Telefon benutzen, um die Rezeption anzurufen?«

Irrte er sich, oder sah sie jetzt wieder ängstlicher aus? Sie lächelte ihn erst unsicher an, dann drehte sie wie eine Jungfrau den Kopf zur Seite. So verklemmt konnte man doch gar nicht sein, dass man den Anblick eines Mannes in Unterhose nicht ertragen konnte!

»Tut mir leid, war wirklich keine Absicht«, murmelte er und zuckte mit den Schultern.

»Schon klar, ist okay. Ich bin dir wirklich dankbar für deine Hilfe.«

Er griff zum Telefon und sprach mit der Rezeption. Dabei konnte er nicht aufhören, sie wie hypnotisiert anzusehen. Immer noch wanderte ihr Blick verlegen durch den Raum. Sie wirkte so verschüchtert, dass es seinen Beschützerinstinkt weckte. Einer der Knöpfe, die eine Frau nur zu drücken brauchte, um sein Interesse zu wecken.

Aber Lea wollte nicht bei ihm landen. Ihr Schutzbedürfnis war echt, und das machte sie in diesem Moment unwiderstehlich. Vorhin im Fahrstuhl hatte er gespürt, dass sie anscheinend nur sehr ungern mit einem Lift fuhr. Er hatte genau beobachtet, wie sie sich mit dem Rücken an die Wand gedrückt hatte und ihr Brustkorb einen schnellen, flachen Atem verriet. Am liebsten hätte er ihre Hand genommen, aber sie hatte sich weggedreht. Wahrscheinlich in der Annahme, er würde auf ihr Dekolleté starren. Na gut, zugegeben, natürlich konnte man schlecht daran vorbeisehen.

Genau wie jetzt. Gefesselt von ihrer Schönheit musste er sich zusammennehmen, um sie nicht anzustarren. Wie es wohl wäre, ihr jetzt nah zu sein, ganz nah, sich in ihr versenken ... Er holte tief Luft, um die plötzlich aufkommende Sehnsucht nach Nähe und Zärtlichkeit zu verdrängen, doch er konnte an nichts anderes mehr denken. Er spürte, wie sich das Blut in seinem Unterleib sammelte und schob wie zufällig die Hände vor sein Gemächt. Wenn er jetzt seine Gedanken nicht in den Griff bekam, würde er sie verraten.

Aber sie hatte offensichtlich die ganze Zeit in seine Richtung gelinst. »Warum starrst du mich eigentlich so an?«, mokierte sie.

»Tschuldigung, ich wollte dich nicht anstarren. Ich hab mich nur gefragt, warum du es vermeidest, mich anzusehen? Gefällt dir nicht, was du siehst?«

Genervt verdrehte sie ihre Augen. »Was soll das jetzt werden? Ein plumper Anmachversuch?«

Autsch! Wenn er diese Frau jemals erobern wollte, müsste er wohl originellere Sachen zum Besten geben.

»Ich frage mich nur gerade, was das Hotelpersonal denken wird, wenn es dich hier so sieht.«

»Oh, kennst du nicht den Spruch: ›Was im Adlon geschieht, bleibt im Adlon‹? So ein altehrwürdiger Schuppen ist das hier auch. Die haben bestimmt schon Einiges gesehen. Aber wenn du um deinen guten Ruf besorgt bist, kläre ich sie gerne auf. Es ist sowieso ein Unding, dass eine Spinne hier so fett werden konnte.« Er konnte sich dabei ein amüsiertes Lächeln nicht verkneifen.

Lea seufzte. »Nein danke, lass nur. Du hältst mich wohl für spießig, oder?«

»Nein«, erwiderte er überzeugt. »Ich frage mich nur, wie deine Schutzbedürftigkeit mit deiner frechen Klappe zusammenpasst.«

»Schutzbedürftigkeit? Ich bin nicht schutzbedürftig. Ich komme sehr gut alleine klar. Ich brauche keine Möchtegernretter mit eindeutigen Absichten.«

Tim hob abwehrend die Hände. »Eindeutige Absichten? Das ist jetzt eine Unterstellung. Ich glaube dir ja, dass du allein klarkommst ... bis auf ... wenn sich gefährliche Insekten im Zimmer befinden.« Was machte er da gerade? Warum verspottete er jetzt dieses anbetungswürdige Geschöpf? Wieder ein Knopf, den man bei ihm erfolgreich drücken konnte. Er reagierte bissig, wenn man ihn bei der Ehre packte.

»Mein Gott! Ich hab mich einfach erschreckt. Ich hätte sie schon allein rausgeschmissen«, versicherte sie beleidigt.

»Okay, okay, ist ja gut. Es war nicht so gemeint. Du bist eine wunderschöne Frau, unheimlich anziehend und geheimnisvoll. Das ist mein Ernst.« Da war ihm mehr Geständnis entfahren, als ihm lieb war. Er hatte das Gefühl, bei dieser Frau brachte er gar nichts unter Kontrolle. Ein Zustand, der ihm langsam Angst machte. Sein Mund war plötzlich staubtrocken.

Ihre Blicke trafen sich und er versuchte zu schlucken. Die trockene Zunge klebte am Gaumen und machte das unmöglich. Jetzt war er derjenige, der ihren Blicken ausweichen musste. Gott sei Dank klopfte der Zimmerservice – gerade noch mal gerettet.

Tim stand auf und ging zur Tür. »Ähm ... ja ... dann bis später. Ich werde noch ein paar Kilometer radeln. Wir halten die Ergebnisbesprechung immer im Kaminzimmer ab. Vorher essen wir noch einen Happen im Restaurant. Wir treffen uns um zwanzig Uhr ... viel Spaß bis dahin, okay?«

Lea nickte. »Okay«, sagte sie kratzig und wandte sich ab.

Tim wurde in diesem Moment klar, dass sie nicht so souverän war, wie sie wirkte. Er war sich sicher, dass er eine Wirkung auf sie hatte, so wie sie auf ihn.

Das Spiel konnte beginnen, alles war offen.

Dennoch, er würde beim Radeln ein hohes Tempo an den Tag legen müssen, um sich und seine Gedanken wieder unter Kontrolle zu bekommen.

Kapitel 6 Schlaflos

Die dunkle Holzvertäfelung der Wände dämpfte das Licht und die Hintergrundgeräusche in dem Hotelrestaurant. Eigentlich hätten Lea diese leisen Gespräche, das Klappern von Geschirr und die Musik Entspannung bringen müssen. Aber sie rutschte aufgeregt auf ihrem Stuhl hin und her. Nervös drehte sie das Glas mit dem Wasser, das sie sich bestellt hatte, und versuchte, sich auf das kühle Gefühl auf den Fingerspitzen zu konzentrieren.

Die Spinnennummer vorhin auf dem Zimmer hatte ihr Gefühlschaos weiter wachsen lassen. Dieser Kerl war so erotisch, dass sie ihm am liebsten um den Hals gefallen wäre. Irgendetwas an seiner Art berührte sie tief, obwohl sie seine zwischendurch aufblitzende Arroganz nicht ausstehen konnte. Doch hinter dem aufgesetzten Selbstbewusstsein lag etwas verborgen. Sie wusste nur nicht genau, was es war.

Sie schaffte es immer weniger, sich in seiner Gegenwart natürlich zu benehmen. Wie sollte sie fröhlich und unbeschwert mit ihm zusammen essen? Damit nicht genug, sie standen auch noch unter Marcs Beobachtung.

Zum Glück war die Beleuchtung nicht allzu hell, so konnte sich Lea der Illusion hingeben, dass ihre verräterischen Flecken nicht zu sehen waren. Vorsorglich hatte sie noch dick Make-up auf Hals und Gesicht aufgetragen. Ihre Atemfrequenz stieg, als sie die beiden eintreten sah.

Rasch zeigte sich, dass ihre Sorge völlig unbegründet war. Tim war glatt wie Schmierseife. Keine Andeutung über die Spinnenaffäre, auch Marc schien davon nichts zu wissen. Sie fragte sich, ob da ein anderer Mensch am Tisch saß. So etwas, wie ein heimlicher Zwillingsbruder, mit dem er getauscht hatte.

Marc hatte ihr schon im Auto erklärt, dass beim Essen Gespräche über das Geschäft streng verboten waren. Uneinigkeiten hatten ein paarmal dazu geführt, dass ihnen der Appetit vergangen war, deshalb wurde diese Regel strengstens eingehalten.

»Wie war deine Tour Tim? Wie viele Kilometer hast du geschafft?«, fragte Marc, nachdem sie ihr Essen bestellt hatten.

»Fünfzig.«

»Oh, wow. Da warst du aber gut drauf.«

»Ja, ich konnte gut durchziehen. Meine Muskeln haben hinterher ganz schön gebrannt.«

Marc schüttelte mit dem Kopf. »Du liebst ja den Schmerz.«

»Nein, ich liebe es, wenn der Schmerz nachlässt und die Entspannung einsetzt. Wenn die Glückshormone die Schwere nehmen und der Kopf klar wird. Wenn ich fühle, dass ich lebe«, philosophierte Tim während er in seinem Essen herumstocherte.

Diese melancholischen Sätze ließen Lea ins Grübeln geraten. Sie spürte fast seinen Schmerz. Was war die Ursache für diese Melancholie? Was es auch war, es machte ihn noch geheimnisvoller. Die Schwere, die von ihm ausging, hing wie ein Betonklotz an ihrer Atmung. Mitfühlend ruhten ihre Augen auf ihm. Ein Mensch mit vielen Facetten, so viel war ihr schon mal klar. Am liebsten hätte sie seine Hand genommen, sie gedrückt und ihn einfach danach gefragt.

Plötzlich ging ein Ruck durch Tim. »Und du? Wie hast du den Nachmittag verbracht?«, fragte er seinen Kumpel.

Natürlich, ein echter Mann verbirgt, was in ihm vorgeht. Wie sollte es anders sein? Aber irgendwann ... wenn sie die Gelegenheit bekam ... irgendwann würde sie ihn danach fragen.

»Ich war im Wellnessbereich des Hotels. Da gibt's auch Entspannung, aber ohne Schmerzen.«

»Hat der Mann es gut?«, meinte Tim augenzwinkernd zu Lea.

Sie lächelte höflich zurück.

Schließlich entwickelte sich mit der Zeit doch noch ein lockeres Tischgespräch über Gott und die Welt. Es war wie ein ›Arbeitsessen‹ mit Freunden. Lea fühlte sich wohl.

»Sodele, dann wolln wir mal ...«, murmelte Marc, als sie im Kaminzimmer saßen.

Tim warf noch etwas Holz nach. Er hatte dafür gesorgt, dass sie unter sich blieben, damit niemand stören konnte.

»Also Lea, erzähl uns mal, was dir so aufgefallen ist. Bist du freundlich empfangen worden? Hattest du das Gefühl, du kommst zu Freunden, um zu trainieren? War es sauber genug? Wie war die Stimmung des Personals? Bist du beim Training fachlich gut betreut worden? Hat das Personal auf die richtige Ausführung der Übungen geachtet?«, fragte Tim.

»Hm, ich kann mich eigentlich nicht beklagen. Alle waren sehr zuvorkommend. Aber ungefähr gleichzeitig mit mir kam eine übergewichtige, ältere Frau. Um die wurde sich nicht so aufmerksam gekümmert. Die musste mindestens eine Viertelstunde warten, bevor sie überhaupt jemand ansprach.«

Marc schüttelte unwillig den Kopf. »Und gerade diese Kunden halten doch das Geschäft am Laufen.«

»Oh Mann, warum lernen die einfach nicht dazu? Wir hatten diese Filiale letztes Jahr schon im Visier. Wir haben das Stammpersonal deswegen extra zum Seminar geschickt«, erklärte Tim. »Ich hoffe, du konntest dir die Namen der Ignoranten merken und hattest auch ein Auge auf die Anderen.«

Sie nickte. »Ja, ich war ein paarmal auf der Toilette und habe mir Notizen gemacht, damit ich nichts vergesse.«

Ihre Chefs wollten alles genau von ihr wissen, berieten sich und fragten sie auch nach ihrer Meinung. An diesem Abend hatte Lea das Gefühl, diese Firma wäre eine große Familie und die beiden deren perfekte Eltern.

»Also gut, dann werde ich mir mal die Zahlen ansehen und die Personalverträge unter die Lupe nehmen. Mal sehen, was da zu optimieren ist. Aber das dauert morgen den ganzen Tag.« Marc schob seinen Stuhl ordentlich an den Tisch zurück, nachdem er aufgestanden war. »Morgen Abend setzen wir uns noch mal zusammen, ja? Mich interessiert dann auch, was die Personalabteilung dazu sagt.« Er sah zu Lea und zwinkerte ihr zu.

Sie nickte zur Bestätigung.

»Also, der Tag war lang, ich mach mich vom Acker«, bemerkte er und klopfte auf den Tisch. »Immer schön sauber bleiben«, setzte er nach und sah Tim eindringlich an.

»Ist doch klar«, erwiderte dieser ungerührt, verschränkte die Unterarme und sah zu, wie sein Freund den Raum verließ.

Dann sah er zu Lea. »Und was machen wir beide jetzt mit dem angefangenen Abend?«

Da war er wieder, dieser Blick, der Lea durch Mark und Bein ging. Angespannt ermahnte sie sich, weiter zu atmen.

»Nehmen wir noch einen Absacker an der Bar?«

»Nein!«, energisch schüttelte sie den Kopf.

Zwar könnte sie mit Alkohol im Blut ihm gegenüber halbwegs natürlich auftreten können. Aber wenn sie jetzt etwas trank, würde das wahrscheinlich in einer Katastrophe enden. »Ich bin ehrlich gesagt ziemlich fertig ... und ich wollte noch mit meinem Verlobten skypen.«

Tim nickte und machte aus seiner Enttäuschung keinen Hehl, was ihren Magen seltsam verhärtete. Im Grunde würde sie ja selbst gern noch ein wenig in seiner Nähe bleiben. Es könnte sicherlich auch eine gute Möglichkeit sein, mehr von ihm zu erfahren. Warum nur war sie so interessiert an ihm? Ihm näher zu kommen, hieße mit dem Feuer spielen und wäre verdammt gefährlich ...

Sie hatte immer noch weiche Knie, als sie die Zimmertür hinter sich schloss. Ein Blick auf die Uhr sagte ihr, dass es zum Skypen mit Thorsten schon viel zu spät war. Deshalb schrieb sie ihm eine kurze Nachricht, dass sie sich spätestens morgen Abend melden würde. Sie war in der Tat völlig erschöpft. Während sie sich auszog, wurde ihr klar, dass dies auch von ihrer durcheinandergeratenen Gefühlswelt herrührte. So einfach war es eben doch nicht, seine Gefühle zu leugnen und Abstand zu wahren. Dazu noch die Überprüfung des Studios, das zehrte alles an ihren Kräften.

Doch so müde sie auch war, sie fand einfach keinen Schlaf. Die Schäfchen scherten sich einen Dreck um den Zaun, über den sie springen sollten, und sprangen einfach immer wieder zu Tim. Den heißen Typen, der sie anlachte, oder auch auslachte – je nach dem – aber immer mit diesem umwerfenden Lächeln.

Noch einmal ließ sie den Tag Revue passieren. Sie hatte sich jeden Moment ihrer gemeinsamen Zeit eingeprägt. Und selbst jetzt, allein in ihrer Vorstellung, verursachte er immer noch ein flaues Gefühl in ihrem Magen. Wütend warf sie sich zum x-ten Mal auf die andere Seite. Das konnte nicht so weitergehen. Doch sie konnte es drehen und wenden, wie sie wollte. Das war so etwas wie Sehnsucht. Sie wünschte sich seine Nähe. Lea drehte sich auf den Rücken, legte den Handrücken auf ihre Stirn und seufzte tief. Langsam wusste sie keinen Rat mehr ... außer ... der Minibar.

Im Schein der Nachttischlampe tapste sie zum kleinen Kühlschrank und inspizierte den Inhalt. Magenbitter, Pfefferminzlikör, Wodka und ein paar antialkoholische Getränke. Da war noch Bier, das war ihr eigentlich zu bitter. Deshalb trank sie das in der Regel nur zu Karneval, wenn sie bereits mit Sekt vorgeglüht hatte.

Also würde Wodka mit Orangensaft das Rennen machen. Der Alkohol war kaum zu schmecken, aber seine Wirkung setzte schnell ein. Zufrieden legte sich Lea wieder ins Bett, faltete die Hände hinter ihrem Kopf und wartete auf den Schlaf. Aber leider musste sie feststellen, dass das bisschen Alkohol nicht reichte, um ihren Geist zu beruhigen.

Also stand sie nochmal auf. Diesmal fiel ihre Wahl auf den Pfefferminzlikör, der hinterließ wenigstens einen frischen Geschmack im Mund. Ungeduldig schmiss sie sich zurück ins Bett und presste die Lider aufeinander wie ein Kind, das schlafen soll, aber eigentlich nicht will.

Da ließen Geräusche sie aufschrecken, die mussten aus dem Nebenzimmer kommen. Eindeutige Geräusche! Das durfte ja wohl nicht wahr sein, Tim musste Damenbesuch haben. Lautes, ordinäres Stöhnen und dazu das ächzende Bett. Er schien wohl nicht nur in einer Hinsicht sportlich zu sein. Shit!

Wieso machte ihr das eigentlich etwas aus? Er war doch ein freier Mensch. Man könnte meinen. Fuck! Das war Eifersucht!

Nein, nein! Das durfte nicht sein. Immer wütender auf sich selbst presste sie ihr Kissen über den Kopf. Aber das half nicht. Zu wenig Alkohol.

Noch einmal stapfte sie zur kleinen Bar und griff sich den Magenbitter, stürzte ihn hinunter, damit sie nicht zu viel davon schmeckte, und spülte schnell mit dem Bier nach. Noch während sie den Rest des Bieres hinunterwürgte, fiel ihr Blick auf die kleine Vitrine mit den Trinkgläsern. Dort befanden sich noch weitere Portionen Alkoholika. Cognac, Whiskey und ein Fläschchen Rotwein, die hatte sie vorhin übersehen. Jetzt kamen sie ihr gerade recht, um den scheußlichen Geschmack aus ihrem Mund zu entfernen. Der Lärm aus dem Nebenzimmer hielt an. Innerhalb kurzer Zeit waren auch diese Fläschchen leer. So! Das musste zum Schlafen definitiv reichen!

Schon während sie zurück zum Bett lief, drehte es sich in ihrem Kopf. Schnell machte sich ein betäubtes Gefühl in ihren Gliedern breit. Gut so! Jetzt würde sie endlich einschlafen.

***

Die Helligkeit, die durch die Vorhänge drang, tat in ihren Augen weh. Wo war sie? Was war passiert? Warum war ihr übel? Diese Übelkeit nahm zu, als ihr Stück für Stück bewusst wurde, was gestern Nacht passiert war. Meine Güte! Mit jeder weiteren

Erinnerung wuchs in ihr die Verachtung für das, was sie getan hatte, und war am Ende nicht weit von Selbsthass entfernt. Sie bekam sich einfach nicht mehr in den Griff. Erbärmlich. Gott sei Dank hatte niemand etwas von dieser peinlichen Vorstellung gestern Nacht mitbekommen.

Bis um zwölf Uhr musste sie den Mietwagen zurückbringen. Also blieb ihr nichts anderes übrig, als sich aus dem Bett zu quälen, auch wenn sie sich als Opfer einer Giftattacke des Schicksals fühlte. Ein Frühstück würde bestimmt helfen.

Sie stellte das Duschwasser so kühl wie möglich, um ihren schwachen Kreislauf anzukurbeln und klarer im Kopf zu werden. Was war das nur für ein schrecklicher Geschmack im Mund. Immer wieder öffnete sie ihn und ließ sie Wasser hineinsprudeln, um den Geschmack wegzuspülen.

Aber es gab Dinge, die nicht so einfach wegzuspülen waren. So die Erinnerungen an Tim, die immer wieder in ihren Gedanken auftauchten. Sie kam zu dem Schluss, dass sie ab sofort nicht mehr hinsehen, hinhören und möglichst wenig mit ihm reden wollte. Als erste Maßnahme kamen da Ohrenstöpsel infrage. Bevor sie den Wagen wegbrachte, würde sie sich welche besorgen.

Kapitel 7 Pure Versuchung

Tim rieb sich über die Stirn. Heute Morgen fühlte er sich wie gerädert. Er hatte wild geträumt und war immer wieder aufgewacht. Lea brachte ihn viel zu sehr aus dem Konzept und er stand hilflos daneben – neben sich. Dabei hatte es zunächst so ausgesehen, als sei mit dem Entschluss zur Scheidung auch Ruhe in sein Leben gekommen. Pustekuchen.

Gestern hätte er so gerne noch etwas mit seiner neuen Mitarbeiterin geflirtet – ganz unschuldig natürlich. Allerdings war er insgeheim froh, dass diese dann doch auf ihr Zimmer gegangen war. Es hätte seine ganze Disziplin erfordert, ihr nicht zu nahezutreten. Ihre Erscheinung hatte ihn regelrecht hypnotisiert. Während der Besprechung hatte er befürchtet, sie könnte es bemerken.

Diese sanfte Stimme, das freundliche, offene Wesen. Ja, sie wirkte fast unschuldig. Dieser Duft, ihr Duft, gemischt mit dem von Maiglöckchen. Das löste etwas in ihm aus, er wusste nur nicht, was. Sie war sicher sehr zärtlich im Bett. Wie gerne würde er das erfahren. Er seufzte und fühlte sich so unglaublich heftig zu ihr hingezogen.

Andererseits wollte er Marc nicht verärgern. Im Grunde hatte der ja recht, wenn er darauf bestand, nichts mit Mitarbeitern anzufangen. Außerdem war sie verlobt und nicht der Typ, der fremdgeht. Das wurde alles viel zu kompliziert. Und Tim kannte sich. Er würde sich nicht gut dabei fühlen, wenn er Lea auf irgendeine Art enttäuschte. Doch das würde zwangsläufig irgendwann der Fall sein. So war es bisher immer gelaufen.

Deshalb hatte er versucht, sich noch am selben Abend abzulenken. Sicher, flirten konnte er – wenn er wollte. Doch gestern hatte er nicht den richtigen Jagdinstinkt entwickelt. Die Frauen, die an diesem Abend in der Bar waren, waren ihm alle billig vorgekommen. Da hätte er auch in den Puff oder einen Swingerclub gehen können. Es war nicht der Sex, der ihn reizte, den konnte man immer und überall bekommen. Er suchte etwas Anderes, und er hatte noch nicht herausbekommen, was es war.

Als er dann unverrichteter Dinge auf sein Zimmer gekommen war, hatte er sich leer gefühlt. Normalerweise empfand er das Alleinsein als Erholung. Wann hatte sich das geändert? Er hatte versucht, dieses Gefühl mit fernsehen zu vertreiben. Das hatte nicht funktioniert. Deshalb war er auf den Balkon gegangen, um seinen wirren Kopf zu kühlen.

Dort hatte er gesehen, dass noch Licht in Leas Zimmer brannte. Ein Stich war durch seine Brust gefahren. Warum hatte sie nichts mit ihm trinken wollen? Sie zog offensichtlich die Einsamkeit ihres Zimmers vor. Er war verwirrt, dass ihn das störte. Wenn irgendjemand das verstehen müsste, dann doch wohl er.

Irgendwann hatte ihn das Gefühl beherrscht, ihr beweisen zu müssen, dass er nicht alleine war. Er wollte sie eifersüchtig machen. Sie sollte es bereuen, dass sie vor ihm weggelaufen war und ihre Einsamkeit spüren. So wie er. Manchmal verstand er selber nicht, was in ihm vorging. Jedenfalls hatte das dazu geführt, einen Porno so laut zu stellen, dass sie denken musste, er hätte Sex.

Heute war ihm dieses pubertäre Verhalten unglaublich peinlich. Sie durfte auf keinen Fall davon erfahren.

Was wollte er mit seinem fast freien Tag anfangen? Das Wetter war schön und er war sehr naturverbunden. Wenn er irgendetwas in der Natur unternahm, fühlte er sich frei. Die Wärme der Sonnenstrahlen auf seiner Haut wärmte auch seine Seele. Eine leichte Brise, die seinen Kopf umspielte, kühlte auch sein Gemüt. Das Vogel-gezwitscher und Blätterrauschen besänftigte seine innere Unruhe. Die Natur verlangte nichts von ihm. Hier war er ganz er selbst.

Damit war es entschieden, er würde ins Grüne fahren. Vielleicht wandern, an einem See schwimmen.

Tim erschrak, als er das Zimmer verließ, denn Lea tat gerade dasselbe. »Guten Morgen«, murmelte er und versuchte, seine Freude zu verbergen.

Leas Augen musterten ihn neugierig. »Morgen. Gut geschlafen?«

»Ja, bombig«, log er.

Seine Kollegin nickte und er meinte, Verachtung in ihrem Blick zu erkennen.

Fuck! Er musste versuchen, wieder in einem besseren Licht dazustehen. »Was hast du vor, bei diesem schönen Wetter?«

»Ich muss das Auto zurückgeben. Da ich vorher noch ein paar Besorgungen machen will, muss ich mich beeilen. Kannst du mich bitte vorbeilassen?«

Ihm war gar nicht aufgefallen, dass er ihr im Weg stand. Er musterte sie, während er die Position wechselte. Sie sah sehr blass aus und hatte Ringe unter den Augen. Hatte sie sich mit ihrem Verlobten gestritten?

»Alles in Ordnung?«, fragte er besorgt.

»Ja klar, was soll sein?«, antwortete sie, während sie sich in Bewegung setzte.

Beklemmung drückte auf seine Brust. Er wollte nicht zulassen, dass sie ihn so kühl abservierte und einfach verschwand. In seiner Hilflosigkeit hielt er sie am Arm fest.

Ihr entsetzter Gesichtsausdruck erschreckte ihn und er ließ sie sofort wieder los. Er räusperte sich, schluckte. »Hättest du Lust, heute Nachmittag etwas spazieren zu gehen? Wenn ich hier im Ort bin, hole ich mir immer einen Hund aus dem Tierheim in der Nähe und führe ihn aus.«

Sie kniff ihre Lippen zusammen. »Nein, tut mir leid.«

Begeisterung sah jedenfalls anders aus. Er sackte innerlich ein Stück zusammen. Es war verdammt schwer, zu akzeptieren, dass sie offensichtlich seine Nähe ablehnte. Er schloss kurz seine Augen und atmete durch.

»Hast du vielleicht Lust, Fahrrad zu fahren? Soll ich dir eins mieten? Ich werde auch ganz langsam fahren. Es gibt hier einen tollen Radweg, entlang des Flüsschens.«

»Nein Tim, mir geht es heute nicht so gut«, erklärte sie.

»Kann ich etwas tun? Soll ich dir einen Arzt besorgen?«

»Ist schon okay, ich glaube, ich muss nur etwas essen, dann wird es mir besser gehen. Aber mehr als das Pflichtprogramm läuft heute nicht, sorry.«

Immer noch wich sie seinem Blick aus. Was sollte er noch machen? Er musste sich mit dem Korb abfinden. Mit einem langsamen Nicken versuchte er, sich damit zu arrangieren, und ging ein Stückchen zur Seite, um ihr den Weg freizugeben. Er kam sich gerade vor, wie ein notgeiler Teenager.

Er musste dringend loslassen und zur alten Souveränität zurückkehren. »Okay, kann man nichts machen«, bemerkte er und zuckte mit den Schultern. »Wir sehen uns heute Abend.«

»Ja genau, bis dann«, nuschelte sie mit immer noch gesenktem Kopf. Schüchtern blickte sie sekundenlang zu ihm hoch, bevor sie sich eilig entfernte.

Ihm kam es fast vor, als würde sie vor ihm weglaufen. Ratlos sah er ihr hinterher. Doch nach einer Weile freute er sich über die Tatsache, dass sie heute Abend wieder zusammen sein würden. Gut gelaunt fuhr er zum Tierheim.

Diese Nacht lief fast alles zu Tims Zufriedenheit. Lea willigte ein, noch mit an die Bar zu kommen. Der Wermutstropfen dabei war allerdings Marcs Anwesenheit. Der hatte es sich offenbar zur Aufgabe gemacht, den Anstandswauwau zu mimen. Möglich, dass Lea nur deswegen zusagte. Aber sie kannte Marc nicht so gut wie Tim. Er hatte noch nie Stehvermögen bewiesen. Spätestens nach zwei Bier würde Tim freie Bahn haben.

Das Hotel war für seine vielen Konferenzräume bekannt. Es lag etwas abseits der Stadt, mit schlechten Verkehrsanbindungen. Dementsprechend groß und gut ausgestattet war die Bar.

Die Discokugel warf bunte Spiegellichter an die Wände. Die Musik war relativ leise, und dem vorwiegend älteren Publikum angepasst. Es war weder zu voll, noch zu leer. Deshalb fühlten sie sich gleich wohl.

Sie setzten sich an die Bar. Marc platzierte sich zwischen ihm und ihrer neuen Kollegin.

Tim beobachtete Lea, die die vielen bunt beleuchteten Flaschen des Regals in Augenschein nahm. »Was möchtest du trinken?«, fragte er.

»Irgendetwas ohne Alkohol.«

Ohne Alkohol? Tim sah seine Chancen auf eine Annäherung schwinden. Andererseits wollte er nicht plump wirken und nickte. »Irgendeine Ahnung, was infrage kommt?«

»Cola.«

»Normal? Mit Zucker und Koffein?«

»Jepp, ganz normal«, nickte Lea.

»Oh.«

»Was oh?«

»Ach nichts.«

»Sag schon.«

»Hm, die meisten Frauen trinken sie ohne Zucker. Und vorm Schlafen gehen auch gerne ohne Koffein.«

»Ich bin eben nicht die meisten Frauen.«

»Ja ... seh ich auch so.«

»Boah«, stöhnte Marc, »ich hab zu viel gegessen. Mir ist fast übel. Hier gibt es doch diesen regionalen Kräuterschnaps, der auch Fußpilz wegbrennt, den hätte ich gerne.«

Tim grinste und übernahm die Bestellung beim Barkeeper.

»So einen Kräuterschnaps hätte ich auch gerne«, bemerkte Lea in der letzten Minute.

Tim konnte sein Glück kaum fassen. Lea bestellte doch noch Alkohol. Das ließ sich doch gut an. Allerdings hatte er selbst auch welchen nötig, und so bestellte er eine Runde Schnaps für alle.

Wie die meisten Kräuterschnäpse war auch dieser hier kein Genuss, aber die Wirkung auf den Magen tat gut. So waren sie sich schnell einig, noch eine Runde zu bestellen.

Danach beschlossen sie, dass man auf zwei Beinen nicht so sicher stand wie auf drei, schon stand die dritte Runde vor ihnen auf dem Tresen. Die vierte Runde gab der Barkeeper aus, der die beiden Stammgäste offensichtlich kannte. Der meinte, dass vier Beine noch besser entspannten als drei.

Für Lea schien das auch zuzutreffen, denn allmählich lächelte sie gelöst und kam immer mehr aus sich heraus. Eine solide Basis, um ihr näherzukommen.

Doch nicht, solange sie zu dritt waren. Da Marc ein guter Puffer war, blieben die Gespräche oberflächlich, aber fröhlich.

»Kollegen«, verkündete Marc plötzlich, »ich muss jetzt in die Falle. Mir ist immer noch nicht gut, hab vielleicht was Falsches gegessen. Kommst du mit, Kollegin?«

Tim beobachtete angespannt, wie sein Freund Lea auffordernd zunickte.

»Ich geh auch gleich, muss nur noch austrinken«, erklärte sie und wies auf das, noch zu zwei Dritteln gefüllte Glas.

Tim brach innerlich in Jubel aus.

»Okay, aber immer schön sauber bleiben, Kollegen«, sagte Marc und stand auf. Die Gutenachtwünsche seiner Kollegen beantwortete er mit einem Klopfen auf die Theke. Schon war er verschwunden und Tims geheimer Wunsch war tatsächlich in Erfüllung gegangen.

Zwar hatte er sich die ganze Zeit nichts mehr ersehnt, als mit Lea allein zu sein, doch nun wusste er nicht weiter. Innerlich hatte er schon nicht mehr damit gerechnet, deshalb fehlte ihm nun der Plan. Sie musste ihn für einen Idioten halten, denn er starrte sie an, wie eine Fata Morgana in der Wüste.

Mein Gott, war sie schön!

Erst jetzt wagte sie, den Blick zu erwidern. »Was ist? Stimmt was nicht?«

Tim lächelte. »Nein, wie kommst du darauf, das hätte ich dir schon längst gesagt.«

»Dann ziehst du mich mit Blicken aus, oder warum starrst du mich so an?«

»Wenn ich dir die Wahrheit sage, lachst du nur.«

»Ach ja? Dann bring mich mal zum Lachen.«

»Du bist wunderschön.« Er musste schief grinsen, als er das sagte.

Tatsächlich brach Lea in Lachen aus, das aber in kürzester Zeit erstarb, denn Tim verzog keine Miene. Normalerweise hatte er seine Mimik im Griff. Wenn es darauf ankam, war er ein grandioser Schauspieler. Aber bei dieser Frau funktionierte das nicht. Bei ihr fühlte er sich nackt und hatte das Gefühl, sie könnte direkt in seine Seele sehen. Er musste schlucken.

Er war noch nicht so weit, sein Innerstes preiszugeben. Aber es war ihm auch nicht möglich, das Gesicht abzuwenden. Der Alkohol tat sein Übriges, den Blicken dieser Frau standzuhalten.

»Warum wolltest du heute nicht mit mir spazieren gehen?«, fiel er mit der Tür ins Haus. Diese Frage brannte seit der Zurückweisung auf seiner Seele.

»Das habe ich dir doch schon gesagt, mir war nicht gut. Das war keine Ausrede.«

»Und jetzt ist dir besser?«

»Ja.«

»Warum glaube ich dir nicht?«

»Keine Ahnung, dein Problem.«

»Warum wolltest du dann nicht mit mir Fahrrad fahren?«

»Wird das jetzt ein Verhör?«

»Nein, ich möchte nur den wahren Grund wissen. Deine Zurückweisung hat mich verletzt.«

»Ist das nicht ein bisschen melodramatisch?«

Er stützte den Kopf auf. »Normalerweise schon, aber diesmal ist es mein Ernst.«

Lea positionierte ihren Kopf auf dieselbe Weise wie Tim. »Der Herr Jaeger ist keine Zurückweisung gewohnt, nicht wahr?«

Tim seufzte und nahm einen Bierdeckel, um damit herumzuspielen.

»Du bist doch eine Katze, die mit der Maus spielt, bevor sie sie frisst«, schob sie nach.

»Vielleicht ... aber ich spiele nur und tue nichts, was die Maus nicht selbst will«, gestand er und fing an, den Bierdeckel in kleine Fetzen zu zerreißen. »Du hast von mir nichts zu befürchten, ehrlich. Ich respektiere, dass du verlobt bist.« Er hob die Hand. »Ich schwöre, ich hab nichts Schlechtes im Sinn.«

»Definiere Schlechtes.«

»Ich werde nichts machen, was dir schadet, oder wehtut. Warum sollte ich? Ich wollte nur etwas Zeit mit dir verbringen.« Er konnte und wollte nicht verbergen, wie viel ihm an ihr lag. »Lea, warum meidest du mich?«

»Ich meide dich doch nicht. Ich sitze doch jetzt hier, mit dir ... allein ... mehr oder weniger.«

»Warum wolltest du dann heute Nachmittag nichts mit mir unternehmen?«

»Okay, weil du sonst keine Ruhe gibst: Es lag nicht an dir, es lag an der Unternehmung. Zufrieden?«, genervt warf sie ihre Haare zurück.

»Welche Unternehmung?«

Sie schloss ihre Augen und schien sich zu sammeln. »Wenn ich dir die Wahrheit sage, fängst du an zu lachen.«

»Und du willst mich nicht zum Lachen bringen?«

»Du wirst mich verspotten.«

Tims Gesichtsausdruck wurde ernst. »Niemals! Ich schwöre!«

Sie seufzte. »Also gut ... ich ... also ... ich hab Angst vor Hunden.«

»Waaas?«

»Siehst du?! Hab ich doch gesagt.«

»Ähm, nein ... Moment mal ... Du hast also nicht nur Angst vor Spinnen, sondern auch vor Hunden?«

Lea wirkte auf einmal niedergeschlagen. »Ja, genauso ist es«, murmelte sie und nickte. »Ich bin als Kind mal von einem Hund gebissen worden. Sieh hier.« Sie zog ihr Hosenbein ein kleines Stückchen hoch und eine wulstige, halbrunde Narbe wurde sichtbar. »Das Ganze hat sich damals auch noch entzündet.«

Tim zog scharf Luft durch die Zähne. »Aua, da tut mir ja allein der Anblick schon weh.«

»Geht schon, vergessen. Aber die Angst vor Hunden ist geblieben«, sagte Lea und musterte Tim fragend. »Warum holst du dir Hunde aus dem Heim für einen Spaziergang? Warum hast du nicht selbst einen?«

»Als ich noch mit meiner Frau zusammenlebte, hatten wir sogar einen. Sie hat ihn aber nach der Trennung mitgenommen. Na ja, ich bin ehrlich gesagt nicht genug zu Hause, um einen Hund zu halten.«

Lea nickte.

Tim streichelte mitfühlend über ihren Arm. »Aber du hättest doch mit mir Fahrrad fahren können.«

Lea entließ einen herzhaften Seufzer. »Ob du es mir glaubst, oder nicht. Ich kann nicht Fahrrad fahren.«

»Das meinst du nicht ernst. Ich erinnere mich doch ganz genau, wie routiniert du im Studio in die Pedale getreten hast.«

»Doch, todernst. So ein Studiorad kann nicht umfallen.«

Tim sah ihr prüfend ins Gesicht. Sie meinte es tatsächlich so. »Ach du Schande. Warum? Das zu lernen müsste doch eine Kleinigkeit sein, so sportlich, wie du bist.«

»Ich bin mitten in der Stadt aufgewachsen, da war es nur sehr schlecht möglich, es zu erlernen. Meine Eltern wollten sowieso nicht, dass ich mit dem Fahrrad durch den dichten Verkehr radele. Deshalb haben sie mich überall mit dem Auto hingebracht. Ich hab es nie gelernt, auch nicht später, weil ich es nie gebraucht habe. So, nun kennst du meine Geheimnisse. Zufrieden?«

»Zufrieden ist nicht der richtige Ausdruck. Ich bin erstaunt.« Er konnte nicht anders, musste ihr übers Haar streicheln. Er legte alle Zärtlichkeit hinein und liebkoste sie auch mit den Augen. »Weißt du was? Dir entgeht da etwas. Fahrrad-fahren ist großartig.«

Erstaunt stellte er fest, dass sie sich leicht gegen seine Hand lehnte. Sie schien seine Zärtlichkeit gerade zu brauchen. Deshalb wanderte seine Hand weiter, die Wange herunter. Es machte ihn geradezu glücklich, dass sich ihr Gesichtsausdruck entspannte. »Es ist genau die richtige Geschwindigkeit, sich fortzubewegen. Nicht zu schnell und nicht zu langsam, um alles von der Landschaft mitzubekommen. Man kann die Sonne und den Wind genießen. Viel besser, als man es zum Beispiel mit einem Cabrio könnte«, führte er mit sanfter Stimme seine Erklärungen fort.

In einem Anfall von Kühnheit streichelte sein Daumen ihre Wange. Sie hielt immer noch still. »Und das Beste ist das Gefühl hinterher. Man ist so richtig schön ausgepowert. Aber an der frischen Luft, nicht im muffigen Studio.«

Jetzt konnte er nicht anders. Er beugte sich zu ihr, um sie zu küssen.

Kapitel 8 Starkstrommagnet

Gerade eben hatte Lea Tim zurechtgewiesen, er würde sie anstarren. Jetzt ertappte sie sich dabei, dass sie es im Grunde genauso machte. Sie konnte sich seiner Wirkung einfach nicht entziehen. Er war der Elektromagnet, sie das Eisen. Und kein Ausschaltknopf weit und breit.

Wahrscheinlich hatte sie der Wahnsinn umzingelt, als sie ihm ihre Ängste verriet. Zeig deinem Gegner nie deine Schwächen! Obwohl, er fühlte sich überhaupt nicht wie ein Gegner an. Dieses arrogante Auftreten, das er hier und da an den Tag legte, war vermutlich nur ein Schutzwall. Sie hatte den starken Eindruck, dass ein weicher Kern unter der harten Schale steckte.

Bei seiner zärtlichen Geste vorhin hatte sie sich so geborgen gefühlt. Überhaupt, seine Nähe fühlte sich so gut an. Diese schlanken Hände streichelten sie so einfühlsam.

Lea schloss die Augen, als er näherkam. In diesem Moment wünschte sie sich nichts mehr, als von ihm geküsst zu werden. Zunächst nahm sie seinen schon etwas vertrauten Duft wahr. Sofort wurde der Wunsch nach seiner Berührung übermächtig. Deshalb empfand sie es fast als Erlösung, als sie seine weichen Lippen auf ihren spürte. Erst ganz sanft, so, als ob er nach Erlaubnis fragte, dann etwas fordernder. Es war, als ginge ein Stromstoß durch ihren Körper. All ihre Sinne sehnten sich nach ihm und sie öffnete ihren Mund. Öffnete sich ihm.

Er ließ die Hände ihre Arme hochwandern. Sanft streichelten sie über ihren Hals und fanden Halt in ihren Haaren. Ihr Atem beschleunigte sich, als seine Zunge zärtlich begann, ihren Mund zu erforschen. Dabei streichelten seine Hände ihren Rücken hinunter und hinterließen eine prickelnde Spur, die Lea Gänsehaut bescherte.

Sie folgte der Aufforderung seiner Hände und stand vom Barhocker auf, um näher zu ihm zu kommen. Er saß auf dem Hocker und sie stand zwischen seinen Knien. So hatten sie die idealen Größenverhältnisse, um sich tiefer im Kuss zu verlieren. Sie schmiegte sich, suchte seine Nähe. Die immer intensiver werdende Zärtlichkeit befeuerte das Verlangen. Sie schlang hingebungsvoll die Arme um seinen Hals.

Minutenlang verloren sie sich ein diesem Kuss und vergaßen die Zeit.

Immer dichter drängten ihre Leiber vor Sehnsucht nach mehr Nähe aneinander.

»Hallo? ... Hallo, Herr Jaeger. Ich will Sie ja nicht stören, aber die Bar schließt.«

Tim und Lea lösten sich widerwillig und sahen zum Barkeeper, der entschuldigend mit den Schultern zuckte. Wie abgesprochen trafen sich Leas und Tims Blicke.

Lea wurde übel. Der traumhafte Moment war vorbei. Zurück in der Realität wurde, ihr schlagartig bewusst, dass sie ihre Vorsätze gebrochen hatte. Wie hatte sie sich nur so gehen lassen können? Sie wusste doch, sobald sie in der Nähe dieses Mannes war, funktionierte ihr Verstand nicht mehr. Warum war sie nicht mit Marc gegangen?

Auf einmal schoss ihr ein Gedanke wie ein Blitz durch den Kopf. Sie hatte doch noch mit Thorsten skypen wollen! Fuck! Dafür war jetzt sicher wieder zu spät. Er wartete bestimmt nicht mehr auf sie. Plötzlich hatte sie einen Kloß im Hals. Ihr wurde flau. Verlegen fuhr sie sich durchs Haar, murmelte: »Sorry ich muss weg«, und stürmte zur Tür heraus.

Sie hörte noch, wie Tim ein »Schreiben Sie es auf mein Zimmer« zum Barkeeper warf und der Barhocker über den Boden kratzte. Gehetzt drehte sie sich um. Er war ihr auf den Fersen. So verzichtete sie auf den Fahrstuhl, damit sie nicht mit ihm fahren musste, und lief zum Treppenhaus. Leider war Tim besser trainiert als sie. Sie jagte die Stufen hoch, japste, gab alles, doch er kam beunruhigend schnell näher.

»Lea!« Sein Ruf traf ihr Herz wie ein Stich.

Verdammt! Gib endlich auf!, sandte sie ein Stoßgebet zum Himmel.

»Lea! Warte doch!«

Nur noch ein paar Stufen, dann hatte er sie eingeholt.

Als sie die letzte Stufe zum fünften Stock genommen hatte, brannten ihre Muskeln und die Bronchien schmerzten. Die erschöpften Beine wollten einfach nicht mehr richtig gehorchen. Sie biss die Zähne zusammen und streckte schon die

Hand Richtung Zimmer aus, da spürte sie Tims festen Griff am Arm.

»Was soll denn das? Warum läufst du auf einmal weg?«, keuchte er und riss sie herum.

Sie versuchte, sich dem Griff mit einem energischen Ruck zu entziehen. »Lass mich! ... Bitte!«

Aber er hielt sie fest.

Sie wich zurück, Richtung Wand.

»Warum? ... Ich will wissen, warum? Es war doch gerade so schön.«

»Ja, so schön, dass ich einen wichtigen Termin verpasst habe. Ich will nicht, Tim, du weißt, warum.«

Stöhnend schlug er mit der Faust gegen die Wand. Unmittelbar danach ließ er sie los, versperrte aber mit seinem Arm, den Weg Richtung Tür. Lea wurde noch weicher in den Knien. Sie rang nach Atem. Das Herz klopfte ihr bis zum Hals, als wollte es platzen. Wie gelähmt ließ sie sich durch die einnehmende Geste gefangen nehmen. Es war verrückt, jede Faser ihres Körpers verlangte nach diesem Mann.

Tim sah sie durchdringend an. »Was soll das? Willst du vor dir selbst weglaufen? Das funktioniert nicht. Ich denke, du weißt das.«

Wortlos drehte sie ihren Kopf weg. Sie konnte nicht reden, sie konnte nicht flüchten, sie konnte sich überhaupt nicht wehren. Es wäre ein Leichtes, sich zu befreien. Nur leider schien ihr Unterbewusstsein etwas ganz anderes zu wollen.

»Du willst mich genauso, wie ich dich will«, raunte er. Wieder versuchte er, sie zu küssen.

Wieder konnte sie sich nicht entziehen. Dieser Kuss hatte nichts von der eben noch gezeigten Zärtlichkeit. Er war leidenschaftlich und verlangend, so als ob er ihr etwas beweisen wollte.

Aber schon nach kurzer Zeit meldete sich ihr Gewissen und sie fand endlich den Absprung. Sie hob seinen Arm, der ihr den Weg versperrte, und Tim trat wortlos ein Stück zurück. Sein enttäuschter Blick ging ihr durch Mark und Bein.

»Tut mir leid«, flüsterte sie.

»Okay, wie du willst. Es wird nicht wieder vorkommen, versprochen«, warf er ihr hinterher, als sie schnell in ihrem Zimmer verschwand.

Lea schloss die Tür hinter sich und lehnte sich mit dem Rücken dagegen. Erschöpft schloss sie die Augen und versuchte das Bild vom enttäuschten Tim abzuschütteln. Das ging alles über ihre Kraft. Mit immer noch zitternden Beinen wackelte sie zum Schreibtisch und fuhr den Laptop hoch. Wie erwartet war Thorsten schon offline. Er hatte eine Nachricht hinterlassen.

›Habe bis zehn Uhr mit Linus auf dich gewartet. Ich hoffe, du amüsierst dich gut. Gute Nacht.‹

Es war ein Gefühl, als steche jemand mit einem Messer in ihren Bauch und würde damit genüsslich in ihren Gedärmen herumwühlen.

Warum hatte sie auch schon wieder gegen ihre Vorsätze gehandelt? Ratlos wanderte ihr Blick durchs Zimmer. Ihr war übel, nicht zuletzt, weil sie sich selbst zum Kotzen fand. Wie hypnotisiert stoppte der Blick an der wieder befüllten Minibar. Sie holte den Whiskey heraus und trank direkt aus der kleinen Flasche. Das Brennen, das die Speiseröhre hinunterwanderte, vertrieb endlich das flaue Gefühl im Magen. Lea atmete durch.

Dass sie schon wieder Alkohol als Seelenkrücke missbrauchte, gefiel ihr gar nicht. Deshalb schwor sie sich, ab sofort keinen Tropfen mehr zu trinken.

Zutiefst erschöpft befreite sie sich aus ihrer Kleidung. Ihre Glieder fühlten sich wie betäubt an, als sie ins Bett sank. Das war definitiv das letzte Mal, dass sie mit an die Bar gegangen war. Sie schwor sich endgültig, auf jedweden außerberuflichen Kontakt mit Tim zu verzichten. Morgen früh würden sie die nächste Filiale aufsuchen. Neues Hotel, neue Herausforderung. Dort würde sie das Spiel gewinnen und sich nicht noch einmal von ihm einwickeln lassen.

Dass Thorsten auf sie gewartet hatte, tat ihr zwar leid, aber dass sie Linus enttäuscht hatte, dafür konnte sie sich selbst ohrfeigen.

Ihre Gedanken kreisten noch lange ohne Ergebnis. Erst, als die Morgendämmerung durch die Vorhänge des Hotelzimmers schimmerte, fiel sie in einen kurzen, traumlosen Schlaf.

Als sie ein paar Stunden später erwachte, versuchte sie als Allererstes, Thorsten und Linus zu erreichen. Sie war nicht besonders überrascht, dass es nicht klappte, Linus musste ja rechtzeitig zu Schule. Also machte sie sich nach dem Anziehen auf den Weg zum Frühstück.

Als sie zu ihrem Platz im Speisesaal kam, lag eine gelbe Rose neben ihrem Teller.

»Was hat das nun wieder zu bedeuten?«, fragte Marc und nickte zur Blume.

Lea zuckte ratlos mit den Schultern.

»Tim hat das bloß rasch hingelegt und ist sofort wieder verschwunden. Er hat gesagt, er hätte schon gefrühstückt«, erklärte Marc.

Lea öffnete das beiliegende Kärtchen, auf dem die Blumensprache erklärt wurde. Eine gelbe Rose bedeutete demnach ›Verzeihung‹. Unterschrieben war die Karte mit ›Tim‹.

Durch Leas Brust zog ein stechender Schmerz. Sie setzte sich und Marc griff zögernd nach der Karte. Als Lea nicht protestierte, warf er einen Blick darauf.

»Scheiße, was ist passiert?« Marc rieb sich verspannt über die Stirn. »Ich glaube, ich muss dich an dieser Stelle mal warnen. So ein lieber Mensch Tim auch ist, Frauen gegenüber kann er ein Arschloch sein.«

Lea nickte zögernd. Ganz davon abgesehen, dass die Warnung zu spät kam, hätte es wahrscheinlich auch nichts genutzt, wenn sie früher gekommen wäre. Ihre Gefühle waren einfach da, sie wusste nicht warum und ihr Verstand konnte nichts dagegen ausrichten.

»Was ist passiert? Er ist dir doch nicht zu nahe getreten? Bisher hat er sich bei Mitarbeitern zwar meist zurückgehalten, aber wer weiß schon, was neuerdings in ihm vorgeht.«

»Nein, nein, es war ein Missverständnis. Kein Grund zur Sorge«, murmelte sie. Ihre Gefühle waren ihr Problem. Sie würde sich schon wieder fangen.

»Sicher? Du hast so tiefe Ringe unter den Augen.«

»Ja, sicher. Er hat nichts getan, was ich nicht wollte. Genügt dir das?«

»Nichts tun, was die Frau nicht auch will? Das ist sein Standardspruch. Nein, das genügt mir nicht. Hat er wieder Grenzen übertreten? Komm schon, du kannst es mir ruhig sagen.«

»Es ist nichts Erwähnenswertes passiert, okay?«

Nein, sie würde Tim nicht in Schwierigkeiten bringen und damit womöglich auch sich selbst. Ein Ergebnis hatte die Grübelei gestern nämlich noch ergeben. Sie war selbst nicht ganz unschuldig an dem Vorfall an der Bar. Und es gab nur eine einzige Lösung: Sie wollte solche Situationen in Zukunft vermeiden.

»Es ist nichts passiert, und es wird nichts passieren«, stellte sie klar.

Marc nickte mit einem Rest von Zweifel im Gesicht.

Als Lea mit zwei Tellern beladen mit Brot, Wurst, Käse und Obst zurückkam, rührte Marc immer noch in seinem Tee. »Was ist mit dir? Hast du keinen Hunger?«

Er stöhnte. »Nein, mir ist immer noch übel. Ich glaube, ich hab mir einen Virus eingefangen, oder so.«

»Oh je. Brechen wir jetzt die Reise ab?«

»Nein, wird schon gehen ... denke ich«, antwortete er und verzog das Gesicht.

Lea musterte ihn genauer. Er sah ziemlich blass aus. »Okay«, murmelte sie und aß mit Appetit ihr Frühstück. Auch wenn Tim ihr den Schlaf raubte, den Appetit würde er ihr nicht nehmen.

»Ich geh dann mal nach oben und packe. Bis gleich«, verabschiedete sich Marc, während er seinen Stuhl wieder an den Tisch stellte.

»Alles klar, bis gleich.« Lea sah ihm nach, bis er aus dem Speisesaal verschwunden war. Dann griff sie zur Rose und roch daran. Sie duftete wunderbar.

Als sie wieder im Zimmer war, warf sie erst noch einen Blick auf den Laptop. Thorsten müsste jetzt eigentlich erreichbar sein. Aber er war nicht online. Vielleicht war er ja einkaufen. Das Handy war auch ausgeschaltet. Lea beschlich das Gefühl, dass er sie so bestrafen wollte.

Na ja, irgendwann würde er wieder mit ihr reden müssen. Spätestens, wenn sie wieder zu Hause war. Enttäuscht packte sie ihren Koffer. Vielleicht war das die gerechte Strafe für ihre Untreue.

»So eine hohe Minibarrechnung?«, spottete Tim.

Lea zuckte zusammen. Er war unbemerkt von hinten an sie herangeschlichen, als sie die Rechnung beglich. »Da hat die Kollegin aber ganz schön Durst gehabt.« Sein Lachen erstarb, als er ihr ins Gesicht sah.

Fuck, er hatte sie erwischt.

»Sorry, ich bin manchmal unmöglich«, entschuldigte er sich.

Sie staunte nicht schlecht, als sie einen Blick auf seine Rechnung werfen konnte. Eine Steilvorlage zur Revanche. »Pay-TV? Da hat sich der Kollege wohl ein paar anregende Filmchen angesehen. Nicht zum Zug gekommen?«, konterte Lea mit triumphierendem Lächeln.

Er schenkte ihr ein schiefes Grinsen. Dann erinnerte sie sich an die vorletzte Nacht, als sie sich mit Alkohol betäubt hatte, um die vermeintlichen Sexgeräusche zu überhören. In ihr keimte der Verdacht, dass er beabsichtigt hatte, dass sie das hörte. Spielte er mit ihr und wollte sie eifersüchtig machen? Ihre erste Empörung verwandelte sich schnell in eine gewisse Befriedigung und ließ sie wissend grinsen. Er hatte doch kein Sex mit einer anderen Frau gehabt. Sofort schalt sie sich innerlich für die aufkommende Erleichterung. Er war ein freier Mensch und konnte tun und lassen, was er wollte.

Als sie später zum Wagen kam, begrüßte Tim sie nur knapp. Ansonsten vermied er jeden Augen- und sonstigen Kontakt. Lea musste sich ein- gestehen, dass das ein kleines Loch in ihr Herz riss. Tims Verhalten machte sie zwar dankbar, aber nicht froh.

Diesmal fuhr Tim den Wagen, denn Marcs Übelkeit hatte sich verstärkt. Fast die ganze Fahrt über redeten sie kein Wort.

Am späten Nachmittag kamen sie an ihrem Ziel an. Diesmal hatte das Hotel viele Stockwerke und einen Panoramaaufzug. Lea hasste Panorama- aufzüge. Dazu waren sie ihre Zimmer auch noch in der obersten Etage reserviert. Was für ein Mist, da konnte sie nicht auf die Treppen ausweichen.

Verzweifelt versuchte Lea, sich im Lift möglichst weit nach hinten zu stellen. Ihr Herz klopfte. Kalter Schweiß brach ihr aus und sie bekam immer schwerer Luft. Sie biss sich auf die Lippen und presste die Lider aufeinander.

Da spürte sie auf einmal, wie jemand ihre Hand nahm. Sie blinzelte. Tim sah sie fürsorglich an.

Hatte er ihre Ängste bemerkt?

Egal, er sah nicht so aus, als würde er diese Schwäche ausnutzen. Dankbar drückte sie seine warme Hand und fühlte sich gleich etwas sicherer. Am liebsten hätte sie sich von ihm in den Arm nehmen lassen. Doch letztendlich war sie froh, dass er das nicht anbot.

Oben angekommen ließ sie Tim los, als hätte sie sich an ihm verbrannt. Sein enttäuschter Blick ließ ihr Herz krampfen. Wieder dieser Kontrollverlust! Nach dem Essen würde sie sich sofort aufs Zimmer verziehen und noch einmal versuchen, mit Thorsten Kontakt aufzunehmen. Viel Hoffnung hatte sie da allerdings nicht, denn er hatte sein Handy immer noch nicht eingeschaltet. Morgen früh hatte sie ihren Probetrainingstermin, abends die Besprechung und übermorgen würde es endlich wieder nach Hause gehen.

Kapitel 9 Ein Unfall

»Lea!« Am nächsten Morgen klopfte Tim aufgeregt an Leas Tür. »Lea, komm, bitte mach auf!« Angestrengt versuchte er, einer Antwort zu lauschen, aber es war totenstill. »Mach schon auf. Ich weiß, dass du da bist. Der Mietwagen steht noch im Hof.« Immer noch rührte sich nichts.

»Lea! Mach auf!« Sein Klopfen wurde aggressiver. »Ich brauche das Auto! Marc wollte mit dem Dienstwagen zum Arzt und hatte einen Unfall. Bitte! Mach endlich auf.«

Gott sei Dank, jetzt hörte er Schritte.

»Ach du Scheiße. Ist es schlimm? Ist ihm etwas passiert?«, sprudelten es aus Lea heraus, als sie die Tür öffnete.

»Das Auto hat einen Schaden, der unbedingt überprüft werden muss. Ich wollte jetzt ins Krankenhaus fahren, um Näheres zu erfahren.«

»Dann sage ich den Probetrainingstermin wohl besser ab.«

»Ja, mach das. Am besten kommst du mit mir mit.«

»Ich hol nur schnell meine Jacke.«

Tim raste und räusperte sich ständig während der Fahrt. Nervös fuhr er sich immer wieder durchs Haar.

Lea sah ihn besorgt an. »Wenn du willst, kann ich fahren.«

»Lass nur, geht schon. Wir sind gleich da.«

»Pass auf! Die Ampel war rot!«

Tim erschrak und verriss das Steuer. »Mann, erschreck mich nicht so! Die Ampel ist doch gerade erst umgesprungen«, knurrte er und funkelte Lea aufgebracht an.

»Da pass auf! Der Fußgänger.« Sie hielt sich die Hände vors Gesicht und drückte den Oberkörper in die Lehne, während sie auf die imaginäre Bremse stieg.

»Hab ich doch gesehen! Du machst mich ganz nervös.«

»Du machst mich nervös. Kannst du nicht ein bisschen langsamer fahren? Sonst legen wir uns gleich noch neben Marc ins Krankenzimmer. Von den unschuldigen Fußgängern mal abgesehen.«

Tim knurrte und ging etwas vom Gas. »Tschuldigung, war nicht meine Absicht. Aber ich bin ziemlich nervös, weiß auch nicht.«

»Schon okay, du machst dir eben Sorgen. Darum habe ich ja auch angeboten, zu fahren. Wie lange kennst du deinen Freund eigentlich?«

»Schon ewig. Wir sind zusammen zur Schule gegangen, zur Grundschule.«

Lea nickte. »Richtig dicke Freunde, oder?«

»Jepp. Er ist mein bester Freund, der immer zu mir gehalten hat.«

»Erzählst du mir mehr von eurer Freundschaft?«

Er nickte und räusperte sich. »Marc ist mir nach dem Tod meiner Zwillingsschwester ein wirklich guter Freund gewesen. Ohne ihn hätte ich die schwere Zeit der Trauer mit Sicherheit nicht so gut überstanden, denn meine Eltern hatten damals viel zu viel mit sich selbst zu tun«, erklärte er, dabei brach ihm ein paar Mal die Stimme weg.

Tim Aufregung war noch gewachsen, als sie das Krankenhaus erreichten. Ein paarmal zuckte Leas Hand, als würde sie seine nehmen wollen. Er sah es aus dem Augenwinkel, beachtete es aber nicht, sondern hastete zielstrebig Richtung Krankenhauseingang. Seine Gedanken waren mit den Sorgen um Marc besetzt.

Erst, als sie sich nach dem Zimmer erkundigt hatten, in dem Marc lag, wagte sie es erneut, seine Hand zu ergreifen. Überrascht sah Tim sie an und schenkte ihr ein dankbares Lächeln.

Im Fahrstuhl wurde sein Händedruck fester, da er wusste, dass Lea in Fahrstühlen Angst hatte. Aber auch, während sie über den Flur zu Marcs Zimmer liefen, ließen sie sich nicht los. Bevor sie an die Tür klopften, sahen sie sich kurz in die Augen und lösten sich.

Als Marcs Stimme sie hereinbat, atmete Tim tief durch und öffnete die Tür.

Marc richtete sich auf, als sie eintraten. Er trug eine Halskrause und hing am Tropf. Auf seiner Stirn prangte eine eindrucksvolle, bläulich angelaufene Beule.

Tim schüttelte den Kopf. »Was machst du schon wieder für einen Mist, Alter.« Er trat ans Bett und begrüßte Marc mit einem Handschlagritual.

»Hallo Lea«, begrüßte Marc seine Mitarbeiterin.

»Hallo Marc. Wie geht es dir?«

»Blendend, aber das Personal hier will das nicht einsehen«, scherzte er.

»Hm, ich finde, du sahst definitiv schon besser aus«, bemerkte Tim. »Raus mit der Sprache. Was sagen die Ärzte genau?« Er setzte sich auf das unbelegte Bett nebenan.

»Die sagen, mit Fieber fährt man kein Auto.«

»Fieber? Marc! Mann! Wieso sagst du nicht, dass du krank bist? Mit Fieber fährt man nicht herum, sondern legt sich ins Bett! Was fehlt dir denn?«

»Sie sagen, ich habe Salmonellen. Na ja, das wusste ich schließlich nicht. Ich dachte, ich wäre fit genug. Aber die Ärzte haben mir gesagt, ich wäre schon total dehydriert gewesen.«

»Scheiße … Mann.« Tim wurde noch weißer.

»Im wahrsten Sinne des Wortes«, bemerkte Marc trocken.

»Du hast eine merkwürdige Art von Humor.«

»Deswegen liebst du mich.« Marc lächelte schwach. »Es tut mir leid, dass ich euch Umstände bereite.« Sein Blick wanderte zwischen Lea und Tim hin und her. »Die Ärzte sagen, es ist alles halb so wild.« Er nickte zum Tropf. »Deshalb bekomme ich Antibiotika. Wegen der Beule, und weil Wochenende ist, wollen die mich bis Montag zur Beobachtung hierbehalten. Sieht so aus, als hätte ich noch mal Glück gehabt.«

Auf einmal sprang Tim auf, wie von der Tarantel gestochen und stürzte ins Bad. Kurz darauf ertönte heftiges Würgen.

Lea sprang auch auf.

»Warte, lass ihn«, meinte Marc.

»Vielleicht hat er auch Salmonellen.«

»Nein, das glaube ich nicht. Ich hätte nicht bei dieser zweifelhaften Imbissbude essen sollen. Das Hotelessen war sicher sauber.«

»Aber was hat er denn dann?«

»Krankenhausallergie.«

»Was? Krankenhausallergie? Wie kommt so was?«

»Das frag ihn am besten selbst. Falls er nicht damit rausrücken will, nimm's ihm nicht krumm, er redet nicht gern darüber.«

**

Lea hatte das Gefühl, einen Stein im Magen zu haben. Irgendetwas Schlimmes war Tim passiert. Sie hatte schon die ganze Zeit gespürt, dass ihm etwas auf der Seele lag. Sicher der Grund dafür, dass er manchmal so traurig wirkte. Lea sah sich im trostlos grauen Krankenhauszimmer um. Dagegen konnte man schon eine Abneigung bekommen. Warum mussten Krankenhäuser nur immer so kalt sein?

Die Wasserspülung rauschte, dann ertönte der Wasserhahn.

Als Tim wieder aus dem Bad kam, sah er wie der Tod persönlich aus.

»Alles in Ordnung mit dir?«, wollte Marc wissen.

»Ja, alles okay.« Tim nickte. Sein tapferes Lächeln scheiterte kläglich.

Der Stein in Leas Magen wurde schwerer.

»Jetzt, da du dich versichert hast, dass ich in Ordnung bin, kannst du wieder ins Hotel zurückfahren.«

Tim nickte. »Aber ich komme morgen wieder.«

»Untersteh dich, dann kommt Eva. Da möchte ich nicht gestört werden.«

»Eva? Da läuft doch nicht etwa was zwischen euch?«

»Na ja«, kam es zögernd.

»Ich fasse es nicht! Du und Miss Moneypenny?« Tim grinste.

»Na, jetzt hab ich dich wenigstens zum Lachen gebracht. Und jetzt verschwinde schon.«

Lea und Tim traten ans Bett, um sich zu verabschieden.

»Vielleicht kann mir Lea morgen den Läppi vorbeibringen«, bemerkte Marc.

»Untersteh dich, zu arbeiten! Du bist krank«, schimpfte Tim.

»Hast du wenigstens einen neuen Termin gemacht, Lea? Ich möchte nicht, dass wir umsonst hierher gefahren sind. Dann können wir das Ganze zu Hause besprechen.«

»Nein, noch nicht. Wir wollten erst mal wissen, wie es dir geht. Vor Sonntag werde ich kaum einen neuen bekommen.«

»Passt. Mit etwas Glück kann ich Montag die gastliche Stätte hier verlassen, dann können wir sofort nach Hause fahren.«

»Dein Wort in Gottes Gehörgang. Aber bis dahin ist Arbeit für dich streng verboten, verstanden?«

»Versprochen Papa.« Marc hob abwehrend die Hand. »Und jetzt macht endlich, dass ihr rauskommt.«

»Wir gehen ja schon«, grummelte Tim und wandte sich ab.

Lea ging hinterher. Vor der Tür drehten sich beide noch einmal um und hoben zum Gruß die Hand.

»Haut endlich ab«, lachte Marc, während sie die Tür hinter sich schlossen.

»Sollte ich nicht besser fahren?«, fragte Lea besorgt, als Tim die Stirn aufs Lenkrad legte und tief Luft holte.

»Nein, lass nur. Es geht schon. Musste nur mal tief durchatmen.«

Lea nickte mitfühlend. »Aber bitte diesmal langsamer.«

»Versprochen. Jetzt weiß ich ja, was mit Marc los ist.« Er sah sie an und lächelte angestrengt.

Lea hatte noch nie einen Menschen getroffen, der so viel ›weglächelte‹.

»Wo fahren wir hin? Das ist nicht der Weg zum Hotel«, fragte Lea erschrocken, als Tim plötzlich von der Bundesstraße auf eine Landstraße abbog.

»Keine Angst, ich entführe dich nicht. Ich bin ziemlich durch den Wind, muss was dagegen unternehmen.«

»Was hast du vor?«

»Nicht weit von hier steht ein Kran, da kann man Bungee-Jumping machen.«

»Das ist nicht dein Ernst, oder?«

»Mein voller«, murmelte er.

»Tim! Das kannst du mir nicht antun. Da kann ich nicht zusehen. Da sterb ich tausend Tode.«

»Warum?«

»Weil ... na, weil ... ich Angst habe.«

»Das ist nicht dein Ernst, oder? Du springst doch nicht.«

Lea biss sich auf die Lippen. »Auch auf die Gefahr hin, dass du mich für einen kompletten Angsthasen hältst ... Ja, trotzdem! Und frag jetzt nicht, wovor ich keine Angst habe. Ich kann doch nichts dafür. Ich bin eben sehr behütet aufgewachsen.« Der beleidigte Ton in Leas Stimme brachte Tim offensichtlich zum Schweigen.

»Mach dir keine Sorgen. Ich bin schon oft gesprungen«, beruhigte er sie, als sie auf einen Feldweg bogen.

***

Sie steuerten auf einen beängstigend hohen Kran zu, der schon von Weitem sichtbar war. Auf dem Feldweg herrschte reges Kommen und Gehen. Als Parkplatz diente eine Wiese.

»Tim. Bitte pass auf dich auf.«

Tim lachte. »Das wird im Ernstfall nichts nützen. Aber es passiert schon nichts. Oder hast du schon mal gehört, dass irgendwo ein Seil gerissen ist?«, beruhigte er sie.

Lea schüttelte den Kopf.

»Siehst du. Was meinst du, wie das die Runde machen würde, wenn so etwas tatsächlich passiert? Nein, die sichern sich ab.«

Lea nickte und holte tief Luft. Hatte sie wirklich Sorge um ihn?

»Hast du immer noch Angst?«, fragte er ungläubig.

»Was ist, wenn dir trotzdem was passiert? Wenn du dich verletzt. Da wirken doch riesige Kräfte.«

Er sah in ihre angstgeweiteten Augen und war gerührt. Tröstend legte er die Hand um ihre Wange und streichelte sie mit dem Daumen. »Keine Angst, Süße. Ich hab schon so viele Sprünge gemacht. Mir ist noch nie etwas passiert.«

Lea schluckte und schloss kurz ihre Augen. Diesen Moment nutzte Tim, um ihr instinktiv einen Kuss auf ihren wunderbar vollen Mund zu drücken. Wie gerne hätte er ihre Lippen noch ein wenig länger gespürt, aber das war einfach zu gefährlich. Er wollte sie nie wieder in Bedrängnis bringen, das hatte diese wunderbare Frau nicht verdient. »Mir passiert nichts Süße, versprochen. Mir ist noch nie etwas passiert. Ich brauche gerade den Kick ... damit ich spüre, dass ich lebe«, raunte er.

»Okay«, murmelte sie zurück.

Als er das Auto verließ, presste sie ihre Augen fest zu und biss sich auf die Lippen. Wie ein kleines Kind, das Angst hat und tapfer sein will.

Es warteten sieben Springer vor ihm. Der Adrenalinkick, den er bekam, als er endlich dran war, war so wohltuend. Endlich wurden die schlimmen Gedanken überlagert. Eine Befreiung, die noch eine Weile nachwirkte.

Als er zurückkam, saß Lea immer noch so da, wie er sie verlassen hatte.

»Verrat mir doch, ob du nicht zwischendurch geblinzelt hast. Ich kann nicht glauben, dass du von meiner Heldentat nichts mitbekommen hast.«

»Heldentat? Das ist doch keine Heldentat, mich tausend Tode sterben zu lassen.«

Ihr Leiden wirkte so echt, dass Tim sie in den Arm nehmen musste, als er wieder im Wagen saß. Sie wehrte sich nicht. Es fühlte sich so gut an, dass er so lange wie möglich in dieser Stellung verharrte. Sie würde sich schon entziehen, wenn es ihr unangenehm war. Er fühlte ihre Wärme, spürte ihren Herzschlag und genoss ihren Duft. Zusammen mit dem Hormonschub, den er eben durch den freien Fall ausgelöst hatte, war es eine wahrhaft erregende Mischung.

»Du solltest es auch einmal versuchen, prima Mittel gegen Höhenangst. Es ... es ist ... einfach berauschend. Wag es, wenn du wissen willst, was Glück bedeutet«, schlug er vor, als sie sich zurückzog.

»Glück bedeutet für mich ein glückliches Leben. Eins, das wirklich harmonisch ist, und wo ich liebe und geliebt werde. Das ist doch nicht vergleichbar mit einem Hormonschub, ausgelöst durch Todes-angst.«

Lea trug es mit solch einer Inbrunst vor, dass Tim nur staunen konnte. Sie lebte in einer Welt, die er nicht verstand und sich auch nicht einmal ansatzweise vorstellen konnte.

»Verrätst du mir, warum du das brauchst? Und warum du eine Krankenhausallergie hast?«, schob sie hinterher.

Fuck! Das hatte er befürchtet. Irgendwie musste er ihre Fragen jetzt wohl beantworten. Er war sich nicht sicher, ob er das überhaupt konnte. Wie sollte er ihr erklären, dass er noch nie darüber geredet hatte? Jedenfalls nicht mit einem Menschen, sondern höchstens auf dem Friedhof. Die Pause, die entstand, war unerträglich.

»Okay«, überwand er sich. »Aber jetzt habe ich erst mal einen Riesenhunger. Lass uns was essen gehen und dann erzähle ich dir mehr, ja?«

Kapitel 10 Was ist das, Liebe?

Was hatte Tim nur gerade versprochen? Eindeutig zu viel!

Es war, als schleuderte jemand einen Felsbrocken in seinen Magen. Er wollte Lea doch gar nicht von seiner ›Krankenhausallergie‹ erzählen. Wer geht schon freiwillig ans Ein- gemachte? Er schaffte es ja nicht einmal, darüber nachzudenken, geschweige denn, darüber zu reden. Hatte er eben noch Hunger, so war ihm schlagartig der Appetit vergangen. Was für eine dämliche Idee, dann mit Essengehen Zeit zu gewinnen. Warum empfand er bei dieser Frau auch so eine große Vertrautheit? Das entlockte Seiten an ihm, die er bisher vor sich selbst ignoriert hatte.

Tim seufzte, als sie den Landgasthof betraten. Eine typische Kneipe, in der sie ausführlich gemustert wurden, als sie eintraten. Essen konnte man in einem kleinen abgetrennten Raum, der den obligatorischen, abgestandenen Biergeruch hatte. Aber der Raum war voll, bis auf einen Tisch, als wäre der für sie reserviert. Höflich rückte er seiner Mitarbeiterin den Stuhl zurecht, die sich neugierig umsah. Sie schien zufrieden mit seiner Wahl. Die Tischwäsche war ordentlich und sauber. Die Karte war traditionell, deftig und preiswert. Die Auswahl war groß. Hier war für jeden etwas dabei.

»Wo kommt das Fleisch für das Steak her? Vom hiesigen Bauern?«, erkundigte sich Tim, als er die Bestellung aufgab.

»Nein, es kommt aus Argentinien.«

»Okay, dann nehme ich die Käsespätzle.«

»Sehr wohl.«

Es klang komisch, wenn die Bedienung in diesem rustikalen Lokal ›sehr wohl‹ sagte.

»Wieso isst du kein argentinisches Rindfleisch?«, erkundigte sich Lea.

»Weißt du nicht, was das für eine Umweltsünde ist? Von der Tierquälerei in einer Massentierhaltung mal ganz abgesehen. Nein, so was möchte ich nicht mitmachen. Da bin ich lieber Vegetarier.«

Er war froh über die Möglichkeit, vom Thema ›Krankenhausallergie‹ wegzukommen. So lenkte er das Gespräch auf den Umweltschutz. Ein Thema, das ihm sehr am Herzen lag, denn er liebte die Natur über alles. Gott sei Dank schien sie ihm diese Schonfrist zu gewähren. So konnte er sein ungutes Gefühl verdrängen und das Essen ungestört genießen.

Sie schien einen siebten Sinn für seine Gefühle zu haben. Ihm war klar, im Verdrängen war er Meister. Aber sobald er versuchte, über sich selbst nachzudenken, entstand ein großes Chaos in seinem Kopf. Ein riesiges Knäuel mit unzähligen Enden und noch mehr Knoten darin. Wo sollte er da anfangen? Ganz abgesehen von den fürchterlich schlechten Gefühlen, die er dabei bekam. Wenn man sich aber ablenkte, mit Arbeit oder Sport, war das Leben viel besser auszuhalten.

»Und? Magst du mir jetzt von der Allergie erzählen?«, bohrte sie leider beim Nachtisch nach.

Tim schaute auf und erkannte das Mitgefühl in ihrem Gesicht. Er nickte und hoffte, dass sie ihm den inneren Kampf, den er gerade durchstand, nicht ansah.

»Du musst natürlich nicht, wenn du nicht willst, oder kannst.«

Vielleicht war es gut, tatsächlich mal mit jemandem darüber zu reden. Mit Marc konnte er das nicht. Sie waren damals einfach zu jung gewesen und außerdem wusste der ja ohnehin, was passiert war.

»Hm, wo fang ich an. Meine Mutter litt jahrelang an Depressionen.« Tim rieb sich über die Stirn. »Am ersten Advent zweitausend...«, begann er heiser und räusperte sich. »Also, da hat sie Schlaftabletten genommen. Genug, um sich umzubringen.«

Lea ergriff seine Hand. Er stockte, bevor er durchatmete und weitererzählte.

»Jedenfalls ist sie zu spät gefunden worden, oder zu früh, je nachdem, wie man es sehen will. Sie lebte noch. Vier Wochen. Bis Weihnachten lag sie im Koma. Maschinen haben sie am Leben erhalten«, sagte er und seine Stimme wurde immer heiserer. »Ich sehe sie heute noch vor mir, leichenblass, mit dem Schlauch aus dem Mund. Die lebenserhaltenden Maschinen, diese piependen Monster. Ich ertrage auch diesen typischen Geruch von Desinfektionsmitteln nicht. Die hallenden Schritte, wenn man über die Flure geht. Die vielen kranken Menschen, die einem begegnen. Die verzweifelten Angehörigen ... das alles ist mir zu viel.«

»Du musst nur weitererzählen, wenn du auch kannst, ja?« Lea rieb mit ihrem Daumen über seinen Handrücken.

Sein Nicken war kaum wahrnehmbar. »Ich war jeden Tag bei ihr und hab versucht, sie wieder ins Leben zurückzuholen. Aber die Ärzte machten uns nur wenig Hoffnung. Heiligabend hat mein Vater dann entschieden, die Maschinen abzustellen. Die Aussicht, dass sie wieder aufwachen würde, waren praktisch null und er wollte nicht, dass wir Weihnachten im Krankenhaus verbringen.«

Tims Atem wurde immer flacher. Es fiel ihm sichtlich schwer, darüber zu sprechen.

»Ich hasse Weihnachten. Weihnachten war immer beschissen, weil damals meine Schwester gestorben ist. Und dann meint mein Vater, es wäre eine gute Idee, auch noch meine Mutter zu dieser Zeit sterben zu lassen.« Inzwischen lag ein Stein auf seiner Brust. Bilder der traumatischen Vergangenheit stiegen auf und marterten ihn.

»Es ist okay, Tim. Du brauchst nicht mehr weiter reden. Ich habe verstanden. Den Rest kannst du mir später mal erzählen. Okay? Quäl dich nicht.«

Seine Antwort war Schweigen. Die Atmung stockte. An Reden war nicht mehr zu denken - vom dicken Kloß im Hals mal abgesehen. Er musste sich irgendwie beruhigen und aus diesem Gedankenkarussell aussteigen, das sich immer schneller drehte. Verzweifelt schloss er die Augen.

»Das Wetter ist doch schön. Was hältst du davon, wenn wir noch ein paar Schritte laufen. Es ist doch ein kleines Wäldchen in der Nähe, nicht wahr?«, schlug Lea plötzlich vor.

Tim war, als könnte sie seine Gedanken lesen. Er nickte und machte ein Zeichen für die Bedienung. »Die Rechnung bitte.«

»Sehr wohl. Wünschen Sie noch einen Kaffee?«

»Nein danke, ich trinke keinen Kaffee. Möchtest du einen Lea?«

Lea schüttelte den Kopf. »Jetzt sag nicht, dass du den auch aus Umweltschutzgründen nicht trinkst.«

»Doch klar, genauso eine Sauerei wie mit dem Fleisch. Weißt du nicht, wie die Kaffeebauern geknechtet werden? Alles mieses Karma.«

»Aber dann kannst du doch Fairtrade-Kaffee trinken.«

»Im Prinzip schon. Aber das hier ist kein Lokal, in dem es Fairtrade-Kaffee gibt. Früher war ich mal kaffeesüchtig, bis mir klar wurde, was ich damit anrichte.«

Lea nickte überrascht.

Ihn wunderte das nicht, viele Menschen reagierten so. Warum, war ihm allerdings ein Rätsel. Er fand es erstrebenswert, so wenig Schaden wie möglich in der geliebten Natur zu hinterlassen.

***

Als sie vor die Kneipentür traten, empfing sie milde Luft. Endlich konnte er wieder durchatmen.

Tim ergriff ihre Hand. Sie ließ es zu und drückte seine etwas fester. Lange Zeit gingen sie schweigend nebeneinander her. Dabei hielten sie sich fortwährend an den Händen und es fühlte sich so an, als wären mit dieser Geste auch ihre Seelen verbunden.

Die Sonne brannte auf dem Weg zum Wäldchen. Sie liefen, immer noch schweigend, durch eine Wiese. Zirpende Grillen durchbrachen die Stille. Am Waldrand angekommen fegte eine kleine Böe durch die Blätter der Bäume und Lea konnte spüren, wie die Anspannung von Tim abfiel.

Als sie zu einer Bank kamen, die zum Rasten einlud, nickten sie sich einvernehmlich zu und setzten sich. Ein Baum bot Schatten vor der heißen Nachmittagssonne. Lea schloss die Augen, genoss den vielfältigen Duft der üppigen Natur. Von ihrem Platz aus konnten sie auf eine Wiese mit bunt gemischten Wildblumen sehen. Ein fröhliches Farbenspiel im hellen Sonnenlicht, das langsam auch wieder Farbe in ihre Seele ließ.

Sie wehrte sich nicht, als Tim näher zu ihr rückte und anfing, sie zu küssen. Sie empfand diese Geste als Schrei nach Trost. Seine Umarmung war so liebevoll, dass ihr Körper wie von alleine nachgab, und sich möglichst dicht an ihn schmiegte. Mit seinen weichen Lippen fühlte sie seine unendliche Zärtlichkeit. Ein Betteln nach Liebe, dem sie nur zu gerne nachgab.

Diesmal war es anders als bei den Küssen vorher – intensiver. Lange verloren sie sich in ihren Gefühlen.

Bis er an ihre Brust fasste und »schlaf mit mir« murmelte.

Sie schob nachdrücklich seine Hand beiseite und schüttelte den Kopf.

»Bitte, ich hab gerade eine solche Sehnsucht nach Zärtlichkeit«, raunte er ihr ins Ohr.

Sie bekam Gänsehaut. Fast hätte sie ›ich auch‹ geantwortet. Aber sein Vorstoß holte sie wieder in die Wirklichkeit zurück. Hatte sie sich nicht vorgenommen, mehr Abstand zu wahren? Doch diesmal hatte sie Skrupel, ihn einfach zurückzuweisen. Die Angst, ihn zu verletzen, war größer.

Zärtlich nahm sie sein Gesicht zwischen ihre Hände und zwang ihn, sie anzusehen.

»Tim, hör mir zu. Ich genieße diese Nähe ebenfalls. Aber mehr als ein Kuss ist einfach nicht drin. Ich bin vergeben, das weißt du. Und ich bin keine Frau, die einfach so fremdgeht.«

Ein Kloß bildete sich in ihrem Hals, als sie die Enttäuschung auf seinem Gesicht sah. Es fiel ihr ja selbst unendlich schwer. Warum durfte man nicht zwei Männer lieben?

»Ich mag dich. Ich mag dich sogar sehr. Aber ich kann dir nur Freundschaft anbieten«, schob sie vehement nach. Mit diesem Geständnis lehnte sie sich ganz weit aus dem Fenster. Konnte sie mit diesem Mann wirklich nur befreundet sein? Während der bisherigen Reise waren ihre Gefühle für ihn immer stärker geworden. Sie musste sich so bald wie möglich wieder zurückziehen. Aber nicht jetzt. Jetzt war seine Reaktion unberechenbar.

»Komm, ich glaube, es wird Zeit. Lass uns zurückgehen.«

Tim nickte und sie erhoben sich, um den Rückweg durch den Wald anzutreten. Es war nicht ganz leicht, den Weg wiederzufinden, denn sie waren ein ganzes Stück hineingelaufen. Der gedämpfte Schall durch die dicht stehenden Bäume und das schummrige Licht schufen so etwas wie Geborgenheit. Lea fühlte sich sicher mit Tim. Das machte ihr Mut, doch noch ein wenig mehr zu erfragen.

»Verrätst du mir noch etwas?«, wagte sie den Vorstoß.

»Kommt drauf an, was«, erwiderte er.

»Warum hast du dich von deiner Frau getrennt?«

Tim blieb stehen und sah sie an. »Das ist kompliziert«, seufzte er und setzte sich wieder in Bewegung. »Ich habe viel darüber nachgedacht. Wir waren füreinander nur so etwas wie Seelenkrücken, aber miserable. Wir konnten uns einfach nicht genug geben. Dazu kam eine Totgeburt. Meine Frau wurde depressiv und zog sich völlig in sich zurück. Ich brauche aber körperliche Nähe ..., du verstehst? Sie konnte nicht damit umgehen, dass ich fremdging. Dabei wollte sie doch gar keinen Sex, und damit konnte ich nicht umgehen.«

Lea drehte sich der Magen um. Warum hatte sie das gerade gefragt? Eigentlich ging es sie doch gar nichts an. Merkwürdig, dass es ihr so wichtig war, das zu erfahren.

»Liebst du sie gar nicht mehr? ... Liebt sie dich noch?«

»Ich denke, wir haben uns nie geliebt. Was ist das ... Liebe? Wenn ich es bei Wikipedia eingebe, dann kommt: tiefe Zuneigung. Aber da gibt es doch so viele Formen.«

»Du googelst Liebe?«

»Ja, ich suche viele Begriffe, die man oft so selbstverständlich benutzt. Und dann stelle ich das, was ich darüber glaube, auf den Prüfstand.«

»Auf den Prüfstand? Und was kam bei Liebe heraus?«

Tim dachte einen Moment nach und antwortete zögernd: »Ich glaube, ich kann nicht lieben.«

Leas Herz krampfte. Jetzt blieb auch sie stehen und sah ihn an. »Ist das dein Ernst?«, fragte sie ungläubig.

»Ja, ist es. Das Gefühl macht mich verrückt«, erwiderte er und blieb ebenfalls stehen. »Ich würde zu gerne wissen, wie es ist ... zu lieben.«

Kapitel 11 Tanz mit mir

Tims Satz schockte Lea. Sie hatte schon davon gehört, dass es Menschen gab, die kein Mitgefühl und keine Zuneigung empfinden konnten. Aber die hatten auch nur wenig Mitgefühl. Er zeigte aber doch so viele Gefühle. Von ihm hätte sie so eine Äußerung niemals erwartet.

Bis sie wieder im Auto waren, feuerte ihr Bauch immer neue und andere Gefühlssalven. Die Gedanken in ihrem Kopf drehten sich wie ein Kreisel. Sie hatte auch nicht die Spur einer Ahnung, wie sie auf Tims Geständnis reagieren sollte, also blieb sie stumm.

Tim sah während der ganzen Fahrt ernst und traurig aus. Mechanisch bediente er den Wagen. Es war für Lea sehr schwer, der Versuchung einer tröstenden Berührung zu widerstehen. Hilflos fing sie irgendwann an, aus dem Fenster zu blicken. Die vorbeiziehende Landschaft ließ die Leere, die sich mittlerweile in ihrem Inneren gebildet hatte, vollkommen unberührt.

Von ihm ging eine ganz eigene Faszination aus. Was war es nur, das sie dabei so berührte? ›Frauen gegenüber kann er ein Arschloch sein.‹ Immer wieder hallte Marcs Warnung durch ihren Kopf, abgewechselt von Evas Bemerkung. ›Ich glaube, er ist die Reinkarnation von Casanova.‹

Auf dem Weg zu ihren Zimmern hallte der Marmorboden unter ihren Schritten. Lea hing immer noch ihren Gedanken nach. Ihr Leben war doch geregelt und geplant. Es war ein gutes, liebevolles Leben. Warum war ihr dieser lüsterne Weiberheld nicht einfach scheißegal? Dieser freundliche, gut aussehende, sensible ... heiße Typ ... Fuck!

Ihr Blick klebte an seinem knackigen Hintern, während sie hinter ihm herlief. Er drehte sich um und wartete auf sie. Wie konnte sie es vermeiden, wieder in seinen Bann zu geraten? Sie wollte weder ein Abenteuer noch sonst irgendetwas von ihm. Wie sich wohl seine Haut anfühlte?

Lea biss die Zähne aufeinander. Wieder einmal war sie gescheitert, ihre Gedanken zu zügeln. Sie schaffte es nicht, in ihm nur den Herzen brechenden Frauenhelden zu sehen. Hinter diesem promiskuitiven Verhalten lag mehr. Sie hatte das Gefühl, bisher nur die Spitze des Eisberges gesehen zu haben. Der Wunsch, ihm nah zu sein, ihn zu trösten und zur Seite zu stehen, wuchs beständig.

Ihr war klar, wenn sie noch mehr seine Nähe suchte, würden sich ihre Gefühle für ihn noch mehr verstärken. Doch sie durfte sich nicht verlieben! Sie musste dringend ihre Abwehrstrategie ändern. Wenn sie ihn näher an sich ranließ, würde er auch ihr Herz brechen. So wie bei unzähligen anderen Frauen vorher.

Kurz blitzte ein Gedanke an Linus und Thorsten auf. Niemals wollte sie für so ein gefährliches Spiel ihre kleine Familie in Gefahr bringen. Vielleicht half es, wenn sie sich die lange Reihe enttäuschter

Frauen vorstellte. Jemand mit so viel Erfahrung war bestimmt gut im Bett. – Fuck!

In ihrem Kopf rotierte und rotierte es. Auch andere Gedankenstrategien scheiterten. Sie konnte sich beim besten Willen nicht vorstellen, dass Tim ein schlechter Mensch war. Blieb nur noch die Frage, warum er sich so verhielt. Jedes Verhalten hatte seinen Grund. Die Ursache lag oft in der Kindheit. Bindungsunfähigkeit.

In ihr schrie alles auf. Konnte ihr es nicht scheißegal sein, ob er sich binden wollte? Sie war ja gebunden. Aber er hatte geheiratet und war auf eine schwere Prüfung gestellt worden. Ihr Herz wurde schwer. Sie wollte ihn zu gerne in den Arm nehmen. Oh Mann, ihr war wirklich nicht mehr zu helfen.

Liebe und Trost. Alles an ihm schrie geradezu danach. Es zerriss ihr das Herz, dass sie ihm nicht die Liebe geben konnte, nach der er sich sehnte.

Vor dem Hotelzimmer angekommen, standen sie unschlüssig vor ihren Türen. Eine mysteriöse Kraft hinderte sie daran, hineinzugehen. Sie konnte nicht herausfinden, welche Gefühle hinter seiner schnell wechselnden Mimik steckten.

»Mit den vielen Frauen ... ich glaube, du suchst nach Liebe«, flüsterte sie. Ihre Kehle schnürte sich zu. Sie hatte das Gefühl, dass er sie allein durch seine Aura an die Wand drückte. Sie wich zurück und stand wieder einmal mit dem Rücken zur Wand, beziehungsweise dem rettenden Türblatt.

»Ich bräuchte jetzt welche ... Liebe ...«, raunte er und strich zärtlich durch ihr Haar. »Die Liebe einer

Frau. Eine, die die Tasten auf meinem Klavier beherrscht.«

Bei seinem erneuten Versuch, sie zu küssen, drehte sie sich von ihm weg. »Ich kann kein Klavier spielen. Tut mir leid«, murmelte sie, stieß die Tür auf und flüchtete in ihr Zimmer.

Tim machte einen Schritt und hielt die Tür fest. »Essen wir noch zusammen einen kleinen Happen?«

»Nein, nein, ich hab keinen Hunger. Und jetzt lass bitte die Tür los.«

Tim zuckte zusammen und ließ sofort los. »Okay, kann man nichts machen.«

Sie warf sich aufs Bett und grub das Gesicht ins Kissen. Diese Geschichte ging ihr mittlerweile enorm unter die Haut. Wie sollte sie sich gegen ihn abgrenzen? Ein Kampf gegen Windmühlen. Und das erste Mal ließ sie Gedanken an eine Kündigung zu.

Eine Kündigung wäre nur möglich, wenn sie etwas Neues fände – oder Thorsten. Thorsten! Ein heißer Schauer erfasste sie. Mist, sie hatte schon wieder keinen Gedanken an ihn verschwendet. Sie hätte ja wenigstens eine kurze Nachricht schreiben können. Der heiße Schauer verwandelte sich in kalten Schweiß, als sie auf ihr Handy sah.

Er war vor zwei Stunden online gewesen. Ihre Nachricht mit der Entschuldigung hatte er gesehen. Warum hatte er nicht zurückgeschrieben? Er bestrafte sie, ohne zu wissen, was überhaupt passiert war. Lea war enttäuscht. Dennoch, das schlechte Gewissen legte einen Felsbrocken in ihren Magen. Ihre Gedanken waren nur noch bei Tim und sie schämte sich dafür.

Sie fuhr ihren Laptop hoch und versicherte sich, dass Thorsten auch bei Skype nicht online war. Das hatte sie erwartet. Sicherheitshalber ließ sie dennoch eine Nachricht da. Wie er es wohl aufnehmen würde, dass sich ihre Rückkehr verschob? Vielleicht war es besser, sich jetzt nicht damit auseinanderzusetzen. Nach der Rückkehr würde sie sich sicher noch genügend Nörgelei anhören müssen.

Dann erlag sie der Versuchung und googelte ›Liebe‹. Ein Gefühl, von dem jeder weiß, was es ist, wenn er es einmal gefühlt hatte. Oder nicht? Lea war irritiert. Konnte es tatsächlich sein, dass er nicht wusste, was das ist? Musste er nicht instinktiv wissen, dass man es fühlte. Jeder wusste es. Es war kaum vorstellbar. Sie hatte sich noch nie darüber Gedanken gemacht. Wie fühlte sich das an, keine Liebe zu fühlen? Hohl? Leer? Taub? Auf jeden Fall schrecklich.

Der Autor des Artikels hatte das Gefühl der Liebe auseinandergenommen und zu erklären versucht. Für Lea war es unbegreiflich, dass da jemand das Bedürfnis gehabt hatte, sich eine solche Analyse zu Gemüte zu führen. Aber anscheinend gab es da einen Bedarf. Beim Autor, wie bei jenen, die es lasen. Einen davon kannte sie jetzt.

Tim erschien vor ihrem inneren Auge und sie versuchte, sich sein Verhalten noch einmal durch den Kopf gehen zu lassen. Er wirkte eigentlich völlig normal, bis auf die Traurigkeit, die ab und zu durchblitzte.

Sie las von einem starken Gefühl inniger und tiefer Verbundenheit. Von Zuneigung und Wertschätzung anderen Menschen gegenüber. Ebenso wie von Elternliebe, Geschwisterliebe und Freundesliebe. Aber auch von Partnerschaft und Begehren einem anderen gegenüber, was mit Eros bezeichnet wurde. Wobei die körperliche Liebe mit Sexualität in Verbindung stand, aber nicht unbedingt ausgelebt werden musste. Das war dann die platonische Liebe.

In Lea begann sich alles zu drehen. Sie hatte das Gefühl, weniger zu wissen als vorher. Den Rest gab ihr dann die Anmerkung, dass sich Liebe von der zeitlich begrenzten Verliebtheit unterschied.

Sie klickte auf den Link zur Verliebtheit. Ebenso ein starkes Gefühl der Zuneigung. Ah ja, Zuneigung, nicht Verbundenheit.

Nach Ansicht von Psychologen mit einer ein-engung des Bewusstseins verbunden, die zur Fehleinschätzung des Objekts der Zuneigung führen konnte. Puh, das Gedankenkarussell begann, sich schneller zu drehen.

Eine weniger intensive Form der Verliebtheit wurde als Schwärmerei bezeichnet, okay – das leuchtete ein.

Die Phase der Verliebtheit konnte abflauen, sich auflösen oder in Liebe übergehen – auch verstanden.

Aber die ›Gefahr der Fehleinschätzung des Objekts der Zuneigung‹ machte ihr Angst. Tja, man könnte doch auch sagen, Liebe macht blind. Na ja, sie hatte ja jetzt gelernt, dass es wohl keine Liebe war, wenn es die Gefahr der Fehleinschätzung barg.

Richtig müsste es heißen: ›Verliebtheit macht blind‹. Lea schüttelte den Kopf. Was für eine Wortklauberei. Für etwas, das für die Meisten selbstverständlich ist. Oder nicht?

Draußen begann es zu dämmern. Was sollte sie jetzt mit dem angebrochenen Abend anfangen? Das aufsteigende Gefühl von Einsamkeit versuchte sie, mit dem Fernseher zu bekämpfen. Sie hatte die Wahl zwischen einunddreißig Kanälen. Die Wahl fiel ihr nicht schwer, sie machte den Fernseher wieder aus.

Sie beschloss, ein Buch zu lesen. Sie surfte durch einschlägige Internetseiten mit kostenlosem Lesevergnügen. Aber nichts sprach sie an. Halbherzig begann sie schließlich doch, eine Geschichte zu lesen, aber nach kurzer Zeit brach sie sie wieder ab. Sie konnte sich nicht richtig konzentrieren. Immer wieder schweiften ihre Gedanken ab – zu Tim. Ob er jetzt beim Essen war?

Langeweile macht Hunger. Dass ihr Magen knurrte, war ein eindeutiger Hinweis.

Sie wollte es sich nicht eingestehen, aber sie hoffte, Tim zu treffen, als sie das kleine Hotelbistro betrat. Sie nahm die Einrichtung gar nicht wahr, als ihr Blick suchend über die besetzten Tische schweifte. Kein Tisch war frei. Sie würde sich entweder irgendwo dazusetzen müssen, oder …

Mist! Da war er, aber nicht allein.

Er plauderte mit einer hinreißenden rothaarigen Frau. Auffällig gepflegte Erscheinung, mit einem riesigen Diamanten am Finger. Der blitzte beim Hantieren mit dem Besteck, trotz der gedämpften Beleuchtung.

Tim sah hoch, als hätte er ihre Ankunft gespürt. Ihre Blicke kreuzten sich. Lea versuchte, sich die Enttäuschung über seine Begleiterin nicht anmerken zu lassen, aber das war zum Scheitern verurteilt. Wut stieg in ihr hoch, als sie sein triumphierendes Lächeln sah.

Wie zum Beweis seiner Überlegenheit ergriff er die Hand der Rothaarigen und sagte etwas zu ihr. Diese lachte einen Tick zu laut auf.

Das musste sich Lea nicht antun.

Raus hier. Schwungvoll wandte sie sich um und stieß bei ihrem eiligen Abgang fast mit einem Gast zusammen. Nur gut, dass sie ein rasches Reaktionsvermögen hatte.

›Gefahr der Fehleinschätzung des Objekts.‹ Wie recht die Psychologen doch hatten. Billiger ging es wirklich nicht. Am liebsten wäre Lea wieder auf ihr Zimmer gegangen, aber die Angst vor der Langeweile hatte sie im Griff. Damit lief sie nur wieder Gefahr, in das Gedankenkarussell mit Tim zu geraten.

Sie hatte nur eine Chance der Gedankenhygiene, und das war Ablenkung. Ihr Blick schweifte unschlüssig umher. Die Bar, das war ihre Rettung! Der perfekte Ort, um irgendwo in einer dunklen Ecke herumzuhängen und andere Leute zu beobachten. Sollte die Musik ansprechend sein, würde sie vielleicht auch tanzen. Die Idee von ausgelassenem Tanzen und vielleicht ein oder zwei Cocktails gefiel ihr immer besser.

Die Lichter der Discokugel tanzten über ihren Körper, als sie die Bar betrat. Das Lokal war etwa zur Hälfte gefüllt, niemand tanzte. Die Musik konnte etwas lauter sein, aber sie war durchaus einladend. Sie bestellte einen Piña Colada, der machte auch satt, dann ging sie zur Musikanlage. Sofort regulierte der DJ die Lautstärke nach oben, als sie versprach, zu tanzen.

Während das Getränk fertig gestellt wurde, nutzte sie die Musik zum Tanzen. Sie schloss die Augen und versank in den mitreißenden Rhythmen und den beruhigenden Vibrationen der Musik. Ihr Körper bewegte sich wie von allein und ließ sie endlich der Realität entfliehen.

»Bitte, tanz mit mir«, erklang eine vertraute Stimme hinter ihr.

Tim.

Alle Härchen stellten sich in ihrem Nacken auf, als sein heißer Atem ihre Haut berührte.

Kapitel 12 Konfrontationstherapie

»Warum bist du eben so schnell weggelaufen?«, raunte er.

Seine Stimme brachte ihr Blut wieder zum Kochen. Er legte die Hände auf ihre Oberarme und drückte sich leicht gegen ihren Rücken. Das Fatale daran war, dass sie diese Berührung genoss. Angestrengt versuchte sie, sich zu sammeln. Ihr Verstand riet ihr, ihn wegzustoßen, doch ihr Bauch befahl etwas ganz anderes. So schmiegte sie sich an ihn und folgte seinen sinnlichen Bewegungsvorgaben.

»Das Bistro war doch voll«, entschuldigte sie sich.

Es war besser, wenn er nicht wusste, was wirklich in ihr vorging. Diese Sache hier war verräterisch genug. Ein Tanz auf dem Vulkan. Er schien ihre Gedanken instinktiv zu erfassen, denn er rückte dichter an sie heran. Langsam löste er eine Hand, spreizte sie, ließ sie zu ihrem Bauch abwärtswandern und legte sie beschützend darauf. In Leas Unterleib machte sich ein Kribbeln bemerkbar, das ihren Atem stocken ließ.

»Du hättest dich an meinen Tisch setzen können, so wie die Managerin, die ich eben kennengelernt habe. Die war wirklich nett.«

Dreist fing er an, kleine Küsse auf ihren Hals zu setzen. Lea schloss die Augen, streckte ihm den Hals entgegen und verstand sich selbst nicht mehr.

»Soso, nett. Warum bist du dann nicht bei ihr geblieben? Da hast du dir doch eine gute Gelegenheit entgehen lassen«, neckte sie ihn.

Er grub sein Gesicht in ihre Halsgrube und atmete ihren Duft ein, bevor er antwortete. »Ganz ehrlich? Weil ich den Eindruck hatte, du wärst eifersüchtig aus dem Lokal gestürmt.«

Bingo.

Er hatte sie ertappt. Sie musste sich jetzt endlich lösen, doch war mal wieder wie gelähmt.

Anscheinend spürte er es, denn er legte die Arme um ihre Hüfte und zog sie fest an sich. Wie in Trance wanderten ihre Arme nach oben und schlangen sich um seinen Hals. Das sollte sie besser nicht tun. Egal, sie konnte nicht anders. Ihre einzige Chance war die Flucht nach vorne. Sie musste dieses Spiel gewinnen.

»Unsinn, ich bin nicht eifersüchtig.« Lea war überrascht, wie gut ihr die Lüge über die Lippen kam. »Und du bist ein freier Mensch«, ergänzte sie.

»Tatsächlich? Na, du doch auch. Du kannst tun und lassen, was du willst«, raunte er und biss zärtlich in ihr Ohrläppchen. Was für ein frecher Kerl! Damit nicht genug, er drehte sie zu sich herum, drückte sie an seine Brust. Sie spürte seine zitternde Erregung und konnte ihre nicht leugnen. Hitze sammelte sich in ihrem Unterleib. Ihr Verstand setzte schon wieder aus. Sie ließ sich in seine Umarmung fallen. Seine muskulöse Brust strahlte Wärme aus, er verströmte einen Geruch von Geborgenheit. Fatal. Als sie sich noch ein wenig fester an ihn lehnte, konnte sie seinen Herzschlag fühlen. Auch sein Herz klopfte wie wild.

Nur noch einen kleinen Moment diese Situation genießen, dann würde sie sich trennen. Doch sie vergaß alles um sich herum und wiegte sich mit ihm zum Takt der Musik. Immer wieder drückten sie sich fest aneinander. Tims Hände wanderten ihren Rücken hoch und runter und lösten elektrisierende Schauer aus. Der DJ schien seine Freude an ihnen zu haben. Er legte einen Schmusesong nach dem anderen auf.

Tim hob den Kopf und schnupperte an ihrem Haar, ehe er den Finger unter ihr Kinn legte und einen zärtlichen Kuss begann. Ihre Münder trafen sich. Seine Hände wanderten hoch zu ihrem Kopf und umrahmten ihn behutsam. Sanft zog er sie heran und intensivierte den Kuss. Bereitwillig öffnete sie den Mund. Seine Zunge drang ein und sie erwiderte den Kuss mit derselben Innigkeit.

Selbstvergessen packte er ihren Po und presste seinen Unterleib gegen ihren. Seine Erregung war deutlich zu spüren. Das Blut in Leas Unterleib wandelte sich zu purer Hitze. Sie stöhnte ganz leise und fühlte, wie sie feucht wurde. Dieser Mann war die pure Sünde. So ähnlich musste es sich anfühlen, wenn man jemandem verfallen war. Ob es schadete, wenn sie nur einmal ihrem Verlangen nachgab?

»Wenn ich dir auf die Sprünge helfen darf: Gerade willst du mich so sehr wie ich dich. Lass es geschehen, Lea, niemand wird davon erfahren«, raunte er.

Aber gerade diese Bitte holte sie in die Realität zurück.

›Die Reinkarnation von Casanova‹, schoss es ihr durch den Kopf. ›Er wird dir das Herz brechen. Dafür willst du Thorsten betrügen? Und was ist mit deiner Familie?‹, ergänzte ihr Gewissen. Endlich funktionierte ihr Verstand wieder und überhäufte sie mit Warnungen. Sie überlegte, ob sie seine Frechheit nicht mit einer Ohrfeige beantworten wollte, und trat einen Schritt zurück.

Seine Augen funkelten sie lustverhangen an. Er wirkte entrückt, in seinem Gesicht spiegelten sich alle möglichen Gefühle für sie. Nein, dafür durfte sie ihn nicht ohrfeigen. Sie war doch selbst keinen Deut besser.

Lea schloss die Augen und seufzte. »Ich mag dich, aber du weißt, es darf nicht sein.«

»Warum? Niemand müsste davon erfahren. Was spricht gegen ein bisschen Liebe und Zärtlichkeit?«

»Meine Familie, Tim. Ich kann meinen Verlobten nicht betrügen. So bin ich einfach nicht. Ich mag dich wirklich sehr gerne. Aber wenn du mich auch nur ein bisschen magst, dann hörst du mit diesen Annäherungsversuchen auf. Du und ich, das geht einfach nicht.«

Tims Mimik wandelte sich, als hätte man ihm einen Eimer kaltes Wasser über den Kopf geschüttet.

Das versetzte ihr einen Stich – verrückt. Ja, sie musste verrückt sein. ›Gefahr einer Fehleinschätzung des Objekts deiner Begierde‹, warnte ihr

Verstand. »Wenn es dir ein Trost ist, für mich ist es auch nicht einfach«, tröstete sie ihn.

Er schluckte und nickte.

»Schon klar«, erwiderte er lakonisch.

Sie wandte sich zum Gehen und stellte fest, dass sie alle Blicke auf sich gezogen hatten. Oh ja, das war eine gute Show für gelangweilte Hotelgäste, die sie da gerade abgeliefert hatten. Lea errötete vor Scham. ›Dich kennt hier doch keiner‹, versuchte sie sich zu beruhigen.

Aber Trost war das keiner. Ein schales Gefühl blieb zurück. So schal, wie ihr abgestandener Cocktail, der kein Eis mehr enthielt. Frustriert stürzte sie den fast warmen Drink herunter. Mit einem »Schreiben sie es auf mein Zimmer«, verabschiedete sie sich und ging.

Tim holte sie auf dem Gang ein. »Lea! Lea, ich werde dich ab jetzt in Ruhe lassen. Ich schwöre. Ich möchte, dass du dich in meiner Nähe wohl fühlst, ja?«, versicherte er aufgeregt. Sein zerknirschter Blick und die schnelle Atmung verrieten, dass er es ernst meinte.

Sie nickte.

»Freunde?«, forderte er ihre Bestätigung ein.

Lea runzelte die Stirn. Eine Freundschaft würde automatisch Nähe zur Folge haben. Kritisch beäugte sie ihren Chef. Er wirkte aufrichtig. Aber inzwischen hatte sie gelernt, dass er sich auch perfekt verstellen konnte. Dieser Mann hatte so viele Masken. Niemand konnte wissen, was dahinter vor sich ging.

»Ein Schwur ist für mich nicht nur so dahingesagt«, bekräftigte er, als könnte er ihre Gedanken lesen.

Lea sackte innerlich zusammen. Das wäre zu einfach. Seine Vorstöße waren ja nicht die Ursache für ihre gemischten Gefühle. Nein, es machte ihr vor allem Angst, wie sie selbst darauf reagierte. Schon die kleinste Geste würde wieder unberechenbare Folgen haben, als gösse man Wasser in brennendes Öl, um es zu löschen.

Nein, solch ein Feuer konnte man nur ersticken. Sprich: Kündigung. Und dieser Gedanke schnürte ihr die Kehle zu. Wie sollte sie jemals aus dieser Unendlichkeitszwickmühle herauskommen?

»Freunde«, seufzte sie. »Aber komm mir jetzt nicht mit ›Brüderschaft trinken‹.«

Tim lachte so herzerfrischend, dass sie mitlachen musste.

»Komm, lass uns aufs Zimmer gehen. Ich bin auch völlig fertig. Der heutige Tag war ganz schön anstrengend.« Freundschaftlich legte er die Hand auf ihren Rücken, um den Aufbruch zu signalisieren.

Im Fahrstuhl überkamen sie wieder ihre alten Ängste. So presste sie ihre Lider fest zusammen und drückte sich mit dem Rücken gegen eine Wand.

Mitfühlend ergriff Tim wieder ihre Hand. Obwohl sie sofort ein warmes Gefühl der Sicherheit durchströmte, spannte sich ihr Körper aufgrund seiner Berührung an.

Tim schien es zu spüren. »Alles rein freundschaftlich«, beteuerte er.

Lea blinzelte kurz zu ihm hoch und nickte, schon hatte sie die Augen wieder geschlossen. Mit zusammengepressten Lippen klammerte sie sich an seine Hand. Warum musste dieses Hotel auch ausgerechnet einen Panoramafahrstuhl haben? Der war noch schlechter zu ertragen als ein gewöhnlicher. Und warum hatten sie ihre Zimmer im letzten Stockwerk? Was fanden die Leute nur an dieser Höhe?

»Versuch doch mal, die Augen zu öffnen«, forderte er sie auf. Wieder schien es, als hätte er ihre Gedanken gelesen. »Dir entgeht etwas. Manchmal muss man sich seinen Ängsten stellen, sonst verpasst man viel Schönes im Leben.«

Wie ein Kind verkniff sie auch noch den Rest ihres Gesichts und schüttelte panisch den Kopf.

Plötzlich hielt der Fahrstuhl. Lea durchlief ein kalter Schauer, Schweiß brach aus. »Was ist das? Sind wir stecken geblieben?«, fragte sie panisch und drückte Tims Hand so fest sie konnte. Ihr Herz klopfte bis zum Hals.

»Nein, alles in Ordnung. Ich habe nur die Stopptaste gedrückt«, erwiderte er seelenruhig.

Lea wurde übel. »Nein«, keuchte sie entsetzt. »Du spinnst wohl. Bitte, bitte, starte den Fahrstuhl wieder.«

»Nur einen ganz kurzen Moment. Bitte Lea, lass dir diese Gelegenheit nicht entgehen. Mach die Augen auf.«

»Hör auf mit dem Mist und lass den Fahrstuhl sofort weiterfahren.« Eigentlich wollte sie das im Befehlston sagen, aber der misslang und heraus kam ein klägliches Wimmern. Ihre Fingernägel gruben sich in das Innere der freien Hand. Ein festes Band um ihren Brustkorb ließ sie kaum atmen.

»Nein«, entgegnete er in konsequentem Ton, »erst wenn du die Augen aufmachst.«

Die Riesenangst würde sich bestimmt gleich in nackte Panik verwandeln. Sie nahm den letzten Rest der Luft, die noch in ihren Lungen war und schrie: »Niemals! Und jetzt lass den verdammten Fahrstuhl weiterfahren! Sonst zeige ich dich an, wegen Freiheitsberaubung!« Ihre Stimme brach. Ein Kloß steckte in ihrem Hals und sie war kurz davor, in Tränen auszubrechen.

Da nahm er sie ganz fest in den Arm und drückte ihren Kopf beschützend gegen seine Brust. Langsam drehte er sich zusammen mit ihr.

»Komm schon. Probier mal, vielleicht hilft dir die Konfrontationstherapie. Überwinde deine Angst. Du wirst sehen, es lohnt sich. Mit zu viel Angst entgeht einem das Beste im Leben.« Bei diesen Worten streichelte er ihr übers Haar und sie beruhigte sich etwas. »Trau dich«, flüsterte er.

Ihre Antwort war nur ein Wimmern.

Er drückte sie noch fester an sich. Diese Geste beruhigte sie tatsächlich ein wenig.

»Bitte Süße, nur eine winzige Sekunde ... für mich, ja? Der Fahrstuhl stürzt nicht ab, dir wird nichts geschehen. Ich schwöre. Ein Schwur ist bei mir nicht so dahingesagt. Du bist bei mir sicher.«

Ihr Herz schlug bis zum Hals, doch sie wagte es, die Augen einen Spalt zu öffnen. Ohne seine beschützende Umarmung wäre ihr das nicht möglich gewesen. Sein gleichmäßiger Herzschlag beruhigte auch ihren. Mit zu viel Angst entging einem das Beste im Leben, damit hatte er wohl recht.

Seine Sicherheit übertrug sich auf sie. Allmählich schmolz der Angstpanzer und ließ ihr erstarrtes Blut wieder fließen. Ein wenig Leichtigkeit machte sich in ihr breit und sie bekam das Gefühl, etwas zu verpassen.

Dennoch war es schwer, die Augen zu öffnen – ihre Lider waren wie gelähmt. Aber es gelang ihr, zumindest zu blinzeln. Sie krallte die Finger in sein Shirt.

Zwischen ihren Wimpern hindurch erblickte sie ein Lichtermeer von beeindruckender Schönheit. Fasziniert vom Anblick öffnete sie die Augen noch ein kleines Stückchen. Ihr Blick wurde klar. Solch ein Panorama kannte sie bisher nur aus dem Fernseher oder von Postkarten. Selbst im Kino hatte sie es vermieden, auf die Leinwand zu sehen, wenn die Perspektive auf große Höhe wechselte. Sie seufzte und öffnete die Augen ganz. Der Sieg über ihre Angst befreite Adrenalin in ihrem Körper. Sie fühlte sich stark und für einen winzigen Augenblick schwelgte sie in der Schönheit des Ausblicks.

»Und? Hab ich zu viel versprochen?«, raunte Tim.

Sie schaute mit einem glückseligen Lächeln zu ihm auf.

»Nein, es ist wunderschön«, flüsterte sie. Doch dann fiel das Kartenhaus der gebändigten Angst wieder zusammen. »Können wir jetzt weiterfahren?«

»Möchtest du es nicht noch ein paar Sekunden genießen?«

»Hör jetzt endlich auf, du Sadist«, grummelte sie. Dennoch war sie froh, als ihr bewusst wurde, dass sie ein Stück weit die ursprüngliche Angst überwunden hatte. Vielleicht würde sie es das nächste Mal sogar aus eigenem Antrieb versuchen, einen Blick zu riskieren. Wie die Aussicht wohl bei Tageslicht war?

»Na gut, vielleicht das nächste Mal«, raunte er leicht amüsiert und drückte wieder den Knopf.

Der Fahrstuhl setzte sich ächzend in Bewegung.

Lea lockerte den Griff an seinem T-Shirt.

Oben angekommen stieg sie mit wackeligen Knien aus und doch schwebte sie den Gang entlang. Sie hätte nicht erwartet, dass das Besiegen ihrer Angst so ein euphorisches Gefühl in ihr auslösen könnte. Nach ein paar zittrigen Schritten wurde der Gang immer fester.

Kumpelhaft legte Tim seinen Arm um ihre Schulter und zog sie zu sich heran. Erleichtert schlang sie ihren um seine Hüfte. Mit immer größeren Schritten, als hätten sie einen Drachen besiegt, eilte sie den Flur herunter – es fühlte sich an wie ein Triumphzug.

Als sie ihre Zimmer erreichten, löste sich Tim. Zärtlich hauchte er ihr ein Küsschen auf die Wange. »Gute Nacht Süße, schlaf gut.«

Lea war enttäuscht. Diese Geste fühlte sich zu freundschaftlich an. Dann schüttelte sie über sich selbst den Kopf. Was waren das nur schon wieder für Gedanken?

Sie rang sich ein: »Du auch« ab.

Mit einem warmen Lächeln wandte er sich ab.

Aber ein leises »Du Tim«, ließ ihn noch einmal umdrehen.

»Ja?«

»Danke.«

Er nickte und schloss kurz die Augen. Dann war er in seinem Zimmer verschwunden.

Kapitel 13 Die Erkenntnis

Tim schloss die Zimmertür hinter sich und ging ins Bad. Er ließ das Wasser eine Zeit lang laufen, bis es richtig kalt war, und hielt seinen Kopf darunter. Eine ganze Weile genoss er die angenehme Kühle, so lange, bis es schmerzte. Als er das Handtuch um den Kopf wickelte, wurde ihm klar, dass ihn der kühlere Kopf leider nicht weitergebracht hatte.

In seinem Schädel brummte es nur so. Fragen schwirrten herum, ohne die passenden Antworten dazu zu liefern. Es war zum Mäusemelken. Ratlos setzte er sich aufs Bett. Jetzt kamen auch noch Kopfschmerzen hinzu. Angestrengt drückte er die Handballen auf die Augen.

Warum war sein Leben so aus den Fugen geraten, seit er diese Frau kannte? Es war, als ob sie etwas in ihm weckte. Dieses magische Bedürfnis, in ihrer Nähe zu sein, machte ihm Angst. Das war nicht nur sexuelle Anziehung wie üblich. Sie entlockte ihm Gefühle, die er lange vor sich selbst verleugnet hatte.

Es war zwar schmerzvoll, aber es hatte ihm trotzdem gutgetan, mit ihr über die Ereignisse seiner Kindheit zu sprechen. Er fühlte sich einfach wohl in ihrer Nähe. Mit jedem Gespräch verstärkte sich dieses Gefühl. Und es schmeichelte ihm, für sie den starken Beschützer und Helden spielen zu können. Den, der ihr half, ihre Ängste zu besiegen.

Er betrachtete sie mit ganz anderen Augen als andere Frauen. Bei denen hatte er kaum auf ihr Mienenspiel geachtet. Es hatte ihn auch nie interessiert, was hinter den hübschen Köpfchen vor sich ging. Hauptsache er wusste, welche Knöpfe er drücken musste, um sein Ziel zu erreichen.

Bei Lea jedoch achtete er auf jede ihrer Regungen, suchte ihre Gefühle darin. Wie sie etwa die Stirn krauszog, wenn sie Mitleid empfand. Oder die steile Falte zwischen den Augenbrauen, wenn sie skeptisch war. Hatte er sonst melancholische Frauen bevorzugt, wirkte sie auf seine Traurigkeit wie ein Antiseptikum. Auch das war neu.

Er liebte ihre Lachfältchen um die Augen und die Grübchen in den Wangen, wenn sie lachte. Ihre Fröhlichkeit war ansteckend, ihre Ängstlichkeit rührend und ihre Empathie bewegend.

Er wollte unbedingt, dass sie sich in seiner Nähe wohlfühlte. Doch ihre Zerrissenheit war nicht zu übersehen. Deshalb hatte er soeben beschlossen, die Jagd abzubrechen. Es war ihm wichtiger, in ihrer Nähe zu sein, als einen einmaligen Triumph zu genießen und zu riskieren, dass sie ihn hinterher mied. Möglicherweise würde sie dann ganz aus seinem Leben verschwinden und nicht zurückkommen. Der Gedanke, sie ganz zu verlieren, machte ihm Angst.

Wie gerne würde er morgen etwas mit ihr unternehmen. Etwas Unverfängliches, das einfach nur Spaß machte. Eine Aktivität, die ihn nicht in Versuchung brachte, und bei der er trotzdem ihre Nähe genießen konnte.

Dann blitzte eine Idee auf, von der er sicher war, dass sie ihr gefallen könnte. Vor allem war sie praktisch ungefährlich. Sein Herz hüpfte vor Freude. Sofort malte er sich die Stunden mit ihr in goldenen Farben aus.

Aber für heute musste er seine Aufregung zügeln, es war zu spät, um etwas zu organisieren. Also stellte er den Wecker sehr früh, um die Überraschung vorzubereiten. Die Angst, ihr könnte die Sache doch nicht zusagen, unterdrückte er tapfer.

Dennoch dauerte es eine Weile, bis Ruhe in seine Gedanken kam. Dieses Phänomen kannte er, auch wenn es selten war. Meistens reichten ihm Sport und Arbeit, um zur Ruhe zu finden. Wenn nicht, stellte er sich vor, er wäre auf dem Friedhof und unterhielte sich mit seiner Schwester.

Als der Wecker am nächsten Morgen schellte, sprang er gutgelaunt aus dem Bett. Er hatte gestern Abend noch das Wetter gecheckt. Die Aussicht auf Sonnenschein ließ ihn fröhlich unter der Dusche singen. So gut hatte er sich schon lange nicht mehr gefühlt. Innerhalb einer halben Stunde war alles organisiert. Jetzt müsste sie nur noch zusagen.

Auf einmal kamen doch Zweifel hoch. Was, wenn sie es als plumpen Anmachversuch verstand? Ob seine zweifellos ehrlichen Absichten für sie glaubhafter waren, wenn er die Flucht nach vorne antrat? Dann müsste er ihr gestehen, dass er bislang vom Gedanken besessen gewesen war, sie ins Bett zu bekommen. Sie war zu klug, um ihr da etwas vorzumachen. Warum musste eine solch einfache Sache nur so kompliziert sein? Er würde es erst einmal mit der unkomplizierten Version versuchen. Für Geständnisse ergab sich gewiss noch eine Gelegenheit – später.

Auf dem Weg zum Frühstück führte ihn der Weg in den Hotelshop. Er kaufte eine Sonnenbrille, von der er meinte, dass sie Lea stand. Anschließend ging er zu den Kopfbedeckungen. Für sich besorgte er eine Kappe mit der Aufschrift ›Love Nature‹ und für Lea einen hübschen Strohhut. Sonnencreme nicht vergessen. Jetzt konnte es endlich losgehen.

Sein Herz machte einen Hüpfer, als er sie erblickte. Sie saß schon am Frühstückstisch. Es sah so aus, als hätte sie noch nichts gegessen.

Besser konnte es nicht laufen.

»Guten Morgen Lea«, begrüßte er sie strahlend. Einen Moment hatte er überlegt, sie weiter Süße zu nennen, weil er diesen Kosenamen einfach treffend fand. Leider passte er nicht so recht zu seiner Mission. »Das ist doch ein grandioses Wetterchen, nicht wahr?«, fragte er und hängte den Beutel mit den Besorgungen über die Stuhllehne.

»Ja, in der Tat ... und ich hänge hier herum. An einem Samstag. Wie gerne wäre ich jetzt zu Hause bei meinem kleinen Stiefsohn und würde mit meiner Familie an den See fahren«, seufzte sie.

Tim schluckte. »Nun ja, die Situation ist wirklich blöd«, seufzte er.

Leas Sehnsucht nach ihrer Familie schmerzte ihn. Da er das intensive Bedürfnis fühlte, in ihrer Nähe zu sein, konnte es nur so was sein wie ...

Eifersucht? Das musste es sein! Ein Gefühl, von dem er immer gedacht hatte, er kenne es nicht. Aber klar, natürlich fehlte ihr ihre Familie. Sein Enthusiasmus war gedämpft.

»Morgen hast du doch schon den letzten Termin und spätestens Montag fahren wir wieder heim, komme was wolle«, tröstete er sie wider Willen.

»Hmmhm«, brummte sie mit zusammengekniffenen Lippen.

»Ich hab vielleicht etwas, um dich ein bisschen abzulenken ... eine kleine Überraschung. Willst du es dir vielleicht nach dem Frühstück anschauen?«

Sie sah zu ihm auf. »Du? Für mich? Zum Aufheitern? Da bin ich mal gespannt.«

Tims Herz hämmerte gegen seine Brust. Er atmete tief durch, um sich zu beruhigen. »Ja, ich glaube, du wirst überrascht sein. Aber jetzt lass uns erst mal Frühstücken, oder hast du schon? Ich hab einen Bärenhunger. Und wir werden die Energie brauchen.«

»Wir brauchen für die Überraschung Energie? Muss mir das jetzt Angst machen? Das mit den eindeutigen Absichten haben wir doch geklärt, dachte ich jedenfalls.«

War das jetzt ein Scherz oder Ernst? Sie bekam diese steile Falte zwischen der Stirn. Das war gar nicht gut.

»Keine Angst, ich habe dir ja versprochen, dass es keine Annäherungsversuche mehr geben wird. Ich hab es sogar geschworen und das gilt«, erklärte er mit todernster Mine.

»Okay, ich glaube dir«, erwiderte sie und stand auf, um sich ihr Frühstück zu holen. Erleichtert folgte er ihr. »Aber enttäusch mich bitte nicht.«

Tim führte seine Kollegin nach draußen. »Schließ doch bitte die Augen«, forderte er sie auf, bevor sie aus der Tür traten.

Sie gehorchte. Vertrauensvoll ließ sie sich ein kleines Stückchen am Arm führen.

»Ich habe das Gefühl, ich hab Geburtstag«, lachte sie.

»Ja, vielleicht entdeckst du heute eine ganz neue Seite an dir«, antwortete er, während er sie weiter führte. Sie schien ihre Augen tatsächlich fest geschlossen zu haben, denn ihre Schritte waren unsicher.

»Oh, das klingt irgendwie gefährlich.«

»Wieso? Habe ich etwas von dunkler Seite gesagt? Vorsicht, hier ist eine Stufe, ganz langsam.«

Achtsam bewältigte sie die Stufe. Ihr Vertrauen, mit dem sie sich führen ließ, wärmte sein Herz.

»Vielleicht kenne ich ja bereits alle meine guten Seiten, also bleiben nur die dunklen übrig«, knüpfte sie an das Gespräch an.

»Deine dunklen kennst du nicht? Vielleicht hast du keine. Ich habe jedenfalls noch keine dunkle Seite an dir gefunden. Aber es gibt mehr menschliche Facetten, als Gut und Böse, Schwarz und Weiß, anständig und unanständig. Sooo, du kannst die Augen wieder aufmachen. Tada!«, forderte er Lea auf.

Grinsend gehorchte sie. Er strahlte, denn als sie seine Überraschung sah, blieb ihr der Mund offen stehen. Gespannt sah er sie an und wartete auf eine weitere Reaktion.

»Und? Was sagst du?«

»Ein Tandem«, stotterte sie.

»Genau, ein Tandem. Ich habe es für einen Tag gemietet. Ich finde es zu schade, dass du nicht Fahrrad fahren kannst. Und da dachte ich, ich zeige dir, was du verpasst. Lass uns bei dem schönen Wetter ein bisschen fahren.«

»Ist das nicht gefährlich, mit jemandem zu fahren, der überhaupt nicht Fahrrad fahren kann?«

»Lea«, rügte er. »Würde ich es dann machen? Du kannst doch auf den Fahrrädern im Studio fahren. Das hast du eindrucksvoll bewiesen. Mehr brauchst du hier auch nicht zu machen. Ich steuere und halte das Gleichgewicht.«

»Und das genügt?«

»Das genügt, vorausgesetzt du trittst kräftig mit.«

»Ach, du brauchst nur jemanden, der tritt. So ist das, verstehe.«

»Vorsichtig!«

»Wenn du mich nur ausnutzt, dann trete ich … dich«, scherzte sie grinsend und ihre Augen funkelten schelmisch.

»Ich will dir nur zeigen, wie schön es ist, mit dem Fahrrad zu fahren. Weil ich hoffe, du willst es dann lernen. Schließlich musst du es noch deinen Kindern beibringen. Oder sollen die das nicht lernen?«

Was redete er sich da gerade um Kopf und Kragen? Es war taktisch äußerst ungünstig, sie jetzt an ihre Familie zu erinnern. Innerlich schüttelte er den Kopf. Warum unterliefen ihm bei dieser Frau so viele Fehler? Sie musste ihn für einen Idioten halten. »Also, was meinst du? Hast du Lust?«, versuchte er sie abzulenken.

Ungeduldig sah er sie an, während er auf eine Antwort wartete. Sie überlegte. Wenn das tat, hatte sie auch eine Falte zwischen den Augenbrauen, aber anders als bei Ärger, mehr gekräuselt, nicht so tief.

»Also gut, wenn du mir versprichst, dass nichts passieren kann.« Ein bisschen Skepsis blieb in ihrem Gesicht.

»Versprochen. Es wird nichts passieren. Weder beim Radfahren noch sonst irgendwie.«

Ihre Blicke trafen sich und in seinem Bauch machte sich ein seltsames Gefühl breit. Hoffentlich hatte er da nicht zu viel versprochen. Dass er sich auch immer so weit aus dem Fenster lehnen musste.

»Ich muss nur noch schnell etwas holen«, stotterte er, »bin gleich wieder da. Creme dich schon mal ein.« Er reichte ihr den Beutel mit dem Sonnenschutz.

Sie nickte. Er verschwand in Richtung Küche und holte seine Bestellung ab.

»So, ich konnte ein kleines, aber feines Lunchpaket abstauben«, verkündete er freudestrahlend und schwenkte einen großen Korb, der mit einem karierten Stoff zugedeckt war. »Ich weiß zwar nicht, was da drin ist, aber ich denke, verhungern werden wir nicht.«

»Das glaube ich auch«, bemerkte Lea lachend.

Die Größe hinderte ihn, es vorne in den Transportkorb zu stellen, deshalb klemmte er ihn auf den Gepäckträger. Eine Picknickdecke kam in den Korb am Lenker. Dann stellte er das Tandem zwischen seine Beine. »Steig auf, dann kann es losgehen.«

Lea gehorchte und Tim war glücklich. Er hatte es geschafft! Er würde mit ihr den herrlichen Radwanderweg fahren, den er sonst mit dem Rennrad fuhr. Diese Tour würde ihr sicher gefallen.

Der Weg führte über eine Landstraße. Eine Allee, mit wunderschönen alten Eichen. Seit dem Bau der neuen Schnellstraße war sie nur noch wenig befahren. Licht und Schatten wechselten sich ab. Es herrschte kaum Wind. Nur gerade so viel, dass er die Haut angenehm kühlte. An manchen Feldern wurde das Korn eingefahren.

Tim trat langsam und kräftig in die Pedale. Die Sonne ließ die Landschaft in den schönsten Farben erstrahlen. Es lag dieser spezielle Sommergeruch in der Luft. Eine kräftige Grundnote aus Heu, gemischt mit dem Duft von Blumen und Kräutern. Er sog die fantastische Luft tief in seine Lungen. Bei diesem gemäßigten Tempo nahm er viel mehr von der Umgebung wahr, als auf seinem Rennrad. Dort hatte er den Fokus immer auf die Kilometer, die er abriss.

Es war wunderbar ruhig, kaum Autoverkehr. Sie begegneten lediglich einigen anderen Radfahrern. Dieses schöne Wetter wollten viele nutzen.

»Und wie findest du es?«, wollte er wissen und blickte nach hinten.

»Ganz gut. Aber kannst du wieder nach vorne sehen? Sonst weißt du doch nicht, wo du hinfährst.«

»Oh sorry, aber keine Angst, ich hab alles im Griff.«

»Glaub ich dir ja, aber ich bin eben noch unsicher. Legt sich sicher gleich.«

»Wenn ich sage, du brauchst keine Angst haben, dann ist das auch so. Es ist ein anderes Erlebnis als mit dem Auto, oder?«

»Ja, es ist toll. Hier ist es wunderschön«, gab sie zu.

»Hier hinter der Hecke ist eine Wiese. Lass uns da eine Pause einlegen. Oder willst du noch ein bisschen weiterfahren?«

»Nein, gute Idee. Lass uns eine Pause machen.«

Kapitel 14 Das Picknick

Lea strampelte beschwingt. Tim hatte recht, es war ein ganz neues Erlebnis. Die Strampelei ähnelte der im Studio, aber hier gab es so viel zu entdecken. Die blühenden Rapsfelder leuchteten wunderbar gelb. Das Korn, das sich sanft im Wind wiegte, unterbrochen von Wiesen, auf denen Kühe grasten, oder Bauern ihr Heu wendeten. Die Sonne streichelte ihre Haut, wie auch die kühlen Schatten der Bäume.

Je wärmer es wurde, desto mehr nahm sie Tims Geruch wahr. Das lenkte die Aufmerksamkeit zwangsläufig auf ihn. Durch das dünne T-Shirt konnte sie das Muskelspiel auf seinem breiten Rücken beobachten. Lea schloss die Augen und versuchte, das aufkeimende Verlangen zu verdrängen. Leider funktionierte das nicht so richtig. Wieder kamen ihr neue Zweifel, ob es richtig war, sich für den Ausflug zu entscheiden.

Sie war froh, als er endlich eine Pause vorschlug. Die Ängste am Anfang der Fahrt hatten sie ge-stresst. Auch die zunehmende Temperatur setzte ihr zu. Die Hitze des Asphalts schlug ihr beim Absteigen vom Rad regelrecht ins Gesicht. Lea bekam einen Schweißausbruch. Da der Fahrtwind fehlte, wurde die stehende Wärme jetzt richtig unangenehm. Die Luft hatte sich unbemerkt mit Feuchtigkeit aufgeladen und glich einem Wasch-kessel. Am Himmel zogen Wolken auf.

»Man könnte meinen, da kommt ein Gewitter. Aber du hast doch das Wetter gecheckt, oder?«, bemerkte sie skeptisch. Sie holte ein Gummiband aus ihrer Tasche und fixierte ihr Haar. Endlich kam etwas Wind an den schweißnassen Nacken und brachte ein wenig Erleichterung.

»Ja klar, hab ich. Für heute ist kein Regen angesagt.« Prüfend blickte Tim zum Himmel. »Das sind doch nur harmlose Schleierwolken. Sieh nur, da hinten kommt schon wieder die Sonne durch.«

»Hm, dann kann man nur hoffen, dass der Wettergott die Vorhersage auch gelesen hat.«

»Komm schon, das sind keine Regenwolken.«

»Nein, das nicht. Aber die Luft ist merkwürdig schwül, als würde da noch ein Gewitter kommen.«

»Kann ich mir nicht vorstellen, die Vorhersagen sind heutzutage doch so gut.«

»Na ja, um jetzt ohne Pause zurückzukehren, ist es ohnehin zu weit. Aber nach dem Picknick drehen wir besser um«, schlug sie vor.

Tim zuckte mit den Schultern. »Wenn du meinst.« Er nahm die Decke vom Gepäckträger und drückte sie ihr in die Hand. Mit einem »komm«, nahm er den Korb. »Wo wollen wir uns ausbreiten? Da? Unter dem Baum?« Er zeigte auf eine mächtige Buche, die in der Nähe eines Sees inmitten einer Kräuterwiese stand. In dem hohen Gras brummte und krabbelte es. Knallroter Klatschmohn stach kunterbunt hervor. Ein wenig Wind strich darüber und bog die Halme.

»Ich weiß nicht«, bemerkte sie und wischte sich den Schweiß von der Stirn.

»Wieso? Direkt unter dem Baum ist doch schöner Schatten.«

»Ja, schon … aber.«

Tim zog die Augenbrauen hoch. »Was aber?«

»Das hohe Gras.«

»Das duftet doch wunderbar, mit den ganzen Wildkräutern hier.«

»Aber …«

»Nein«, sagte er und verzog das Gesicht zu einem süffisanten Grinsen. »Sag das jetzt nicht.«

Lea zog Stirn und Nase kraus. »Was? Hier gibt es bestimmt viele Zecken.«

»Zecken?! Das darf doch nicht wahr sein. Man merkt wirklich, dass du in der Stadt aufgewachsen bist. Die kriechen doch nicht auf die Decke.« Tim rieb sich die Stirn.

Lea seufzte. »Und wenn doch?«

»Dann verscheuche ich sie.«

»Die lassen sich nicht verscheuchen. Man merkt es nicht, wenn die sich festbeißen. Die können schlimme Krankheiten übertragen«, erwiderte sie.

»Diese Biester«, schimpfte er mit gespieltem Entsetzen und lachte. Dann sah er Leas ängstliches Gesicht. »Ja, davon hab ich gehört«, murmelte er. »Mann Lea, dir entgeht doch etwas, wenn du vor so vielen Sachen Angst hast.«

»Darüber brauchst du gar nicht zu lachen. Eine Nachbarin von uns hatte mal einen Zeckenbiss. Das sah wirklich übel aus. Ich möchte nicht auf der Wiese sitzen, da fühl ich mich nicht sicher.«

Tim seufzte. »Okay, ist wohl nicht zu ändern. Wohin dann?«

»Siehst du da hinten? Der Sandstreifen am See.«
Lea zeigte in Richtung eines kleinen Strandes, der
zwischen dem Schilf einen Zugang zum See ge-
währte.

»Und was ist mit den Sandflöhen?«

»Sehr witzig. Mach dich nur über mich lustig.«

»Nein, im Ernst, da gibt es sicher viele Mücken.
Die können auch schlimme Krankheiten übertragen. Und Sand speichert Hitze.«

»Mücken stechen in diesen Breitengraden meistens erst in der Dämmerung. Ich denke, du bist so
naturverbunden? Bist du nie am Wasser? Gegen die
gespeicherte Hitze des Sandes haben wir die Decke
und gegen die von oben, unsere Hüte.«

Tims seufzte zur Antwort.

»Der Untergrund ist für die dünne Decke auch
besser. Das Gras pikst doch viel zu sehr«, argu-
mentierte sie weiter.

Lea musterte ihn. Warum zögerte er denn immer
noch? Er wirkte so unsicher. Wenn er nicht so ein
todesmutiger Kerl wäre, würde sie denken, er hätte
Angst.

»Was denn? Angst vor Malaria? Oder Tsu-
namis?«, spottete sie.

Durch Tim ging ein kleiner Ruck, Er holte tief
Luft. »Ich hasse Sand. Er klebt einem am Körper,
wenn man schwitzt. Aber okay, meinetwegen. Ich
hab ja doch keine Chance gegen dich. Aber wir
bleiben möglichst weit vom Ufer entfernt, okay?«

»Deal«, erwiderte sie und grinste. Doch ihr
Grinsen erstarb, als sie sah, dass in Tim tatsächlich
etwas Beunruhigendes vorging. Ob sie ihn einfach

fragen konnte, was los war? Doch im selben Moment hatte er sich wieder gefangen und machte sich auf, Richtung See.

Da war doch etwas mit ihm. Lea musterte ihn aufmerksam. Oder hatte sie sich das nur eingebildet?

Am See angekommen, breiteten sie gemeinsam die Decke auf dem Sand aus und ließen sich lachend darauf fallen. Aber irgendetwas stimmte nicht.

»Der Sand ist tatsächlich ziemlich warm, da kommt ganz schön Hitze durch die Decke«, gab sie zu.

Tim nickte lachend. »Jepp, und die Sonne knallt uns das Hirn weg. Wir können immer noch in den Schatten.« Aber so ernst schien er es nicht zu meinen, denn während er das sagte, packte er schon eine Reihe Köstlichkeiten aus dem Korb.

Lea beobachtete ihn dabei. Immer wieder strich er seine Haare zurück, die ihm umgehend wieder ins Gesicht fielen. Er sah wirklich verdammt gut aus. Sie seufzte leise.

»Was haben wir denn da Feines. Diverse Sorten Käse, Hühnchen, Salami, ein Messer dazu, Baguette, Kuchen, Rotwein, Erdbeeren, Weintrauben, Oliven ...«, murmelte er selbstvergessen.

»Sag mal, kommt da noch wer? Hattest du nicht von einem kleinen, aber feinen, Lunchpaket gesprochen. Wer soll das alles essen? Damit kann man ja eine Armee verpflegen.«

»Na ja, fein ist es doch. Vielleicht nicht ganz so klein, aber ich hab auch ganz schön Hunger«, sagte er, während er weitere Leckerbissen aus dem Korb zog.

»Dass Männer ständig Hunger haben müssen.«

»Du bist gut. Ich hatte schließlich die Hauptarbeit. Und ... Gummibärchen ... die großen, fetten ... lecker. Die hab ich extra bestellt. Das wird ein feiner Nachtisch«, sagte er und wedelte mit der Tüte. »Hier, halt mal.« Tim reichte Lea eine Flasche Rotwein. »Die verdammten Gläser dazu sind so gut verpackt.«

»Wie kriegen wir den Rotwein auf?«, fragte sie, während er die Gläser hervorkramte. »Hast du einen Öffner?«

»Nein.«

»Das ist aber schade. Dann brauchst du die Gläser gar nicht erst auszupacken.«

»Ich könnte jetzt kontern, dass Frauen ständig ans Trinken denken müssen, aber ich tu's nicht«, scherzte er, sah hoch und kniff ein Auge zu. »Schraubverschluss. Die Leute im Hotel denken mit.«

Eine starke Windbö strich über die beiden hinweg.

»Jetzt kommt das Gewitter«, warnte Lea.

»Quatsch. Ist doch angenehm, das bisschen Wind. Ist doch sowieso zu heiß. Du bist eine echte Pessimistin. Hör bloß auf zu jammern, sonst redest du es noch herbei.«

Sie zuckte mit den Schultern. »Hör selbst auf zu jammern und leg dich in meinen Schatten. Ich füttere dich, als Lohn für die Hauptarbeit beim

Fahrradfahren.« Lachend drückte sie seinen Oberkörper auf die Decke.

»Na, das lass ich mir doch mal gefallen. Ich liebe es, wenn die Frauen dankbar für Dinge sind, die ich für sie getan habe.« Er ließ sich zurückfallen und strahlte sie an. Lea strahlte zurück. »Kannst du mir mal meine Sonnenbrille geben?«

Immer noch ging ihr diese Sache mit der ›Reinkarnation von Casanova‹ nicht aus dem Kopf. Dabei konnte es ihr doch egal sein. Die Sache war geklärt und Tim machte keinerlei Vorstöße. Während sie kramte, überlegte sie, wie sie mehr über ihn erfahren könnte.

»Oho, dankbar für die Dinge, die du getan hast? Das hört sich so an, als ob du pausenlos Frauen beglücken würdest.« Endlich hatte sie seine Brille gefunden. »Hier, du Frauenbeglücker«, sagte sie, während sie die Brille auf seine Nase setzte.

»Ich weiß ja nicht, was du mit ›Frauen beglücken‹ meinst«, sagte er und machte dabei mit den Fingern Gänsefüßchen, »in deinem Fall meinte ich das Radfahren. Gib's zu, es hat dir gefallen«, murmelte er schmollend.

Lea fragte sich, ob er wirklich so beleidigt war, wie er tat.

Dann lachte er sie wieder so charmant an, dass ihr Herz aufging. Dabei war es doch sowieso schon zu weich, was ihn betraf. Plötzlich überkam sie das starke Bedürfnis, ihm zärtlich die Wange zu streicheln. Er schob die Sonnenbrille hoch. Sie sahen sich nur kurz in die Augen, doch Lea fühlte zwischen ihnen eine besondere Verbindung.

Schnell versuchte sie, die aufkommenden Gefühle zu unterdrücken, indem sie ihre Brille aufsetzte.

Tim seufzte und nahm seine ab.

»Natürlich hat es mir gefallen. Ja, und ich bin dir dankbar. Es macht Spaß und ich hab auch fast keine Angst mehr«, tröstete sie ihn zärtlich. Endlich gab sie ihrem Verlangen nach, ihm über die Wange zu streicheln.

»Du musst auch keine Angst haben. Wenn's brenzlig wird, kann man jederzeit absteigen. Das sollte man nur rechtzeitig machen«, erwiderte er, nahm ihre Hand und küsste sie sanft.

Es lag eine solche Zärtlichkeit in dieser Geste, dass in ihr der Wunsch keimte, ihn auf den Mund zu küssen. Sie bedauerte, dass er diesbezüglich keinerlei Anstalten mehr machte. So war sie es, die Kraft investieren musste, ihm nicht zu nahe zu treten. Innerlich schüttelte sie mal wieder den Kopf über sich. Was wollte sie eigentlich? Sie hatte ihn doch selbst zurückgewiesen und er hatte versprochen, ihr nicht mehr zu nahe zu treten.

Lea seufzte.

»Was ist? Warum seufzt du? Denkst du an deine Familie?«, fragte Tim.

Fuck. Lea hatte gerade keinen Moment an ihre Familie gedacht. Aber er erinnerte sie daran und sofort regte sich ihr schlechtes Gewissen. »Ja klar«, log sie. »Ich denke, Thorsten wird mit Linus zum Baden gefahren sein.« Angespannt rieb sie sich mit Daumen und Zeigefinger über die Augen. Sie musste sich jetzt zusammenreißen. So drehte sie sich um, um die Köstlichkeiten zu begutachten.

»Womit möchte mein Held denn gefüttert werden?«

»Hm, zur Vorspeise etwas Leichtes. Erdbeeren wären gut.«

»Erdbeeren ... kommen sofort.« Sie hielt ihm eine vor den Mund und beobachtete, wie seine Lippen sich öffneten und seine schneeweißen Zähne hervorblitzten, als er abbiss. Genießerisch kaute er auf der Beere herum. Am liebsten hätte sie eben die andere Hälfte der Erdbeere direkt abgebissen und dabei seine Lippen berührt. Was hatte sie da nur schon wieder für Gedanken?

»Was ist, warum schüttelst du den Kopf?«

›Über mich selbst‹, konnte sie schlecht antworten. »Ach, ich hab nur gerade festgestellt, dass ich auch Hunger bekomme, wenn ich dir beim Essen zusehe.«

»Na, dann schlag doch zu.« Er streichelte auffordernd ihren Arm.

›Witzbold‹, dachte sie und lächelte. Wenn er wüsste, wie gerne sie in der Tat ›zuschlagen‹ würde.

»Warum lächelst du? Hab ich etwas nicht mitbekommen?«

»Ach nichts.« Damit er ihre Verlegenheit nicht sah, fuhr sie schnell fort, ihn zu füttern. »Hier fliegen einem nicht die gebratenen Tauben in den Mund, aber immerhin die Hühner«, sagte sie und steckte ihm ein Stückchen Hühnerfleisch in den Mund.

So fütterte sie ihn Bissen um Bissen und aß selbst nebenbei auch etwas davon. »Die Sachen sind köstlich.«

»Ja, nicht wahr? Der Service im Hotel ist gut«, bemerkte er und richtete sich auf. »Aber jetzt muss ich einen Schluck trinken.« Er griff sich die Flasche und ein Glas und schenkte ein. »Du auch?«, fragte er und hielt ihr das Glas hin.

Lea kämpfte mit sich. Wenn sie jetzt Alkohol trank, war es noch schwerer, sich unter Kontrolle zu halten. Andererseits war ein Glas Rotwein zum Käse köstlich. Doch der Preis war zu hoch. »Ich trinke lieber erst mal nur Wasser.«

»Spielverderber.«

»Nein, es ist nur zu heiß für Alkohol. Da wird die Birne matschig.«

»Das macht doch nichts, dann schlafen wir ein wenig.«

»Ich weiß nicht.«

»Du bist so süß, wenn du etwas getrunken hast.«

Das hätte er nicht sagen sollen. »Ich bleib dabei. Und ich bin nicht süß.«

»Okay, okay«, antwortete er und hob abwehrend die Hand. »Nein, du bist nicht süß, Süße.« Er ließ die Hand auf Leas Oberschenkel sinken und löste in ihr sofort ein Verlangen nach mehr aus. Aber die Berührung blieb eher unschuldig. Am liebsten hätte sie seine Hand ergriffen und ihren Oberschenkel hoch geführt. Lea biss sich auf die Lippen. Gut, dass er ihre Gedanken nicht lesen konnte.

»Mein Gott, du bist unwiderstehlich«, entfuhr es ihm.

Lea schnappte nach Luft. Wieder einmal knisterte es unerträglich. Das war kaum zum Aushalten. Ob er es darauf anlegte? Nein, dafür war seine Berührung zu freundschaftlich. Kein Grinsen oder Ähnliches, das darauf hinwies. Gut, dass ihre Sonnenbrille so große Gläser hatte, da konnte er nicht so gut sehen, was in ihr vorging. Sie musste ihm irgendwie ausweichen.

»Puh, bin ich vollgefressen«, bemerkte sie und legte sich auch auf die Decke. Sie wandte ihm den Rücken zu und blickte auf den See, der in der Sonne glitzerte.

Plötzlich raschelte es im Schilf und ein Schwan schwamm auf den See hinaus. »Oh Tim sieh nur, ist das nicht ein wunderschönes Tier?«

»Oh ja.«

»Aber er oder sie scheint allein zu sein.«

»Vielleicht brütet der Partner ja.«

»Oh ja, hoffentlich«, seufzte sie und spürte, wie er zärtlich über ihren Rücken strich. Die Geste hinterließ eine Spur brennenden Verlangens. Ob ihm klar war, wie sehr er sie quälte? Sie sollte ihn langsam darauf hinweisen. Sofort verwarf sie den Gedanken wieder, denn eigentlich genoss sie ja diese Zärtlichkeit. Im Grunde war sie fast kumpelhaft. Sie entließ die Luft in einem Stoß aus den Lungen.

»Was ist?«

»Ach nichts.« Sie wandte sich ihm zu und stellte fest, dass er sich inzwischen wieder hingelegt hatte. Er lag auf der Seite und hatte seine Sonnenbrille abgenommen, den Arm angewinkelt unterm Kopf. Seine Augen funkelten sie an.

Auch Lea nahm die unbequeme Sonnenbrille ab, da sich eine Wolke vor die Sonne schob. Sie legte ebenso ihren Arm unter den Kopf und musterte ihn. »Du bist gern allein, oder?«

»Ja.«

»Warum eigentlich?«

»Weiß nicht. Dann werde ich immer ruhig. Keiner will etwas von mir und ich kann irgendwie ich selbst sein.«

»Ich kann das gar nicht gut, das Alleinsein. Am liebsten hab ich Gewusel um mich herum.«

»Es reicht doch schon, wenn man im Berufsleben immer Masken tragen muss. Wenn ich nach Hause komme, will ich nicht auch noch die des braven Ehemannes oder Familienvaters aufsetzen.«

»Du trägst immer Masken?«

»Du nicht?«

»Das heißt, du verstellst dich immer? Warum?«

»Ich mag es nicht, wenn ich durchschaubar bin. Das geht keinen etwas an.«

Lea sah ihn prüfend an. Wie konnte er das nur durchhalten? »Verstellst du dich auch bei deiner Frau und deinen besten Freunden?«

»Bei meiner Ex ja, sonst auch, höchstens bei Marc nicht ... und jetzt hier, da habe ich das Gefühl, dass ich keine brauche«, erklärte er immer leiser.

Die Worte drangen direkt in Leas Herz. »Ich mag dich, Tim Jaeger.«

»Ich mag dich auch, Lea Kaiser«, flüsterte er. Sie schloss die Augen und genoss die Energie der Berührung, als er ihr einen Kuss auf die Stirn gab.

Nachdem er wieder auf seinen Arm zurückgekehrt war, musste sie ihn einfach küssen. Auch er hatte seine Augen geschlossen. Deshalb küsste sie gleich noch seine Lider, Nase und den verführerischen Mund.

Kapitel 15 Wetterumschwung

Tim erwachte, weil ein paar kühle Tropfen in sein Gesicht platschten. Erschrocken schnellte er hoch und sah sich um. Wo war Lea? Kam jetzt doch Regen?

»Wach auf, du Schlafmütze! Genug geschlafen! Du bist übrigens nicht süß, wenn du etwas getrunken hast ... eher langweilig!« Lea lachte und stand, nur mit Unterhose und BH bekleidet, im See. Sie bot einen grandiosen Anblick mit ihrer sportlich durchtrainierten Figur. Aber er hatte dafür keinen Sinn. Sein Magen krampfte, Angstschweiß trat ihm auf die Stirn, seine Handflächen wurden feucht und ein Kloß blockierte seine Kehle.

Sie stand da, lachte und spritzte erneut Wasser in seine Richtung. Die Tropfen glitzerten in der Sonne. Wie winzige Blitze schossen sie bedrohlich auf ihn zu. Tim rang um Fassung. Endlich fand er seine Sprache wieder.

»Was machst du da?! Spinnst du?! Komm raus!«, schrie er und das Blut schoss in seinen Kopf. Er hatte das Gefühl zu platzen. Wild flirrten die Gedanken durch seinen Schädel. »Lea, komm raus!«

Sie schüttelte den Kopf.

Daraufhin wich alles Blut aus seinem Schädel. Er schnappte nach Luft.

»Was ist? Komm rein, das Wasser ist herrlich! Genau die richtige Abkühlung!«, forderte Lea unschuldig weiter.

»Komm jetzt endlich raus!«, brüllte er.

Warum hörte sie nicht? Er krallte die Hände in die Decke. Das Atmen wurde so schwer.

»Was ist? Du bist ja ganz blass. Soll ich dich nicht in Unterhose sehen?«, scherzte sie lachend.

»Quatsch! Hörst du jetzt endlich ... sonst!« Seine Stimme fing an, hysterisch zu klingen. Er wusste, er reagierte völlig überzogen, aber er konnte nichts dagegen tun. Angst blockierte seinen Verstand.

»Sonst was?! Wenn ich herauskommen soll, dann wirst du mich holen müssen! Hier ist es zu schön! Ich habe vorhin so geschwitzt, da hab ich dringend eine Abkühlung gebraucht. Also komm schon, sei kein Frosch.«

Einladend rührte sie mit den Händen im Wasser herum. Ihr BH war nass und die Brustwarzen zeichneten sich durch den dünnen Stoff ab. Normalerweise hätte ihn das in Entzücken versetzt. Schon wieder spritzte sie Wasser in seine Richtung.

Er stand auf und stemmte drohend die Hände in die Hüften. »Warum hörst du nicht? Bitte Lea, komm jetzt endlich!«, flehte er.

»Ach nein, Papa. Wieso kommst du nicht endlich?«, konterte sie.

Merkte sie denn nicht, wie ernst es ihm war? Tim schluckte.

»Nein, ich will nicht! Bitte, bitte, hör doch endlich«, bettelte er und seine Stimme brach.

Da stutzte sie und die steile Falte bildete sich auf ihrer Stirn. »Man könnte meinen, du hättest Angst«, sagte sie und lachte verlegen.

»Und wenn schon ... Kommst du jetzt endlich?«, erwiderte er matt.

Leas Lachen erstarb. »Was? Das ist jetzt nicht dein Ernst, oder?«

Tim rieb sich über die Augen. »Was?«

»Dass du Angst hast. Das kann doch nicht sein. Tim der Unerschrockene hat Angst vor Wasser?«

Tim seufzte. »Ja, verdammt. Es ist doch außerdem scheißkalt. Kommst du jetzt bitte raus?«

»Nein, tut mir leid. Ich möchte mich noch ein bisschen abkühlen. Du kannst ja derweil weiterschwitzen.«

Um ihre Worte zu unterstreichen, hockte sie sich ins Wasser, sodass es ihr bis zum Hals stand. Dann tauchten ihre Füße auf, sie hatte sich auf das Wasser gelegt.

Tim presste die Lider zusammen und versuchte, sich zu sammeln.

»Bitte, bitte, mach das nicht. Ich kann dich nicht retten.«

»Du brauchst mich nicht zu retten, ich kann schwimmen«, erwiderte sie seelenruhig und ruderte mit den Armen.

Warum quälte sie ihn nur so?

Dann erst schien ihr klarzuwerden, was er da gesagt hatte. Sie stellte sich wieder hin und sah ihn fragend an.

»Soll das etwa heißen, du kannst nicht schwimmen?«, fragte sie mit unterdrücktem Entsetzen.

Er wich ihrem Blick aus. Erst da sah er es. Hinter ihr türmten sich bedrohlich dunkel die Wolken. Sie rasten geradezu heran. So etwas hatte er noch nie gesehen. Eine andere Angst kroch in ihm hoch. Doch gleichzeitig rettete ihn dieser Wetterumschwung, denn er würde sich nicht weiter erklären müssen.

»Dreh dich mal um«, erklärte er und zeigte zu den Wolken. »Wenn etwas wirklich gefährlich ist, dann ja wohl, bei Gewitter im Wasser zu sein.« Immer noch hatte seine Stimme einen hysterischen Unterton.

Lachend sah Lea in die Richtung. »Ach du Scheiße!«, entfuhr es ihr. Endlich folgte sie seinem Vorschlag. »Wie ist denn das so schnell gekommen? Ich denke, es sollte heute kein Gewitter kommen?«

Tim atmete erleichtert durch. »Ja, die Wetter App ist Mist. Die werde ich löschen. Und nun komm endlich! Wir müssen die Sachen zusammenpacken.« Sein Herz beruhigte sich, als sie sich endlich aus dem Wasser bewegte.

»Aber du wirst nicht umhinkommen, mir das mit der Angst vor Wasser zu erklären.«

»Wenn es sein muss«, knurrte er und war schon dabei, die Lebensmittel zurück in den Korb zu packen. Eine starke Bö kündigte den Beginn des Unwetters an. Die Decke klappte am unbesetzten Ende hoch.

Lea griff schnell nach ihrem Kleid. »Mist, jetzt kann ich gar nicht mehr trocknen, es wird nass werden«, fluchte sie beim Anziehen.

»Es wird sowieso nass werden. Beeil dich, dann wird es vielleicht nicht ganz so schlimm«, grummelte er. Hektisch raffte er die restlichen Sachen zusammen.

Sie zeigte sich von seiner Panik unbeeindruckt.

»Ist ja schon gut, hast recht«, seufzte sie und half ihm, die Decke zusammenzulegen.

Die ersten Tropfen fielen, als sie zum Tandem spurteten.

»Das hätte ich nicht gedacht, dass ein Unwetter so schnell kommen kann.«

Dicke Tropfen platschten jetzt in sein Gesicht. »Oh doch. Aber so etwas, wie das hier, habe ich auch noch nicht erlebt.«

Der Regen war mittlerweile von schmerzhaften Hagelkörnern durchsetzt, als sie das Tandem bestiegen.

»Fahr aber jetzt bitte nicht so schnell«, bat sie.

»Keine Angst. So schlimm ist es ja nicht, wenn wir nass werden. Wir sind ja nicht aus Zucker.«

Er zuckte zusammen, als ein lauter Donner die Luft vibrieren ließ. Der Blitz zischte, bevor er krachend in einen Baum einschlug – in Sichtweite.

Lea entfuhr ein panischer Schrei.

Tim drehte sich zu ihr um. Die blanke Panik stand in ihren Augen.

»Keine Angst«, beruhigte er sie in einem Tonfall, als wollte er sich selbst beruhigen. »Es wird uns schon nichts passieren. Aber wir sollten uns einen Unterschlupf suchen.«

»Da bin ich ausnahmsweise einmal ganz deiner Meinung. Lass uns zurückfahren. Ein paar hundert Meter weiter zurück, ist eine Blockhütte, wenn ich mich recht erinnere. Lass es uns da versuchen«, kreischte sie panisch.

»Bleib ruhig. Panik hilft uns jetzt nicht weiter.« In solchen Situationen war auf einmal sein kühler Kopf wieder da.

Inzwischen platschten immer dickere Tropfen auf sie nieder. In kürzester Zeit waren sie bis auf die Haut durchnässt. Das Treten war eine Qual, denn immer wieder erschwerten starke Böen die Fahrt. Tim verriss das Lenkrad, als wieder ein Blitz in Sichtweite einschlug. Er hörte, wie Lea hinter ihm wimmerte.

»Keine Angst, uns wird schon nichts passieren«, versuchte er, sie zu beruhigen.

»Sind wir gleich da?«

»Gleich«, versuchte er sich kurz zu halten. Seine hohe Atemfrequenz verriet ihr bestimmt, dass auch er nervös war.

Blätter mischten sich unter den Regen. Ein Ast krachte nicht weit entfernt vor ihnen auf die Straße. Außer ihnen war niemand mehr auf der Straße. Seine Nervosität verwandelte sich langsam in Angst.

»Ich kann nichts sehen.« Ihrer Stimme verriet ihm, dass sie weinte.

»Bitte, nicht weinen. Es wird alles gut gehen. Versprochen«, brüllte er nach hinten.

»Da! Gott sei Dank! Da ist sie!«, rief sie mit einem hysterischen Glucksen.

Die Zufahrt zur Hütte war holprig. Die gröbsten Schlaglöcher waren mit Schotter aufgefüllt. Trotzdem breiteten sich etliche schlammige Pfützen vor ihnen aus. Das dreckige Wasser spritzte nur so und ein paarmal rutschte das Rad fast weg. Lea musste sicher Todesängste ausstehen. Warum hatte er sich beim Wetter nicht besser informiert? Er wusste doch, dass man sich nicht nur auf eine Quelle verlassen sollte. Das war jetzt ein Abenteuer, das sie sicher nicht leicht verkraften würde. Er stöhnte.

Wieder schlug ein Blitz ein, diesmal so dicht, dass die Ohren schmerzten und er für einige Augenblicke taub war. Die Luft knisterte, als würde ein Teil der Elektrizität auch durch seinen Körper fließen. »Die Bäume wirken wie ein Blitzableiter und die Reifen isolieren uns«, brüllte er nach hinten, in dem Versuch sie zu trösten.

»Ja, aber das Wasser, das an uns herunterläuft, isoliert nicht«, schrie sie ihre Bedenken hinaus.

Sie hatte recht, es war gefährlich.

Endlich hatten sie ihr Ziel erreicht. »Halte das Fahrrad«, wies er sie an, stieg ab und klopfte kräftig an die Tür. Es stand kein Auto vor der Hütte. Sie wirkte verwahrlost und verlassen. Die Blumen im Kübel waren vertrocknet. Deshalb wartete er nicht lange, sondern machte sich auf die Suche nach dem Schlüssel. Zuerst unter der Fußmatte, dann unter dem Blumenkübel.

»Sieh auch in der Erde nach«, schlug Lea vor. Er gehorchte.

Schließlich fand er ihn im Pflanzentopf und hielt ihn triumphierend in die Höhe. Er reinigte ihn an seiner Hose und schloss die Tür auf.

»Komm, geh schon mal rein. Ich stell das Rad ab.«

Wie ein begossener Pudel kam er auf sie zu, um ihr das Tandem abzunehmen. Das Wasser lief an den Haaren herunter in sein Gesicht. Lea schnappte sich den Korb und hastete zum Eingang. Er lehnte das Gefährt an die Holzwand, holte die Decke vom Gepäckträger und folgte ihr.

»Was für ein Mistwetter«, beklagte er sich, als er eintrat. Wie zur Bekräftigung zischte noch einmal ein Blitz irgendwo ganz in der Nähe. In der schummerigen Hütte war es plötzlich gleißend hell. Schnell schloss Tim die Tür, doch der Lärm des Donners war ohrenbetäubend.

Lea ließ den Korb fallen und hielt sich angsterfüllt die Ohren zu.

Als der Lärm vorbei war, schloss sie die Augen. »Mann bin ich froh, dass wir es geschafft haben.« Erleichtert ließ sie sich auf einen Sessel plumpsen, der mit einem Laken abgedeckt war. Eine kleine Staubwolke wirbelte auf. »Oh, ich glaube, hier war schon lange keiner mehr.«

»Sieht ganz so aus. Aber wir haben einen Luxusunterstand erwischt. Glück im Unglück kann ich da nur sagen«, antwortete er und musterte sie.

»Du zitterst ja. Ist dir kalt? Oder hast du immer noch Angst?«, fragte er besorgt.

»Wohl beides. So etwas hab ich in meinem ganzen Leben noch nicht erlebt.«

Lea hatte blaue Lippen und die Haare hingen in Strähnen um ihr hübsches Gesicht. Die Gänsehaut war nicht zu übersehen. Mit klapperndem Kiefer rieb sie sich die Oberarme. Ein Bild des Elends. Bei Tim zog sich der Magen zusammen, schließlich trug er dafür die Verantwortung.

»Du musst aus den nassen Klamotten raus, sonst erkältest du dich.« Gleichzeitig überlegte er, was sie denn Trockenes anziehen könnte, denn alles war auf dem kurzen Weg nass geworden.

»Ja klar, aber was soll ich dann anziehen?«

»Egal ... zur Not hängst du dir eins von den Laken um. Ich sehe mal, ob ich hier in den Schränken etwas finden kann.«

»Die Vorstellung, mir dieses staubige Laken umzuhängen, finde ich nicht gerade verlockend. Ob es hier wenigstens saubere Handtücher oder Decken gibt?«

»Lass uns suchen. Ich hätte auch nichts gegen ein Handtuch«, antwortete er und kramte in einer Kommode an der Wand. »Hier ist schon mal nichts.«

»Ich suche mal im Bad, falls es hier so etwas gibt.«

»Irgendetwas wird es sicher geben.«

Sie öffnete eine der beiden Türen. »Aber Strom ist da. Das ist schon mal gut.« Als sie den Schalter betätigte, wurde der dunkle Verschlag augenblicklich hell. »Hier ist aber kein Wasseranschluss

... und auch keine Handtücher in den Schränken«, bemerkte sie, während sie die Möbel inspizierte.

Tim blickte aus dem Fenster. Draußen war es gespenstisch düster. »Da hinten, hinter der Hütte, fließt ein Bach. Dort könnte man sich Wasser holen ... Aber nicht jetzt.«

Er ging zusammen mit Lea durch die zweite Tür. »Das Schlafzimmer.«

»Treffend bemerkt«, erwiderte sie. In dem kleinen Schlafraum standen ein Schrank und ein Bett, abgedeckt mit einer Patchwork-Tagesdecke. »Sie werden sich das Bettzeug vermutlich mitbringen, wenn sie kommen.«

Tim trat auf den Schrank zu und öffnete ihn. »Der ist leer ... nein warte. Hier sind zwei dicke Strickjacken. Immerhin etwas zum Anziehen«, bemerkte er.

»Oh, zwei sehr elegante Exemplare. Sicher sehr kuschelig«, bemerkte sie und nahm eine an sich.

»Besser als nichts. Und sie sind wirklich weich.«

Sie schnupperte dran. »Der Geruch geht noch einigermaßen. Hätte ich mir schlimmer vorgestellt.«

»Komm, lass uns die Klamotten aufhängen, hier ist sogar ein Wäscheständer. Im Wohnzimmer ist ein kleiner Gasofen. Dort könnten sie ein wenig trocknen.«

Lea fing an, sich auszuziehen. Tim wagte einen Blick. Nach dem überwundenen Schrecken hatte er wieder einen Sinn für die heiße Frau, die ihm da gerade gegenüberstand. Schon regte sich etwas bei ihm.

»Hier, zieh eine Strickjacke an«, forderte er sie auf und hielt sie ihr hin, sodass sie hineinschlüpfen konnte. Dann befreite er sich aus seinen eigenen nassen Kleidungsstücken und hüllte sich in die andere Strickjacke.

Er sah zu ihr herüber. Sie überschlug die Jacke vorne und schien immer noch zu frieren.

Eine gute Gelegenheit, sie zu umarmen, ihren ausgekühlten Körper zu wärmen und ihr Sicherheit zu geben.

Sie schien es zu genießen und legte den Kopf an seine Brust, während er über ihren Rücken rubbelte, um noch mehr Wärme zu produzieren. Sie entspannte und seufzte. Natürlich freute er sich über die Gelegenheit, ihr so nahe sein zu können. Ob sie wohl wahrnahm, wie schnell sein Herz schlug?

Minutenlang verharrten sie in der Umarmung und er genoss das Gefühl der Geborgenheit. Bis sie sich löste. »Komm, Wäsche aufhängen. Ist eigentlich noch etwas von dem Wein da? Der wärmt ja auch.«

»Sehr gute Idee. Lass uns auch etwas von den Resten essen. Ich hab schon wieder Hunger.«

Lea rollte mit den Augen und stöhnte. »Typisch ... Mann.«

Kapitel 16 Tims Geständnis

»Mhm, das Essen hier ist ein bisschen wie Weihnachten, findest du nicht?«, fragte Lea Tim und nahm noch ein Stückchen Käse.

Der sah sie fragend an. Beide saßen auf dem Sofa, die Reste des Picknicks auf dem kleinen Tisch davor arrangiert.

»Ich liebe Weihnachten, du auch?«, ergänzte sie kauend.

Tim sah hoch und schluckte schwer. Trauer blitzte durch sein Gesicht.

Sofort überfiel Lea ein mulmiges Gefühl. »Ahhh Shit! Sorry, ich hab nicht nachgedacht.«

Sie hätte sich in den Hintern treten können. Mitfühlend streichelte sie ihm über die Wange.

»Es tut mir leid, das mit deiner Mutter.« Es machte sie nervös, dass sie keine Antwort bekam. Mit diesen unendlich traurigen Augen starrte er vor sich hin. Da folgte sie ihrem Instinkt und nahm ihn in den Arm.

Dankbar schmiegte er sich an sie. Wieder donnerte es und beide zuckten erschrocken zusammen. Wie zwei ängstliche Kinder verstärkten sie danach die Umarmung. Sie konnte seinen Atem spüren, als er den Kopf in ihre Halsgrube legte. Minutenlang verharrten sie so.

»Vorhin ... am See ... ich hatte solche Angst um dich«, murmelte er plötzlich.

Lea rückte ein Stück ab, und legte ihre Finger unter sein Kinn, um seinen Kopf anzuheben und ihm in die Augen sehen zu können. »Das hab ich irgendwann auch gemerkt ... Aber warum?«

Er atmete tief durch. »Das hat mit meiner Kindheit zu tun.«

»Du kannst nicht schwimmen, oder?« Sie nahm sein Gesicht in beide Hände. »Wie kommt das? Jemand, der so todesmutig ist, wie du. Eigentlich lernt es doch jedes Kind in der Schule ..., selbst so ein Angsthase wie ich ist nicht drum herum gekommen.«

Er entzog sich dem Griff und damit auch ihrem prüfenden Blick. Langsam rückte er ein Stück ab und senkte den Kopf, bevor er erzählte.

»Weihnachten ... Weihnachten dreiundneunzig. Meine Mutter war im Weihnachtsstress und mit uns drei kleinen Kindern völlig überfordert. Sie wollte es wie immer perfekt machen. Das perfekte, harmonische Weihnachten ... Also schickte sie uns an Heiligabend raus. Wir sollten eine Runde mit dem Hund gehen.«

Er rieb sich über die Augen und seufzte.

»Sie sagte noch, wir dürften auf keinen Fall an den Rhein ... wegen des Hochwassers. Aber wie das so bei Kindern ist, gerade das Verbotene reizt. Wir wollten uns die Sache unbedingt ansehen. Wir sind also mit unserem Golden Retriever hin, um dort spazieren zu gehen.«

Tim schluckte und eine Pause folgte.

Lea wartete geduldig. Er sah so verloren aus!

»Ich weiß nicht, welcher Teufel mich geritten hat … Ich nahm einen Ast, den die Flut angeschwemmt hatte, und warf ihn für den Hund ins Wasser. Dabei war die Strömung doch viel zu reißend.«

»Wie alt warst du?« Liebevoll strich Lea ihm über den Rücken.

»Sieben, fast acht. Er liebte das Stöckchenspiel. Wir haben es immer mit ihm gespielt.« Tim biss sich auf die Lippen.

Sie griff nach seiner Hand und drückte sie mitfühlend. Er sah sie kurz an. Es war offensichtlich, dass er sich schuldig fühlte. »Du warst noch zu klein, um genau zu erfassen, wie gefährlich das ist. Ist der Hund ertrunken?«

Er nickte.

»Ja, ich sah noch, wie er verzweifelt paddelte und nach Luft schnappte. Diese verdammte Strömung hat ihn einfach weggerissen und nach unten gezogen. Es war scheiße-grausam, das mit anzusehen.«

Tim entzog ihr die Hand und rieb sich über die Augen.

Lea sah ihn ratlos an. Was sollte sie sagen?

»Es … es tut mir so leid. Er war ein toller Spielkamerad für euch, oder?«

»Ich und meine Zwillingsschwester … wir hatten denselben Impuls … wollten beide hinterherspringen.«

Er fuhr sich durchs Haar. Lea hielt die Luft an. Sie hatte befürchtet, dass der Tod des Hundes nicht alles war, das ihm auf dem Herzen lag.

»Ich höre heute noch die panischen Schreie meiner großen Schwester ... sie verfolgen mich bis in meine Träume.«

Wieder stockte seine Erzählung und Lea konnte sehen, wie seine Atemfrequenz stieg. Tröstend rieb sie ihm über die Hand.

»Sie konnte nur mich zurückhalten, weil ich in ihrer Nähe stand ... meine Zwillingsschwester hat sie nicht erwischt. Die war zu weit weg und blitzschnell im Wasser.«

Seine Stimme brach und eine Pause folgte.

»Ich erinnere mich noch genau an ihren Klammergriff, ihre Hilfeschreie ... Ich wollte hin und meiner Zwillingsschwester helfen. Sie hielt mich mit aller Kraft zurück. Und wir mussten mit ansehen, wie auch meine Schwester in den Fluten versank. Tina konnte ja nicht mal schwimmen.«

Lea streichelte ihm tröstend über den Kopf. Er bedeckte sein Gesicht mit den Händen.

»Wir schrien und schrien ... irgendwann sanken wir zu Boden ... in den Matsch ... immer noch aneinandergeklammert.«

Grausame Bilder entstanden in ihrem Kopf. Sicher konnte sie sich nicht einmal im Entferntesten ausmalen, was er durchgemacht hatte.

»Ich weiß nicht, wie lange wir geschrien haben. Auf einmal waren die Retter und ein Notarzt da. Der hat uns dann ein Beruhigungsmittel gespritzt ... Aber für Tina war es zu spät. Die waren ja überall im Einsatz wegen des Hochwassers. Sie wurde erst Stunden später gefunden. Meine

Zwillingsschwester war tot ... und ich durfte sie nicht einmal mehr sehen.«

»Das muss schrecklich gewesen sein.« Hilflos streichelte Lea Tim über den Arm. Der Trostversuch kam ihr fast unpassend und ungenügend vor. Aber sie wusste beim besten Willen nicht, was sie sonst hätte sagen sollen.

»Das ist nicht der Punkt ..., ICH habe den Stock geworfen ... verstehst du? ICH!« Tims Kiefermuskeln mahlten. Dann sah er wieder hoch und Lea erschrak über die Verzweiflung in seinem Gesicht.

»ICH habe sie damit umgebracht! Verstehst du? ICH!« Dann kam nur noch ein Glucksen aus seiner Kehle. Er ballte heftig die Faust, sodass die Knöchel weiß wurden.

»Nein! ... Nein, nein! Du hast sie nicht umgebracht. Es war ein schrecklicher Unfall!«, versicherte sie betroffen.

Tim zitterte.

Sie zog ihn noch etwas fester an sich. »Das darfst du nicht denken. So was darfst du einfach nicht denken ... Es war ein schrecklicher Unfall. Solche Dinge passieren einfach. Niemand weiß, warum«, ergänzte sie, bevor auch ihre Stimme versagte. Sie fühlte seinen schnellen Atem und sein pochendes Herz. Ihr Magen war ein Felsbrocken. Verzweifelt strich sie über seinen Kopf und drückte ihn an ihre Brust.

Tim fing an, hemmungslos zu weinen. Es waren wohl lange unterdrückte Tränen, denn sie schienen kein Ende nehmen zu wollen.

»Weine nur … lass es raus«, flüsterte sie und fing an, ihn zu wiegen. Wie sollte sie nur reagieren? Mit solch einem grausamen Schicksal war sie noch niemals konfrontiert gewesen. So etwas passierte doch sonst nur im Fernsehen. Sie mochte sich nicht ausmalen, was er durchgemacht hatte. Sie schloss die Augen. Dann konnte sie nicht anders und ließ auch ihren Tränen freien Lauf.

Tims Tränen flossen kühl über ihren Hals ins Dekolleté. Warum musste das Schicksal nur so grausam sein? Für so etwas gab es keinen Trost.

Sie wusste nicht, wie lange sie so zusammen geweint hatten. Irgendwann fing sein Atem an zu stottern und die salzige Flut versiegte langsam. Eine Weile wiegte sie ihn weiter und beide starrten stumm vor sich hin.

Wie in Trance fing er an, ihren Hals zu küssen. Sie ließ es geschehen, schloss die Augen und streichelte seinen Rücken. Er küsste ins Dekolletee runter und streifte ihr die Strickjacke von den Schultern.

Ein letztes Schluchzen entfuhr ihm, als er sein nasses Gesicht in ihrem Busen vergrub. Ihr Unterleib erwachte, als er ihre Brüste küsste und liebkoste. Fast war es ihr peinlich, dass sie so heftig darauf reagierte. Aber in diesem Moment wollte sie ihm die Nähe nicht verweigern.

So ließ sie ihn gewähren und schämte sich fast, dass sie seine Liebkosungen genoss. Aber es war ihr ein Trost, dass er in dieser Körperlichkeit Beruhigung fand. Sein Atem wurde immer ruhiger.

Seine Gesichtszüge entspannten sich. Da wurde ihr klar, dass diese körperliche Liebe der einzige Trost war, den er Annehmen und akzeptieren konnte.

Es gab kein Zurück, sie wurde mitgerissen von der sinnlichen Lawine und dem Wunsch, ihm in diesem Moment alles zu geben, was sie konnte. Sie küssten und liebkosten sich immer leidenschaft-Licher.

Sie vergaßen die Zeit. Ihre Körper, und ihre Seelen, verschmolzen in Liebe und Trost.

Kapitel 17 Genug Wärme

Als sie wieder zu Atem kamen, tobte draußen noch immer das Gewitter. Sie tauschten einen intensiven Blick und die reale Welt war ausgeschaltet. Es gab nur sie beide auf diesem Sofa, im Hier und Jetzt, kein Gestern und kein Morgen.

Tim hob eins der Abdecklaken über ihre nackten Körper. Lea schmiegte sich an ihn. Sie hatte immer noch das Gefühl, Eins mit ihm zu sein. Eine goldene Wolke aus Wärme und Glückseligkeit umhüllte sie.

Sie überlegte, was sie sagen könnte, aber dieses Erlebnis war nicht in Worte zu fassen. So ließ sie sich einfach in den Moment sinken und streichelte gedankenverloren seine Brust.

»Ist dir kalt?«, fragte er irgendwann.

»Nein, alles gut«, murmelte sie und küsste seine Schulter. »Du gibst mir genug Wärme.«

»Du mir auch«, antwortete er und zog sie noch ein wenig dichter heran. Es war, als wollte er sie festhalten und nie wieder loslassen. Der intensivste Moment ihres Lebens.

»Ich glaube, wir müssen hier heute übernachten. Hier ist kein Handyempfang, wir können also keine Hilfe rufen. Und es sieht nicht so aus, als ob es demnächst aufhören wird, zu regnen.« Zärtlich strich er eine Locke aus ihrem Gesicht.

»Ja, das befürchte ich auch«, flüsterte sie und lächelte ihn an. »Eine ganz schreckliche Vorstellung.«

»Ich habe gehofft, dass du das sagst«, antwortete er und lächelte zurück. Er nahm ihr Gesicht in beide Hände und näherte sich ihrem Mund. Seine Augen funkelten lustverhangen, er lächelte selig. Sie schloss die Augen und erwartete seine sanften Lippen, sog seinen Duft tief in die Nase, dann raubte ihr sein zärtlicher Kuss den Atem.

»Wir können uns ja das Bett drüben herrichten. Auf die Matratze ein Abdecklaken legen und uns mit der Tagesdecke zudecken«, schlug er vor, nachdem sie sich wieder gelöst hatten.

Lea nickte. »Bauen wir uns ein Nest zum Übernachten.«

Noch einmal tauschten sie einen intensiven Kuss, dann erhoben sie sich.

Als sie ihr provisorisches Nest fertiggestellt hatten, legten sie sich schlafen. Tim schmiegte sich an ihren Rücken und fuhr zärtlich mit seiner Hand über ihren Bauch hoch, zu einer ihrer Brüste, um sie liebevoll zu umhüllen.

Gleich regte sich wieder etwas bei Lea und sie begann sich zu schämen. Sie hatte gerade Thorsten betrogen, da gab es nichts zu entschuldigen. War es eben noch in einer Art Affekt, konnte man jetzt nicht mehr davon sprechen. Wie sollte sie reagieren? Ihn plötzlich zurückstoßen und ihm sagen dass es eben nur ein Mitleidsnummer war? Das entsprach überhaupt nicht der Wahrheit.

Die Hitze, die sich jetzt in ihrem Körper ausbreitete, brachte ihren Verstand zum Schmelzen. Sie schloss die Augen und genoss seine kleinen Küsse auf ihren Nacken. Ein Prickeln durchzog ihren ganzen Körper und bescherte ihr eine feine Gänsehaut. Sie stöhnte leise. Sie sollte besser verdrängen, was sie da gerade machte. Solch einer Übermacht der Gefühle konnte sie sich ohnehin nur ergeben. Dies hier war eine andere Welt, fernab von aller Realität.

»Du frierst ja doch«, bemerkte er zwischen seinen Küssen.

Sie drehte sich herum und lachte ihn an. »Scherzkeks. Nein, im Gegenteil, mir ist ziemlich heiß.«

»Sag ich doch, du bist heiß. Hab ich schon damals im Studio gesagt. Aber du wolltest mir ja nicht glauben.« Zur Bekräftigung seiner Worte gab er ihr einen zarten Kuss auf die Stirn.

Sie boxte ihn scherzhaft, schlang die Arme um seinen Hals und legte ihre Wange an seine.

»Duhu Tim«, flüsterte sie und biss ihm sanft ins Ohrläppchen. Zufrieden stellte sie fest, dass sie ihm damit eine Gänsehaut bescherte.

»Mhmhm«, murmelte er und bedeckte ihre Brust rundum mit kleinen Küssen, bis er in der Mitte ankam und intensiv die Brustwarze stimulierte.

Lea hielt den Atem an. Sie wurde feucht.

»Du hast mal gesagt, ich soll dein Klavier spielen«, raunte sie rasch atmend.

»Jepp, hab ich«, murmelte er zwischen seinen Liebkosungen. Schulter, Schlüsselbeine, Brust, er übersäte alles mit Küssen und zarten Liebesbissen. Er schien genau zu wissen, welche ihrer Körperstellen sich am stärksten nach ihm verzehrten.

»Meins spielst du aber auch ziemlich gut«, hauchte sie genussvoll.

»Danke, aber deins ist ein Flügel, aus dem wunderschöne Töne kommen. Meins ist eher ein Kinderklavier«, murmelte er.

»Ich glaub das nicht. Du hast zwei Instrumente. Das Klavier aus Plastik steht vor dem Vorhang. Hinter der Bühne aber steht eine riesige Orgel mit ganz vielen Tasten, Pedalen und Schüben.«

Tim streichelte sie intensiver.

Lea stöhnte leise und zerfloss unter seinen Zärtlichkeiten. Zur Antwort krallte sie ihre Finger in seinen festen Hintern.

Tim knurrte erregt. »Ja, ich glaube, da hast du wohl recht.«

Er fixierte sie auf dem Rücken und küsste ihren Hals, den sie ihm ergeben hinhielt.

»Sorry aber du machst mich so was von scharf«, raunte er.

Das Gefühl, seinem Verlangen ausgeliefert zu sein, verstärkte ihre Lust. Seine Küsse waren jetzt überall und wandelten ihre Lust zu brennendem Verlangen. Die Augen geschlossen räkelte sie sich und stöhnte.

Sein Atem wurde schneller. In ihr wuchs Gier.

»Willst du sie spielen, meine Orgel?«, flüsterte er ihr ins Ohr.

Mittlerweile brannte ihr Unterleib vor Lust. Als sie seine Erregung spürte, erfasste das Verlangen ihren ganzen Körper.

»Wie denn«, stöhnte sie. »Du spielst ja gerade auf meiner ..., und zwar virtuos.«

Tim knurrte lustvoll, als sie ihm das Becken entgegenstreckte. Er saugte abwechselnd an ihren Brustwarzen und biss zärtlich hinein. Jetzt war die Sehnsucht für Lea kaum noch auszuhalten. »Bitte«, stöhnte sie. »Du quälst mich.«

»Oh nein, du quälst mich. Aber ich genieße diese süße Qual«, murmelte er.

Mit diesen Worten drängte er sich zwischen ihre Beine und der harte Beweis seiner Lust streifte ihre Schenkel. Sie stöhnte laut auf und spreizte die Beine.

Aber Tim verstärkte nur seinen Griff um ihre Hüfte und küsste an ihr immer weiter runter, legte über den Bauch Richtung Unterleib eine Spur der Sehnsucht. Seine Hände waren überall. Als er mit der Zunge ihr Lustzentrum erreicht hatte, hielt Lea den Atem an. Ausdauernd umspielte er ihre Perle. Ihr Atem ging schnell, ihr Herz raste. Das Begehren war kaum auszuhalten. Ein Ziehen im Unterleib kündigte den Höhepunkt des sinnlichen Spiels an. Ihre Erlösung entlud sich in lustvollen Schreien.

»Nun lass mich auf deiner Orgel spielen«, raunte sie, als sie wieder zu Atem gekommen war.

Sie legte die Hände an seine Wangen und zog ihn sanft zu sich hoch. Als sie anfing, seine Härte zu streicheln, stöhnte er genussvoll. Sofort wuchs auch wieder ihr Verlangen. Ihre Lippen wanderten zu seinem Hals, bescherten Tim Gänsehaut. Er stöhnte leise und warf den Kopf in den Nacken. Sie küsste an ihm runter zu den Schlüsselbeinen, zu den Schultern, genoss die Wärme seiner Haut und seinen betörenden Duft. Er bäumte sich auf.

Begierig umfasste er ihren Kopf. Seine Lippen suchten ihre, um mit ihnen in einem leidenschaftlichen Kuss zu verschmelzen.

Sie unterbrach ihr zärtliches Spiel und versank in ihren Gefühlen. Ihr erhitzter Körper schmiegte sich an seinen. Sie verschwendete nicht einen Gedanken daran, was sie da eigentlich machte. Es war, als müsste es so sein.

So versanken sie immer tiefer in eine Welt voller Zärtlichkeit. Einem Kosmos voller Verlangen und Hingabe, in dem sie sich gegenseitig Liebe schenken durften.

Lea küsste ihn weiter nach unten, bis zu seinen Leisten. Mit geschlossen Augen wand er sich stöhnend unter ihren Liebkosungen.

Als sie ihn schließlich rittlings in sich aufnahm, schauderte sie vor Erregung. Sie begann sich lustvoll zu bewegen, während er ihre Brüste knetete. Verlangend streckte sie sie ihm entgegen.

Tim lächelte lasziv. Seine Hände wanderten an ihr abwärts, streichelten ihren Körper. Sie sahen sich ihn ihre verhangenen Augen und Lea intensivierte ihre Bewegungen, um ihn anzufeuern.

Er stöhnte, packte ihren Po und stieß zu, um die Bewegungen weiter anzuheizen. Lea warf den Kopf in den Nacken, bog ihr Kreuz durch, und stützte sich hinter sich auf seine Schenkel. Als sie bemerkte, dass er gleich kam, neigte sie sich über ihn und küsste ihn. Langsam und lasziv trieb sie ihn mehrmals bis kurz vor den Höhepunkt und verharrte dann reglos, um ihm noch keine Erlösung zu verschaffen.

Das Spiel brachte sie jedoch selbst an den Rand der Klippe. Schließlich konnte sie sich nicht mehr zurückhalten. Mit heftigen Bewegungen steuerten sie beide dem Höhepunkt entgegen. In immer neuen, wohligen Wellen schwappte der Orgasmus gleichzeitig über sie hinweg. Unendlich erlösend. Unendlich befreiend.

Erschöpft legte sich Lea auf ihn und genoss die Nähe und Entspannung.

Tim streichelte ihren schweißnassen Körper.

»Komm wieder unter die Decke, sonst erkältest du dich«, flüsterte er besorgt.

Sie rollte von ihm herunter und legte sich neben ihn. Er legte einen Arm um sie und bettete ihren Kopf auf seine muskulöse Brust. Sanft streichelte sie über seinen Bauch, legte ein Bein über seines. Gedankenverloren streichelten seine Fingerkuppen über ihren Arm. Gefühle von Glück und Liebe durchdrangen sie. Noch nie hatte sie sich mit jemandem so geborgen gefühlt, jemandem so vertraut wie Tim in diesem Moment.

»Auch wenn du mal das Gegenteil behauptet hast, du bist eine fantastische Klavierspielerin«, raunte er noch etwas außer Atem. Er nahm ihr Kinn zwischen Daumen und Zeigefinger und küsste sie sanft auf den Mund.

Lea erinnerte sich an den Text über Liebe, Verbundenheit und Zuneigung, den sie damals im Internet gelesen hatte. Sexualität, die in Eros ihren Ausdruck fand.

»Das war kein Klavierspiel. Das war Liebe machen«, murmelte sie.

Tim sagte nichts, zog sie nur fester an sich und küsste sie auf den Kopf.

Lange Zeit lagen sie in dieser zärtlichen Umarmung und Lea streichelte mit den Fingerspitzen seine Haut.

Nachdem sich ihre Erregung etwas abgekühlt hatte, durchzogen sofort wieder dunkle Wolken ihre Gedanken. Die schreckliche Tragödie, von der er erzählt hatte, kochte immer wieder hoch. Zu gerne würde sie mehr erfahren, hatte aber gleichzeitig Angst, schlechte Gefühle in ihm auszulösen.

»Woran denkst du?«, kam er ihr zur Hilfe.

»Darf ich dich nochmal zu dem Unfall befragen? Mir geht die Geschichte einfach nicht aus dem Kopf.«

Tim holte tief Luft. »Okay, schieß los.«

»Wie war es dann danach? Ich meine nach dieser Tragödie. Deine Mutter hat deswegen zur Weihnachtszeit Selbstmord begangen, oder?«

»Ja. Sie hat sich die Schuld gegeben und mein Vater ihr wohl auch. Dabei hätten wir doch nur auf ihr Verbot zu hören brauchen ... Verdammt.«

Lea versuchte, ihn zu beruhigen, indem sie seine Wange streichelte. Dann legte sie den Kopf wieder auf seine Brust. Sein Herz raste und der Brustkorb hob und senkte sich rasch unter seinem Atem.

»Schsch«, machte sie und legte einen Finger auf seinen Mund. »Du brauchst es nicht zu erzählen, wenn du dich zu schlecht dabei fühlst.«

»Lass nur ... Ich glaube, es tut mir gut, darüber zu reden. Bei uns wurde gar nicht mehr darüber gesprochen, nie mehr … kein Wort. Jedenfalls nicht mit uns Kindern. Vielleicht, damit es nicht zu Schuldzuweisungen kam. Heute denke ich, das war nicht gut, denn wir lebten ab da nur noch nebeneinander her. Wir waren keine Familie mehr. Und meine Mutter fand aus der Depression nicht wieder heraus.«

Tim legte seinen Handrücken auf die Stirn.

»Weihnachten war von da ab die Hölle. Und wir, meine große Schwester und ich, hatten jedes Jahr aufs Neue Schuldgefühle. Als meine Mutter sich dann umbrachte, gaben wir uns auch daran die Schuld … gab ich mir die Schuld daran.«

Er stockte, räusperte sich und schluckte.

»Verstehe. Und um zu überleben, hast du einfach deine Gefühle verdrängt …« Lea streichelte weiter seine Wange.

»Darum kannst du nicht lieben … oder glaubst, dass du es nicht kannst«, ergänzte sie nach einer Pause.

»Kann sein … vielleicht … ich weiß nicht … wahrscheinlich.«

In Lea wuchs das Verlangen, ihm den Schmerz zu nehmen – ihn einfach wegzulieben. Ja, das wäre schön, wenn es so einfach wäre.

»Und du hast noch nie mit jemandem darüber geredet?«

»Na ja, nicht so, wie jetzt hier … mit dir.«

»Aber du musst es doch irgendwie verarbeiten. Du musst diese schrecklichen Schuldgefühle loswerden.«

»Das ist sinnlos ... die werde ich niemals los. Die kommen immer wieder. Nur manchmal, wenn ich mich in Arbeit vergrabe, beim Sport ... oder Sex ... kann ich sie ausblenden. Nur dann kann ich ertragen, dass ich noch am Leben bin und sie nicht.«

Lea schloss die Augen und holte tief Luft. Wenn sie darüber nachdachte, wie überbehütet sie aufgewachsen war ... Spätestens nach dem Unfall war er, zumindest emotional, vernachlässigt worden.

»Du warst noch viel zu klein, um dein Handeln abzuschätzen. Nicht umsonst werden Kinder erst schuldfähig, wenn sie doppelt so alt sind, wie du damals warst. Sie sind einfach noch nicht reif genug, ihr Handeln und die Konsequenzen zu überblicken. Hast du denn nicht mal mit deiner Frau darüber geredet?«

»Nein, wir haben nie über Gefühle geredet.«

Lea überlegte, wann sie mit Thorsten je über Gefühle geredet hatte. Im Moment steckte er immerhin voller Existenzängste. Ja, Männer waren wahrscheinlich so, sie redeten nicht gern über Gefühle. Aber Lea konnte sich trotzdem in sie hineinversetzen, auch ohne darüber zu reden.

»Wusste deine Frau denn überhaupt von dem Unfall?«

»Ja, ich glaube, Marc hat es ihr erzählt, als sie sich beklagte, dass ich keine Kinder will.«

»Du willst keine Kinder? Aber deine Frau hatte doch eine Fehlgeburt.«

»Sie ist ohne meine Zustimmung schwanger geworden. Ich kann mit dieser Verantwortung nicht umgehen. Deshalb fühle ich mich von ihr hintergangen. Das war auch noch ein Grund, warum es zwischen uns nicht mehr lief ... Nein, keine Kinder ... und auch keine Heirat ... *nie* mehr.«

Diese Bemerkung versetzte Leas Herzen einen Stich. Sofort brach ein Gefühlschaos in ihr aus und sie stand ratlos daneben.

Was hatte sie denn erwartet? Einen Heiratsantrag? Nur, weil er sich ihr geöffnet hatte?

Natürlich war sie nur ein Abenteuer für ihn. Warum sollte er ausgerechnet für sie mehr empfinden als für alle anderen Frauen? Sie war eine unverbesserliche Gefühlsnudel und er konnte keine Liebe empfinden. Er war bindungsunfähig, da biss die Maus keinen Faden ab. Und Kinder wollte er schon gar nicht. Das intensive Erlebnis von eben war nur für sie so intensiv gewesen. Es würde einmalig bleiben – bleiben müssen.

Zwei Menschen waren sich sehr nahegekommen und hatten sich auch körperlich berührt. Aber ihre Vorstellungen vom Leben und der Liebe passten überhaupt nicht zusammen. Sie waren wie Feuer und Wasser. Morgen würde sie in ihr altes Leben zurückkehren und so tun, als ob nichts passiert wäre. Bei dieser Vorstellung bildete sich ein Kloß in ihrem Hals.

Sie rollte sich von ihm weg. Heiße Tränen kullerten über ihre Schläfen und hinterließen nasse Flecken auf dem Laken. Sie musste jetzt stark sein, lautlos weinen. Sie biss so heftig auf ihre Lippen, dass sie schmerzten.

Tims regelmäßige Atemzüge verrieten ihr, dass er eingeschlafen war.

Was hatte sie nur getan? Wie sollte sie jetzt ihre Gefühle verdrängen? Sie würde nicht einfach so weitermachen können, als wäre nichts geschehen. Wut auf sich selbst stieg in ihr auf. Sie wischte sich die Tränen aus dem Gesicht und stand leise auf.

Lea fühlte sich matt und völlig ausgelaugt. Mit weichen Knien tapste sie zur Toilette. Kalte Schauer liefen ihr über den Rücken. Sie sehnte sich nach Wärme.

Nein, Tim würde ihr niemals genug Wärme geben können – ausgeschlossen. Nie würde sie für ihn ihre Familie verlassen. Das würde er ohnehin nicht wollen. Dennoch wurde ihr klar, dass sie sich seit heute für immer nach ihm sehnen würde. Und wenn die Sehnsucht nach ihm noch so groß war, es nutzte nichts. Jetzt musste auch sie lernen, ihre Gefühle zu unterdrücken.

Aber erst mal musste sie sich ihrer Enttäuschung hingeben. Sie schloss die Tür hinter sich und konnte ihren Tränen endlich freien Lauf lassen. Leider brachten sie keine Erleichterung. Wie sollte sie denn jetzt weiterleben? In ihrer Vorstellung sah sie sich den Rest ihres Lebens als leblose Hülle verbringen. Ein Zombie, der den Alltag nur mit Mühe bewältigte. Sie würde keine Freude am Leben empfinden.

Augenblicklich schalt sie sich selbst ›Dramaqueen‹. Sie schüttelte den Kopf und putzte sich mit dem Klopapier die Nase. Ihr Gesicht war heiß und geschwollen. Und es war kein Wasser da, um es abzukühlen. Sie kicherte hysterisch, als sie darüber nachdachte, dass draußen Wasser im Überfluss vorhanden war. Sie könnte ja nach draußen gehen, um sich den Tod zu holen.

Dramaqueen!

Nein, sie würde jetzt zurück zu Tim ins Bett kriechen und verdammt nochmal aufhören zu heulen.

Kapitel 18 Erwachen

Als Tim erwachte, begrüßte ihn das Gefühl, dass er gestern ein anderer Mensch gewesen war als heute. Irgendetwas hatte sich geändert und er fragte sich, was. Er fühlte sich großartig. Als Erstes kam ihm sein Geständnis in den Sinn. Es war tröstlich, erleichternd und hatte ihn jetzt schon dazu gebracht, die Ereignisse aus einer anderen Warte zu sehen.

Da er nie über seine Schuldgefühle geredet hatte, waren seine Gedanken dazu geradezu festgefahren gewesen. Lea hatte recht, er hatte die Konsequenzen seiner Handlung damals noch nicht überblicken können. Machte ihn das jetzt weniger schuldig?

Viel Stoff zum Nachdenken für die nächsten Tage.

Sie waren sich so nahegekommen. Er hatte so viel Trost empfunden. Jetzt war er voller Dankbarkeit. Oder was waren das für neuartige Gefühle, die er für sie hegte?

Auch Stoff zum Nachdenken.

Der Sex gestern war einzigartig gewesen. Anders, als mit den vielen anderen Frauen. Ihm war nur nicht klar, warum.

Weiterer Stoff zum Nachdenken.

Er drehte sich um und betrachtete die Frau, die seine Gefühlswelt so durcheinandergewürfelt hatte. Friedlich wie ein Engel lag sie da. Aber ihr

Gesicht sah anders aus als gestern. Es war rot und verquollen, die Lider geschwollen, als hätte sie vor kurzem geweint. Nein, sie musste geweint haben. Er wusste, wie das Gesicht einer Frau aussah, die ihre Seele mit Tränen erleichterte. Traurige Frauen hatten ihn sein Leben lang begleitet.

So war es immer, und meistens hatte er das Gefühl, er wäre die Ursache für Wut und Traurigkeit.

Dann erinnerte er sich an ihre Worte, wie wichtig ihr ihre Familie war. Er wusste nicht viel von ihr, aber sie war keine Frau, die leichtfertig fremdging. Plötzlich war ihm klar, dass sie deswegen geweint haben musste. Selbsthass brach durch und ließ ihn flau werden.

Warum musste er auch mit allen Frauen schlafen, die ihm begegneten?

Dabei hatte er sich doch vorgenommen, alles zu tun, damit sie sich wohlfühlte. Aber sofort danach waren die guten Vorsätze wieder ausgeblendet gewesen. Und wofür? Für einen wunderbaren Moment. Nur der Preis war zu hoch, denn er war die Ursache für ihren Gewissenskonflikt. Damit hatte er ihr wehgetan. Er war ein Egoist und Versager. Ein Schwächling, der alles kaputtmachte, das ihm etwas bedeutete.

Er konnte sich nicht erinnern, wann er das letzte Mal geweint hatte. Meistens fühlte er sich nur taub und leer – emotional ausgebrannt. Aber jetzt kostete es immense Kraft, die aufsteigenden Tränen wieder herunter zu kämpfen. Es würde niemandem nützen, wenn er jetzt heulte.

In Tims Kehle bildete sich ein Kloß. Ihm war sehr übel. Fast so wie damals, nach dem Unfall, als er vergeblich versucht hatte, seine traurige Mutter aufzuheitern. Einmal mehr war *er* die Ursache für die Traurigkeit einer Frau, die ihm viel bedeutete.

Nein, so ging es nicht weiter. Er musste jetzt stark sein und an Leas Glück denken. Wie verachtete er doch seinen Egoismus. Er würde sie niemals glücklich machen können. Sie war ein Familienmensch und er ein schwieriger Einzelgänger. Wie sollte das jemals zusammenpassen? Und eine Familie kaputtmachen, das kam ja wohl auch nicht in Frage.

Sie erwachte, als er seufzte. Jetzt zahlte sich aus, dass er sein Leben lang trainiert hatte, seine Gefühle zu verbergen. Er setzte ein unverbindliches Lächeln auf.

»Guten Morgen«, begrüßte er sie und musste sich verkneifen, ihre Wange zu streicheln.

»Morgen«, erwiderte sie und schenkte ihm ein unsicheres Lächeln.

Sicher wusste sie jetzt nicht, wie sie reagieren sollte, also würde er ihr zur Hilfe kommen.

»Wegen gestern Nacht ... ähm«, druckste er herum.

Lea sah traurig aus, als sie schluckte. Das befeuerte sein schlechtes Gewissen noch weiter. Immer, wenn er sie ansah, musste er an einen Engel denken. Sein Herz schmerzte und seine Kehle war wie zugeschnürt. Er rang um Fassung. Befreundet zu bleiben, erschien ihm auf einmal wie ein winziger Silberstreifen am Horizont. Vielleicht ließ sie sich ja darauf ein.

»Also ... ich ... ich glaube, es ist das Beste, wenn wir es einfach vergessen. Es war schön und sehr intensiv ... und ich bin dir, versteh mich bitte nicht falsch, sehr dankbar dafür. Aber ich möchte unbedingt mit dir befreundet bleiben ... und da ist es besser, wenn wir so tun, als wäre es nie geschehen.«

Lea schluckte und nickte. Dabei sah sie ihn mit so unglücklichen Augen an, dass er dem Blick nicht standhalten konnte. Was war er doch für ein Feigling. Mit solch einem Egoisten wollte sie sicher nicht befreundet sein. Egal, er musste nach diesem winzigen Strohhalm greifen.

Lea räusperte sich. »Ja klar ... verstehe. Kein Ding. Es ist niemals geschehen.« Mit diesen Worten rollte sie herum, stand auf und ging zur Tür.

Enttäuschung machte sich in Tim breit. Auf was für eine Antwort hatte er insgeheim gehofft? Dass er ihr etwas bedeutete? Er war ein Idiot. Das gestern war doch nur eine Mitleidsnummer gewesen. Lediglich ein Beweis für ihr großes Herz.

»Draußen scheint die Sonne. Wir können zurückfahren. Aber ich schätze, deinen Termin im Studio kannst du vergessen«, sagte er und versuchte so, Normalität vorzutäuschen.

Ohne sich noch einmal umzudrehen, nickte Lea und trat schweigend aus dem Raum.

Tim nahm das Laken vom Bett und breitete ordentlich die Tagesdecke darüber. Jetzt sah es wieder so aus, als wäre nichts geschehen. Wo war nur die Decke, die er über seine Gefühle breiten konnte?

Während sie aufräumten und die Sachen packten, herrschte unerträgliches Schweigen. Sie mied seine Nähe und sah ihn nicht mal an. Wahrscheinlich versuchte sie, Tränen zu unterdrücken.

Tim seufzte. Ihr Gewissenskonflikt war noch tiefer, als er dachte. Was hatte er da nur angerichtet?

***

Als Lea wieder auf dem Tandem saß, schien die Sonne und die Vögel zwitscherten. Aber das alles machte ihr keine Freude mehr. Hatte sie die strahlenden Farben gestern noch glücklich genossen, sah die Welt heute nur noch grau in grau aus.

Genauso grau und trübe fühlte sie sich. Kraftlos trat sie in die Pedale. Aber das war egal, denn Tim strampelte dafür umso mehr. Vielleicht versuchte er ja, vor ihr wegzufahren. Was für ein sinnloses Unterfangen, denn sie hatte ohnehin beschlossen, zu kündigen.

Das würde sie sich nicht antun. Diese Eiseskälte, die er vorhin beim Aufräumen ausgestrahlt hatte, war unerträglich. Immer wieder hatte sie verstohlenen zu ihm herübergesehen und sein regloses Gesicht beobachtet. Wenn er ihren Blick doch bemerkte, hielt er ihrem nicht stand, als ob er ein schlechtes Gewissen hätte. Das geschah ihm ganz recht.

Es war nicht zu leugnen, er war ganz einfach ein eiskalter Arsch. Und sie war in seine Falle getappt. Gewarnt worden war sie ja ausreichend. Womöglich war das seine gewöhnliche Aufreißmasche. Sie war ja naiv genug, auf so was reinzufallen.

Sie schüttelte den Kopf. Nein, das war Quatsch. Das war keine Masche. So gut konnte keiner lügen. Er war wirklich ein zerrissener Mensch. Gefangen in dem Eisklotz, der ihn umgab. Sie würde ihm nicht helfen können.

»Du kannst ja schon mal aufs Zimmer gehen. Ich muss noch das Tandem zurückbringen«, schlug er vor, als sie wieder im Hotel waren. »Geh nur, ich kümmere mich um alles.«

Lea nickte und verdrückte sich so schnell wie möglich.

Zurück auf ihrem Zimmer schaufelte sie erst einmal kaltes Wasser in ihr Gesicht. Was war doch für ein Geschenk. Nachdenklich betrachtete sie ihr Gesicht im Spiegel. Sie sah einfach grauenhaft aus. Immer noch verquollen und mit Ringen unter den Augen. Nein, so würde sie nicht mit Thorsten reden können. Er würde sofort merken, dass etwas mit ihr nicht stimmte. Skypen kam heute nicht mehr infrage.

Hoffentlich fuhren sie morgen wirklich heim. Wenn nicht, würde sie eben allein mit der Bahn zurückfahren. Ach, das war überhaupt die bessere Idee. Die ganze Fahrt über seine Nähe zu ertragen und so zu tun, als wäre nichts gewesen, würde ohnehin über ihre Kräfte gehen. Außerdem hätte sie während der Bahnfahrt Zeit, ihre Fassung wiederzugewinnen.

Sie folgte dem Impuls, nahm ihr Handy und buchte ein Bahnticket. Thorsten würde sich sicher freuen, dass sie endlich nach Hause kam und gewiss noch mehr, dass sie auch den Job schmiss. Es würde sich bestimmt schnell ein neuer finden.

Lea war übel. Nur darum fiel ihr auf, dass sie noch nichts gegessen hatte. Ob sie sich etwas aufs Zimmer kommen lassen sollte? Bei der Vorstellung ging es ihr noch schlechter, sie hatte absolut keinen Appetit. Sie würde sich lieber hinlegen und versuchen, zu schlafen, vielleicht wurde es ja dadurch besser.

Aber sie fand keine Ruhe, wälzte noch lange unfruchtbare Gedanken. Immer wieder ließ sie ihrer Enttäuschung freien Lauf und heulte. Dann musste sie sich zwingen, an das Wiedersehen mit Thorsten zu denken. Doch Freude wollte lediglich für das Wiedersehen mit Linus aufkommen.

Kapitel 19 Der absolute Nullpunkt

Lea wischte sich erschöpft den Schweiß von der Stirn. Ihr Koffer ratterte über das Bahnsteigpflaster, als sie die letzten Meter zum Zug hetzte. Sie war zu spät aufgewacht. Der gestrige Tag hatte so an ihren Kräften gezehrt, dass sie ins Bett gefallen war und vergessen hatte, den Wecker zu stellen. Ohne Frühstück hatte sie es gerade noch rechtzeitig zum Bahnhof geschafft.

Auf das Frühstück hätte sie sowieso verzichtet, denn sie wollte dort auf keinen Fall Tim begegnen. Aber langsam musste sie etwas essen. Ihr war immer noch übel. Um sich ein Brötchen oder Ähnliches am Bahnhof zu kaufen, reichte die Zeit nicht mehr. Hoffentlich hatte der Zug einen Bistrowagen.

Dummerweise gab es im Zug keine Möglichkeit, etwas zu essen zu kaufen. Was hätte sie für eine Tasse Kaffee gegeben. Hoffentlich wurde die Übelkeit besser, wenn sie erst mal auf ihrem Platz hockte.

Im Großraumwagen saß sie einer grauhaarigen, alten Dame gegenüber, die sie aufmerksam betrachtete. Nervös versuchte Lea, ihrem Blick auszuweichen.

»Ist Ihnen nicht gut Kindchen? Sie sind so blass«, bemerkte die Frau, gerade als Lea etwas sagen wollte. »Sie haben nichts gegessen, stimmt's?«

Lea nickte. »Ja, ich habe verschlafen, leider.«

Die Alte lächelte und kramte aus ihrer Tasche Käsebrote und eine Thermoskanne mit Kaffee heraus. »Na dann, bitte, greifen Sie zu«, forderte sie Lea auf und streckte ihr die Sachen entgegen.

Lea lief das Wasser im Mund zusammen. Das Angebot konnte sie einfach nicht ablehnen. Gierig biss sie in das Brot.

Beim Kauen wurde sie allerdings weiter in Augenschein genommen. »Möchten Sie darüber reden?«

»Worüber?«, antwortete Lea, ohne sich vom Essen abhalten zu lassen.

»Na, über Ihren Liebeskummer.«

»Wie kommen Sie darauf, dass ich Liebeskummer habe?« Lea blieb der Bissen fast im Hals stecken.

»Ich habe in einer Kneipe hinter der Theke gearbeitet. Ich weiß, wie Menschen mit Liebeskummer aussehen.«

»Ich bin aber nicht in der Kneipe und möchte auch nicht reden. Trotzdem, vielen Dank fürs Brot und den Kaffee.«

»Sicher?«

»Ganz sicher«, antwortete Lea und schloss die Augen. Diese Frau war ja schlimmer als Karina.

»Kindchen, Sie können Ihre Augen schließen, wenn Sie etwas nicht sehen wollen. Aber nicht Ihr Herz, wenn Sie etwas nicht fühlen wollen.«

Na prima, solche Weisheiten hatten ihr gerade noch gefehlt. Und es war ja nicht so, dass sie es nicht selbst wüsste. Aber es brachte sie nicht weiter, wenn sie sich in ihrem Herzschmerz suhlte.

Mit der Zeit würde es sicher immer besser klappen, ihre Gefühle zu ignorieren.

»Wissen Sie ... das mit der Liebe, das ist so eine Sache. Leider spielen da auch die Herzlosen mit«, antwortete Lea der Frau dann doch noch.

»Er hat auf Ihrem Herz herumgetrampelt?«, fragte sie mit gütigem Blick.

»Das zu sagen, wäre sehr wohlwollend formuliert. Er hat mich benutzt und eiskalt aberserviert.«

Die alte Dame sah sie mitfühlend an.

»So schlimm?«

Mein Gott war diese Frau hartnäckig. Solange sie ihr gegenübersaß, würde es ihr nie gelingen, ihre Gedanken an Tim zu verdrängen.

»Schlimmer. Aber ich möchte jetzt wirklich nicht darüber reden.«

Die Dame nickte und schwieg – endlich.

Lea lehnte sich zurück, schloss die Augen und versuchte, sich das Wiedersehen mit Thorsten in rosaroten Farben auszumalen. Sie stellte sich vor, wie die Sonne durch das große Wohnzimmerfenster schien. Vor lauter Wiedersehensfreude hatte Thorsten alles aufgeräumt und geputzt. Auf dem Wohnzimmertisch stand ein frischer Wildblumenstrauß, den Linus für sie beim Spazieren gehen gepflückt hatte. Linus stürmte auf sie zu und Thorsten kam lachend hinterher. Alle umarmten sich mit einem: »Zusammen sind wir alles, was wir brauchen.«

Lea war glücklich. Mit dieser Vorstellung schaffte sie es, ihre Gedanken zu lenken. Jetzt konnte sie ihre Rückkehr kaum noch erwarten. Die meiste

Sehnsucht hatte sie allerdings nach Linus. Egal, wie schlecht sie gerade drauf war, der Kleine schaffte es immer, sie aufzuheitern.

Ihr Herz hüpfte aufgeregt, als sie die Eingangstür des Hauses aufschloss. Doch umgehend kam die Ernüchterung, als ihr Zigarettenrauch entgegenquoll. Aus dem Wohnzimmer hörte sie Stimmen bis in den Flur. Es waren Wortwechsel, wie sie beim Kartenspiel üblich waren.

Poker. Thorsten war offensichtlich nicht allein.

Fuck, er hatte doch wohl nicht etwa seine alte Spieler-Runde eingeladen? Lea ahnte Schlimmes. Wenn die da waren, rauchten sie Zigarren, tranken Whiskey und gaben ungehobelte Sprüche wie aus alten Hollywoodschinken von sich.

Ihr erster Gedanke galt Linus. Der lief hoffentlich nicht im Wohnzimmer herum und bekam diese Veranstaltung mit.

»Da ist sie ja endlich, meine zukünftige Göttergattin«, begrüßte Thorsten sie mit schwerer Zunge, als sie ins Wohnzimmer trat. »Schön, dass du uns auch noch mal die Ehre gibst.«

Lea hasste dieses Mister-Cool-Gehabe, das Thorsten gerne vor seinen Freunden an den Tag legte. Seine Truppe bestand aus frustrierten Junggesellen oder geschiedenen Männern, die sich Frauen gegenüber sehr zynisch verhielten.

»Komm, mein Mäuschen, setz dich zu uns. Whiskey?«, lud Anton sie ein.

Lea hatte diesen ungepflegten Typen noch nie ausstehen können. Überhaupt, diese ganze Runde war für sie nur schwer zu ertragen.

Angeekelt sah sie sich im Wohnzimmer um. Mindestens zwei Mahlzeiten mussten aus Pizza bestanden haben. Die – zumeist nicht ganz leeren – Kartons stapelten sich auf dem Boden. Die Aschenbecher quollen über und es war auch nicht die erste Flasche, die sie getrunken hatten. Sieben leere zählte Lea.

»Wie sieht's denn hier aus«, mokierte sie sich. »Ihr spinnt wohl? Wo ist Linus? Ihr könnt den Kleinen doch nicht so vollräuchern!«

»Moooment … machen wir gar nicht«, lallte Justin. »Die kleine Nervensäge ist von Thorsten entsorgt worden.« Mit einem schiefen Grinsen blies er ihr Zigarrenrauch ins Gesicht.

Lea schoss das Blut in den Kopf.

»Müssen wir jetzt alle salutieren, wenn die Prinzessin hier hereinschwebt?«

Die angeheiterte Runde brach in Gelächter aus.

»Ja, Prinzessin. Mach uns doch was zu essen.«

»Oder lass welches kommen. Aber keine Pizza mehr. Chinesisch wäre gut.«

»Bah, nicht solch einen Fraß. Currywurst Pommes. Das ist was Vernünftiges.«

Lea drehte sich der Magen um. Diese Primitivlinge sollte sie besser ignorieren. Sie ging auf Thorsten zu. »Wo Linus ist, will ich wissen?«, fauchte sie, mit zu Schlitzen verengten Augen.

Ihr Verlobter wich zurück.

»Oh, da hat der kleine Thorsten aber Angst«, spottete Justin. Er war mit Abstand der bissigste und dümmste Spötter der Runde. Wahrscheinlich aus Frust, weil er noch nie eine feste Freundin gehabt hatte. Lea konnte ihn noch nie ausstehen.

Sie ballte die Hände so zu Fäusten, dass die Fingernägel in die Handflächen stachen. Vor Wut biss sie die Zähne aufeinander. Mit viel Willenskraft musste sie ihren Kiefer öffnen, um ein »Still, du Spacko!« in Justins Richtung zu schleudern.

Thorsten hob beschwichtigend die Hände. Er wusste, in dieser Stimmung war mit ihr nicht gut Kirschen essen.

»Hoho, ganz ruhig mein Sonnenschein. Wir atmen jetzt mal ganz tief durch … Ohmmm.« Thorsten grinste. Er wusste ebenso, wie man sie provozieren konnte.

Jetzt platzte Lea der Kragen. »Dass du so verantwortungslos bist, hätte ich nie von dir gedacht. Wenn du jetzt nicht mit der Sprache rausrückst, werde ich zur Furie!«

Als Antwort kam zunächst ein höhnisches Lachen. Nach Anerkennung heischend blickte er in die Runde seiner Freunde.

»Gut so, lass dir von der Furie nicht die Eier abschneiden«, bestätigte ihn Justin.

»Kastrierter Hampelmann«, warf Anton ein. »Wie arm ist das denn?«

Thorsten nickte und mit einem spöttischen Grinsen blickte er zu Lea. »Furie? Bist du das nicht schon? Bleib ruhig … mein Sonnenschein. Man wird ja wohl noch ein bisschen Spaß haben dürfen. Deinem Liebling ist nichts passiert, den habe ich zu seiner Mutter gebracht.«

»Na endlich«, knurrte sie und wandte sich zur Tür.

»Dafür, dass du uns so im Stich gelassen hast, führst du dich ganz schön arrogant auf. Jetzt kommst du daher und alle sollen nach deiner Pfeife tanzen. Aber nicht mit mir ... Herzchen!«, warf Thorsten ihr hinterher.

»Gut so, zeig ihr, wo der Hammer hängt«, bekam er Bestätigung von Anton.

»Wo der Frosch die Glocken hat.«

»Was ist jetzt mit dem Essen ... Sonnenschein!«, spottete Justin lachend.

Lea schluckte. Diese Szene hatte mit ihrem Wunschtraum im Zug rein gar nichts gemein. Sie war ja bereit, Thorsten Einiges zu verzeihen, schließlich war sie selbst auch nicht fehlerfrei. Aber dieses unsensible Benehmen brachte ihre rosarote Traumblase vom liebevollen Zuhause endgültig zum Platzen.

Nach dem desillusionierenden Vorfall mit Tim eine weitere Kröte, die ihr unverdaulich im Magen lag.

»Wenn ich wiederkomme, ist hier alles picobello aufgeräumt! Sonst werdet ihr einen Sonnenbrand vom Sonnenschein bekommen!«, giftete sie, ohne sich umzudrehen. Sie hob die Hand, bevor sie die Wohnzimmertür öffnete. Alles nur Kraftverschwendung, völlig sinnlos. Sie schluckte schwer und kämpfte mit aufsteigenden Tränen. Ihre Knie wurden weich. Sie war am Ende ihrer Kraft.

»Wann hier aufgeräumt wird, bestimme ich. Das ist schließlich mein Haus ... und es sind meine Freunde!«, warf Thorsten ihr hinterher.

Lea stutzte. Blut schoss in ihren Kopf, um gleich darauf aus ihr zu sacken. Ihr wurde schwindelig. Sein Haus. Das war ja wohl die Höhe! Sie drehte sich doch noch einmal um. »Und was bin ich? Gast?!«

»Vor allen Dingen undankbar! Bei dem angenehmen Leben, das du bei mir hast!«

Angenehmes Leben? Bei Ihm? Sie hatte ihres ganz auf ihre ›kleine Familie‹ ausgerichtet. Und das nannte er undankbar? Lea lief ein kalter Schauer über den Rücken. Sie hätte nie gedacht, dass Thorsten dafür so wenig Wertschätzung empfand.

War das jetzt sein wahres Gesicht? Womöglich wollte er vor seinen angetrunkenen Freunden nicht als Weichei dastehen und war deshalb nicht zurechnungsfähig. Sie sollten noch einmal in Ruhe darüber reden.

»Wir sprechen uns noch!«, schrie sie und knallte die Wohnzimmertür hinter sich zu. Nach dem desillusionierenden Vorfall mit Tim war ihr Gefühlsbarometer bereits steil gefallen. Aber mit diesem Auftritt näherte sie sich dem unteren Ende der Skala. Nur schnell weg hier!

Noch einmal loderte die Wut hoch, als ein »Oh oh« durch die Tür drang.

Lea schloss die Augen und atmete durch. Bewusst lockerte sie ihren Kiefer, denn die Kaumuskulatur schmerzte.

Sie schnappte sich die Autoschlüssel vom Bord und holte im Wagen erst einmal tief Luft. Sie wollte nicht unkonzentriert sein, wenn sie zu Anne fuhr. Anne war Thorstens Ex-Frau und Linus' Mutter.

Anne wohnte allein in der Gründerzeitvilla ihrer Eltern, die schon gestorben waren. Da Lea Kinderlärm aus dem Garten hörte, ging sie gleich ums Haus. Die Villa besaß einen wunderschönen, parkähnlichen Garten. Allein war sie noch nie hier gewesen. Sie hatte immer nur Thorsten begleitet, wenn er Linus abholte.

Anne hatte eine Schaukel aufgebaut und einen Sandkasten für Linus angelegt. Heute stand auch ein großes Planschbecken auf dem Rasen. Linus badete ausgelassen mit einem ihr unbekannten Jungen.

»Lea!«, rief Linus erfreut, als er sie kommen sah. Eilig sprang er aus dem Wasser und stürmte mit ausgebreiteten Armen auf sie zu.

Das erste Mal, seit der Katastrophe mit Tim, empfand Lea so etwas wie Freude. Es war ihr egal, dass der kleine Mann ganz nass war. Sie nahm ihn mit einem Lächeln auf den Arm. Linus schlang seine Ärmchen um ihren Hals und drückte sic. »Guck mal. Mama hat mir ein Planschbecken gekauft.«

»Ja, es ist toll. Ganz schön groß.«

»Ich kann fast schwimmen.«

»Toll. Es ist wichtig, dass man schwimmen kann. Weißt du das?«

»Klar.«

»Wer ist denn der Junge dahinten?«

»Oskar.«

»Habt ihr schön zusammen gespielt?«

»Ja. Und wir waren Spazieren. Wir haben einen Blumenstrauß für dich gepflückt. Guck mal, der steht da auf dem Tisch«, plapperte er und zeigte zum Gartentisch. Dort stand eine Vase mit einem Wildblumenstrauß.

»Wow! Der ist aber schön. Und der ist für mich?«

Linus nickte eifrig. »Ja, haben Oskar und ich selbst gepflückt. Kann ich jetzt wieder schwimmen gehen? Das macht so Spaß! Oskar kann schon schwimmen, er ist mein bester Freund. Darf er heute hier schlafen?«

»Oh Linus, das kann ich doch nicht bestimmen. Da musst du deine Mama fragen.«

»Aber ich will nicht allein sein.«

Allein, so mochte er sich gefühlt haben, als er mit Thorsten auf ihren Anruf gewartet hatte. Das schlechte Gewissen war plötzlich wieder da.

»Du Linus ... Es tut mir leid, dass du mit deinem Papa auf meinen Anruf gewartet hast. Aber ich musste noch arbeiten.« Diese faule Ausrede kam ihr nur schwer über die Lippen.

»Hä?« Linus zog die Nase kraus, dass seine Zahnlücke sichtbar wurde. »Ich hab doch gar nicht mit Papa gewartet.«

»Nein, er ist schon zwei Tage hier, bei mir«, bestätigte Anne, die gerade dazugekommen war. »Hallo Lea.«

»Hallo Anne ... Was erzählst du da?«

»Er hat meinen Schatz gleich am Tag nach deiner Abreise hier abgeliefert und gesagt, er müsse sich um die Stellensuche kümmern«, erklärte sie und warf ihr dunkles Haar zurück.

Verdutzt setzte Lea Linus auf den Boden. Schnell flitzte er zum Planschbecken.

Lea wurde abwechselnd heiß und kalt. Konnte es sein, dass Thorsten so abgebrüht war, ihr mit Absicht ein schlechtes Gewissen zu machen? Sie wusste nicht, was sie sagen sollte. Sein Kind als Waffe, um Ihr ein schlechtes Gewissen zu bereiten. Das war wirklich erbärmlich. War das wirklich der Mann, mit dem sie den Rest ihres Lebens verbringen wollte? Sie würde erst einmal gründlich nachdenken müssen, wie es jetzt weitergehen sollte. Ihre Seele gefror. Das hier fühlte sich an, wie der absolute Nullpunkt.

Kapitel 20 Die Entscheidung

»Dass er es sich so einfach macht, hätte ich nicht erwartet. Mir jammert er noch vor, er hätte mit ihm auf meinen Anruf gewartet. Ich fass es nicht ... tut mir leid«, stotterte Lea.

»Ist doch nicht schlimm. Ich hab Zeit, ich hab gerade Urlaub«, meinte Anne. »Dann kann er sich ungestört um die Stellensuche kümmern. Na ja, das kostet doch wirklich Zeit.«

Lea rieb sich über die Stirn. »Das verstehst du nicht. Er hat mir mit Absicht ein schlechtes Gewissen gemacht. Und die Stellensuche ... ja, die sah aus wie seine Pokerfreunde.«

»Oh ... ja, jetzt wird mir auch klar, warum er immer so kurz angebunden war, wenn wir anriefen. Stimmt, irgendwie hatte ich, seit er arbeitslos ist, den Eindruck, er lässt sich gehen.«

»Gehen lassen, das ist noch milde ausgedrückt, nach dem, wie das Haus eben aussah. Diese blöden Typen haben mich angepöbelt ... und Thorsten hat ganz vorne mit ins Horn geblasen.«

»Ja, so ist er nun mal. So war er auch schon, als wir noch zusammen waren. Da war er nämlich auch mal eine Zeit lang arbeitslos. Er ertränkt seine Ängste in Alkohol und lädt die schlechten Gefühle bei anderen ab.«

»Dieser Schwachmat!« Lea biss die Zähne zusammen.

Wenn sie ein bisschen kritischer hingesehen hätte, hätte sie sicher erkannt, dass er ihr den engagierten Vater nur vorspielte. Sie hatte sich von Wunschgedanken blenden lassen. So tauchte das erste Mal die Frage in ihr auf, ob eine Auseinandersetzung mit ihm unter diesen Voraussetzungen überhaupt noch Sinn ergab. Sie sollte die Verlobung lösen.

»Jepp ... ist er. Ein verwöhntes Muttersöhnchen, dem alle den Hintern abputzen sollen. Ich habe mich schon gefragt, wann du das merkst. Bei dir hat er sich ja bisher immer zusammengerissen. Zum Schluss dachte ich sogar, du hättest ihn verändert. Aber in Wirklichkeit ist er wohl doch nichts weiter, als der selbstverliebte Egomane, der er immer war«, ergänzte Anne und riss sie damit aus ihren Gedanken.

Lea fiel nichts ein, was sie dagegensetzen konnte. Sie schüttelte den Kopf und rieb sich über die Augen. »Kann ich mich hinsetzen?«

»Klar, komm mit auf die Terrasse. Möchtest du etwas trinken? Ein Stück Kuchen? Den haben Linus und ich heute Morgen zusammen gebacken.«

Lea nickte selbstvergessen. Wie war es möglich, dass innerhalb weniger Tage ihre komplette Welt zusammenbrach? War sie denn so blauäugig?

Ja, war sie. Das musste sie sich leider eingestehen. Denn sie saß noch lange mit Anne auf der Terrasse, schaute den Kindern beim Spielen zu und hörte zum ersten Mal die Geschichte über Thorstens Ehe aus der anderen Warte.

»Also, ich bin überzeugt, dass Thorsten mich nur geheiratet hat, weil meine Familie vermögend war. Er war anscheinend nur scharf auf eine Karriere in unserer Firma. Lange lief alles harmonisch, so ähnlich wie bei dir.« Anne sah auf und lächelte Lea an.

»Dann starb mein Vater an Krebs. Durch die lange Krankheit hatte auch die Firma gelitten und ging Pleite. Meine Mutter war schon vor ein paar Jahren gestorben, auch an Krebs. Zu der Zeit war ich gerade mit Linus schwanger und fiel nach der Geburt in eine Depression. Thorsten war nicht gerade verständnisvoll. Er wälzte sich in Selbstmitleid über den Verlust seiner Arbeit. Er machte mir Vorwürfe, mein Vater hätte die Verantwortung früher abgeben müssen. Wenn er mir gerade keine Vorwürfe machte, war er mit seinen Freunden unterwegs. Irgendwann konnte ich nicht mehr. Ich wollte die Scheidung. Unter diesen Umständen bin ich aus den Depressionen nicht allein herausgekommen, also habe ich mir professionelle Hilfe besorgt.«

Lea streichelte Anne mitfühlend am Oberarm. »Das tut mir leid«, flüsterte sie.

»Ich will ihm ja nichts unterstellen, aber ich hatte den Eindruck, dass er mit dir so schnell zusammengezogen ist, hatte vor allem den Grund, dass du dich um Linus kümmerst. Ich war ja damals noch in der Klinik«, ergänzte Anne.

Am liebsten hätte sich Lea die Ohren zugehalten. Wie dumm konnte man eigentlich sein? »Aber er liebt doch Kinder«, presste sie hervor.

»Er liebt Kinder? Ist mir neu. Dann hätte ich mich nicht sofort sterilisieren lassen sollen, nachdem Linus auf der Welt war«, höhnte Anne.

»Du solltest dich sterilisieren lassen?« Gut, dass sie sich die Ohren nicht zugehalten hatte.

»Ich wäre doch gar nicht psychisch in der Lage, ein zweites Kind zu bekommen«, grummelte Anne.

»Aber das kann doch gar nicht sein. Wir wollten doch zusammen Kinder. So was müsste er mir doch erzählen … Er hätte mich womöglich ewig hingehalten. Ich kann das gar nicht glauben«, stöhnte Lea und verbarg ihr Gesicht in ihren Händen.

»Waaas? Das hat er dir gar nicht erzählt? Wahrscheinlich hatte er Angst, dass seine kostenlose Haushälterin und Kinderfrau dann den Hut nimmt. Das passt zu ihm … dem … ach … sag ich jetzt lieber nicht … die Kinder kommen«, nuschelte Anne.

Die beiden Racker hatten Durst. Lea wischte sich die Tränen aus den Augenwinkeln, setzte ein Lächeln auf und sah ihnen dabei zu, wie sie ihre Saftschorle hinunterstürzten.

Die Enttäuschung über Thorsten fühlte sich schlimmer an als das Fiasko mit Tim, denn der hatte immerhin mit offenen Karten gespielt.

Sie war keine *Dramaqueen*. Nein, sie war eindeutig eine *Desasterqueen*.

»Kennst du eigentlich eine Steigerung von ›dummes Huhn‹?«, fragte sie Anne, als die Kinder wieder außer Hörweite waren.

»Mach dir nicht zu viele Vorwürfe, Liebe macht blind.«

»Nein Anne, das muss ›Verliebtheit macht blind‹ heißen.«

Anne sah sie fragend an.

»Na ja, mit Liebe kann *das* ja wohl nichts zu tun haben. Ich glaube, ich will diesen Flachwichser nie wieder sehen.«

»Kann ich durchaus nachvollziehen. Bei Licht betrachtet ist er ein Drecksack.«

»Ein Widerling.«

»Hackfresse.«

»Sauhund.«

Beide brachen so in Lachen aus, dass die Kinder aus dem Spiel aufschauten.

»Siehst du, nun kannst du schon wieder lachen«, bemerkte Anne.

»Reine Verzweiflung. Mir ist gerade der Boden unter den Füßen weggerissen worden. Meine heile Familienwelt ist zusammengebrochen und Arbeit habe ich auch keine mehr. Aber sonst ... geht's mir gut.«

»Habt ihr nie explizit über deinen Kinderwunsch geredet?«

»Nein ... nicht direkt ... aber es müsste ihm eigentlich klar gewesen sein. Wenn ich's mir genau überlege ... ist er immer ausgewichen ... Fuck! Ich bin ein Rindvieh.« Lea schüttelte den Kopf und ihre Stimme brach. »Meine Menschenkenntnis ist gleich null.«

Ihre Gedanken rasten. Sie war wirklich ein dummes Schaf. Vor lauter Träumerei hatte sie die Realität ignoriert. Wenn die rosarote Seifenblase nicht schon geplatzt wäre, dann spätestens jetzt.

Aber vielleicht hatte ihr Unterbewusstsein sie ja immer warnen wollen. Vielleicht war die Sache mit Tim nur deshalb passiert. Man sagte ja, dass niemand in eine wirklich intakte Beziehung einbrechen kann.

Anne strich ihr tröstend über den Rücken. »Ja, er kann ziemlich charmant sein ... wenn er will.«

»Und ich dachte, er ist der besorgte alleinerziehende Vater, der sich rührend um seinen Sohn kümmert. Das hat mich damals sehr beeindruckt. Soll ich dir mal was sagen? Männer ... die können mich alle mal. Aber so was von.«

»Was soll ich sagen? ... So als glücklicher Single. Kennst du einen zuverlässigen Mann? Ich nicht.«

»Ja, Linus. Aber der zählt nicht.«

Anne seufzte. »Wo du recht hast ...«

»So ein Mist«, seufzte Lea und sackte in sich zusammen.

»Wenn die Kinder nicht gerade da wären, würde ich sagen, lass uns betrinken.«

»Brillante Idee. Vielleicht, wenn Linus im Bett ist.«

»Oh ja. Dann kannst du hier übernachten. Hier ist ja Platz genug. Ich bin froh, wenn ich nicht allein bin ... in diesem Bunker ... an dem ich so hänge.«

Der Kater am nächsten Tag war fürchterlich. Trotzdem fühlte sich Lea gut. Sie hatte noch lange mit Anne geredet und ihr auch die Sache mit Tim gebeichtet. Anne hatte viel Verständnis gezeigt und ihr angeboten, doch so lange bei ihr zu wohnen, bis sie ihr Leben wieder neu geordnet hatte. Sie war wirklich schwer in Ordnung.

Lea war sich inzwischen vollkommen sicher, dass sie ihr Leben nicht mehr mit Thorsten verbringen wollte, und sortierte ihre Lebensziele gründlich um. Auf eigenen Füßen stehen, das war jetzt für sie das Wichtigste. Einen Mann würde es für sie wohl nicht mehr geben. Gebranntes Kind scheut das Feuer.

Da meldete sich ihr Handy. Es war Thorsten.

Du wolltest doch noch mit mir reden. Morgen? Wenn du Feierabend hast? Vielleicht gegen achtzehn Uhr? Es tut mir leid. Hab dich lieb.

Lea ließ das Smartphone sinken, schüttelte den Kopf und kicherte wie wahnsinnig. Das konnte doch alles nicht wahr sein!

»Okay«, schrieb sie zurück.

Da musste sie wohl durch. Dabei hatte sie jetzt schon Bauchschmerzen, denn das würde eine fürchterliche Begegnung werden.

Als Lea zu Thorsten ins Wohnzimmer trat, empfing sie abgestandener Rauch und Alkoholgestank. Die Wohnung war immer noch nicht aufgeräumt und total verdreckt. Lea schüttelte den Kopf. »Spätestens, wenn Linus zurückkommt, musst du hier saubermachen«, tadelte sie.

»Setz dich«, murmelte er.

»Wohin? Das Sofa liegt voll Zeug.«

»Ja, meine Putzfrau hat Urlaub«, antwortete er mürrisch, während er die auf dem Sofa liegende Kleidung zusammenraffte und auf den Boden schmiss.

Lea schüttelte den Kopf. »Deine Putzfrau kündigt.«

Thorsten schnappte entsetzt nach Luft. »Was? Wir können uns keine Putzfrau leisten!«

»Das mag sein. Aber demnächst wirst du selber den Lappen schwingen, denn ein ›Wir‹ wird es nicht mehr geben. Ich löse die Verlobung. Tut mir leid.« Mit diesen Worten nahm sie den Verlobungsring vom Finger, den sie vorher extra aufgesteckt hatte, damit diese Geste ihren Worten Nachdruck verlieh.

»Sag mal, du spinnst wohl!«, schimpfte Thorsten. »Da reißt man sich den Arsch auf, um dir ein angenehmes Leben zu bieten ... und sobald es schwierig wird, fällst du mir in den Rücken. Wie schäbig ist das denn?«

»Ich habe Teilzeit gearbeitet, um mich um deinen Sohn zu kümmern. Bei deinen Arbeitszeiten konntest du das wohl schlecht. Als ich dann die Arbeitszeit aufgestockt habe, war es dir auch nicht recht.« Sie hätte ihm noch viel sagen können, aber sie hatte keine Kraft zum Streiten. So biss sie sich nur auf die Lippe.

Thorsten winkte ab. »Meinetwegen. Dann hau doch ab. So ein Hauptgewinn, wie du vielleicht glaubst, bist du nun auch wieder nicht ... dumme Kuh.«

Das ging ja besser, als Lea sich das vorgestellt hatte. Sie erhob sich und wollte gehen.

»Moment! So leicht kommst du mir nicht davon, du selbstsüchtiges Püppchen. Wenn du die Verlobung löst, habe ich dem Gesetz nach Anspruch auf Entschädigung. Schließlich habe ich das Haus für uns gekauft und jetzt lässt du mich mit den Schulden sitzen.«

Lea drehte sich um und schnappte nach Luft. Für einen Moment fehlten ihr die Worte.

»Moment! Du hast das Haus für unsere Familie gebaut? Dabei hast du leider vergessen zu erwähnen, dass du gar keine Kinder willst. Außerdem gehört dir das Haus allein. Ich hab da keinerlei Aktien drin. Ich habe mich erkundigt, wenn hier jemand Ansprüche hätte, dann höchstens ich, wenn du die Verlobung lösen würdest. Du nicht! Ich hatte nur den Ring von dir. Den hast du jetzt zurück.«

Sie konnte Thorstens Kiefermuskeln zucken sehen. Er stand auf und ging mit geballten Fäusten auf sie zu.

»Wage es nicht! Arschloch«, kreischte sie.

»Keine Angst, dafür sind mir meine Fäuste zu schade ... Schlampe«, höhnte er.

Lea stürmte aus dem Raum und knallte die Wohnzimmertür hinter sich zu. Ein »Au« verriet ihr, dass Thorsten ihr auf den Fersen war. Deshalb rannte sie so schnell wie möglich auf die Straße. In der Öffentlichkeit würde er sie nicht verfolgen, dazu war er sicher zu feige.

Sie sollte recht behalten. Aber erst an der nächsten Ecke wagte sie es, langsamer zu werden und durchzuatmen.

Kapitel 21 Die Jagd ist vorbei

»Morgen Marc«, begrüßte Eva Marc, während sie die Papiere auf ihrem Schreibtisch ordnete. »Wie geht es dir heute?«

»Morgen Eva. Danke, besser. Ich muss noch die Medis nehmen. Aber sonst ... alles gut«, antwortete er und gab ihr ein Küsschen auf die Wange. »Danke nochmal, dass du dich so gut um mich gekümmert hast. Ich hätte ganz schön dumm dagestanden, nachdem die beiden einfach so verschwunden sind. Hast du etwas Neues gehört?«

»Nein, nicht wirklich. Lea hat ihre sofortige Kündigung geschickt und Tim hat offiziell Urlaub eingereicht ... auf unbestimmte Zeit.«

»Kein Wort der Erklärung?«

»Nichts.«

»Fuck. Sein Handy ist auch nicht an. Der verrückte Kerl ist abgetaucht und lässt mich hier mit der ganzen Arbeit allein. Ich hab es kommen sehen.«

»Irgendwie hatte ich auch ein seltsames Gefühl damals. Deshalb habe ich sie noch vor ihm gewarnt.«

»Ja, ich auch. Irgendetwas muss zwischen den beiden vorgefallen sein. Aber nicht nur die berühmte Jaeger-Nummer. Da ist noch mehr. Möchte echt wissen, was.«

»Dein Freund ist eine wandelnde Katastrophe.«

»Stimmt. Aber was soll ich machen? Ich kann erst mit ihm reden, wenn er wieder aus seinem Loch gekrochen ist. Wo er wohl ist? Zuhause jedenfalls nicht.«

Eva schüttelte den Kopf. »Und in seiner Firma lässt er das Messer im Ferkel stecken. So viel Arbeit bleibt liegen.«

Marc seufzte. »Ja manchmal ... egal ... komm, lass uns anfangen.«

***

Nachdenklich goss Tim seinen Tee auf. Jetzt war er schon eine Woche in seiner kleinen Jagdhütte am See. Sofort nach der Radtour hatte er die Besitzer des Blockhauses ausfindig gemacht, in dem er mit Lea die Nacht verbracht hatte. Es war ein altes Pärchen, das mittlerweile zu gebrechlich war, um dort noch seine Freizeit zu verbringen. Deshalb hatte er ihnen die Hütte kurzerhand abgekauft.

Alles, was er brauchte, und nicht in seinem Reisekoffer gewesen war, hatte er sich vor Ort gekauft. Er hatte keine Lust gehabt, nach Hause zu fahren. Seitdem verschanzte er sich hier in der Hütte. Er musste nachdenken. Die Alternative wäre ein Schweigekloster gewesen. Aber dort wäre nicht IHR Geruch. Er schlief auf dem Laken, das er mit Lea im Bett benutzt hatte. Jedes Mal, wenn ein Hauch von ihrem Duft in seine Nase stieg, fühlte er sich ihr wieder nahe.

Noch nie hatte er eine so große Vertrautheit und Geborgenheit gefühlt. Aber es war vorbei.

Sie war weg. Zurück in ihrem Zuhause. Da, wo sie hingehörte.

Er wusste noch nicht, wie es weitergehen sollte. Käme er jetzt in die Firma zurück, würde ihn Marc sicher belabern, endlich einen Psychologen aufzusuchen. Aber wenn er das machte, dann wollte er selbst zu der Entscheidung gelangt sein.

Viel war ihm bisher noch nicht klar geworden, nur eins: Die Jagd war vorbei. Er wollte sich ganz neu sortieren, in Ruhe über alles nachdenken.

Selbst warum sein altes Leben vorbei war, war ihm noch nicht klar. Klar war dagegen, dass er zu seiner Frau gehen würde, um sich bei ihr zu entschuldigen und mit ihr zu reden. Er hatte nie darüber nachgedacht, wie sehr er sie verletzt hatte. Wahrscheinlich hatte sie schon verletzt, dass er nicht viel für sie empfand. Sie hatte ihn einmal gefragt, warum er sie geheiratet hatte. Auf diese Frage hatte er immer noch keine Antwort. Wenn er es herausfand, würde er es ihr sagen. Es gab so viel, was er ihr sagen wollte. Wie leid ihm das alles tat ... Er würde ihr alles gestehen, was er auch Lea erzählt hatte. Vielleicht konnte sie ihn ja ein bisschen verstehen. Verzeihen war sicher zu viel verlangt.

Und Antworten wollte er finden. Erklärungen, warum er so war, wie er war. Wenn er nicht weiterkam, könnte er ja immer noch einen Therapeuten aufsuchen.

Kapitel 22 Gut, dass es Freundinnen gibt

Erleichtert schloss Lea Thorstens Haustür hinter sich ab. Anne hatte ihr geholfen, ihre Siebensachen aus dem Haus zu schaffen, während er nicht da war. Sie wollte ihm auf keinen Fall begegnen. Allein der Gedanke an eine erneute Konfrontation mit ihm löste in ihr Übelkeit aus. Ohnehin war ihr in letzter Zeit ständig übel.

Sie hatte den Boden unter ihren Füßen immer noch nicht wiedergefunden. Bisher hatte sie bis auf Anne niemanden sehen wollen. Ihre Freundinnen machten sich natürlich Sorgen. Es kostete Kraft, sie abzuwimmeln. Noch mehr Energie würde allerdings ein Treffen kosten.

Die Gespräche mit ihrer neuen Freundin taten Lea gut, denn Anne hatte ja Ähnliches erlebt. Sie hatte ihr sogar Kleider geborgt und sie getröstet. Dennoch wusste sie immer noch nicht, wo sie anfangen sollte, ihr Leben aufzuräumen. Diese Schwere, die auf ihr Gemüt drückte, machte jede Unternehmung zur Qual.

Aber egal, wie sie sich fühlte, ihr Leben musste endlich weitergehen. Deshalb war Lea froh, als Anne ihr anbot, weiterhin bei ihr zu wohnen. Wenigstens das Wohnungsproblem war damit vorerst gelöst. Und dieses Wochenende würde sie wieder Bewerbungen schreiben.

Eins war ihr bisher aber schon mal klar geworden: Von Männern hatte sie die Nase voll – endgültig.

Während der Autofahrt betrachtete sie nachdenklich ihre neue Freundin.

»Anne, ich wüsste gar nicht, was ich ohne dich machen sollte. Ich wüsste nicht mal, wohin. Du glaubst nicht, wie froh ich bin, dass ich bei euch wohnen darf. Ich bin dir so dankbar, dass ich es überhaupt nicht mit Worten ausdrücken kann.«

»Ach klar. Hab ich wirklich gern getan. Es ist ja nicht so, dass es jetzt ein großes Opfer für mich wäre. Ich habe immer das Gefühl, du glaubst mir nicht, wenn ich sage, dass ich froh bin, nicht mehr allein zu sein.« Für kurze Zeit nahm sie die Hand vom Lenkrad und legte sie auf Leas Arm. »Und ich bin so froh, dass Linus wieder bei mir ist, obwohl ich arbeite. Das habe ich alles dir zu verdanken.«

»Stimmt, auf Linus verzichten ... das kann ich mir auch nicht vorstellen. Ich hätte nie gedacht, dass Thorsten so leicht zustimmt, dass er wieder bei dir wohnen soll. Aber du hast ihn realistischer eingeschätzt. Sobald er niemanden zur Betreuung hat, reichen ihm zwei Wochenenden im Monat.«

»Ja, und selbst die sind ihm manchmal schon zu viel.«

»Unfassbar. Ich kann immer noch nicht begreifen, wie ich mich so täuschen lassen konnte. Der Typ ist wirklich keinen Schuss Pulver wert.«

»Exakt. Ich habe Linus damals auch nur bei ihm gelassen, weil ich gesehen habe, wie rührend du dich um ihn gekümmert hast. Sonst hätte ich mir etwas einfallen lassen müssen. Immer, wenn der Süße bei mir war, hat er mir begeistert von dir erzählt, was ihr alles so gemacht habt. Ich hätte mich längst nicht so gut um ihn kümmern können. Aber jetzt, wo du bei uns bist, sieht alles ganz anders aus. Und dafür bin ich dir so dankbar, dass ich es gar nicht sagen kann.«

»Na ja, das ist auch das Mindeste, was ich tun kann ... für freie Kost und Logis.«

»Siehst du, so schrecklich ist das Leben doch gar nicht. Wir Frauen kriegen das schon hin, wenn wir zusammenhalten.«

»Du bist eine tolle Frau. Weißt du das? Warum bin ich bloß nicht lesbisch?«

Anne lachte. »Das würde dir nichts nützen, denn ich bin es ja nicht.«

»Aber ich fühle mich trotzdem wie ein Schmarotzer, wenn ich mietfrei bei dir wohne.«

»Quatsch, du zahlst die Miete doch in Naturalien. Du putzt, kochst und betreust Linus. Wenn du Arbeit bekommst, kannst du mir ja ein bisschen Miete zahlen. Ich bin mal egoistisch und sage, dass mir vor dem Tag graut, an dem du Arbeit findest.«

Ein paar Ersparnisse hatte Lea noch, von denen sie leben konnte. Aber die würden nicht mehr lange reichen. Sie musste unbedingt eine neue Arbeit finden.

»Eigentlich müsste ich dir ein Gehalt zahlen«, ergänzte Anne, als könnte sie Gedanken lesen.

Lea seufzte.

In der Villa angekommen, half Anne Lea beim Ausladen. Gleich danach holte sie Linus ab, der bei einem Freund war.

Beim Einräumen der Kosmetikartikel im Bad fiel Lea ein Schwangerschaftstest in die Hände. Er stammte aus der Zeit vor Thorstens Arbeitslosigkeit. Lea lachte zynisch und schüttelte den Kopf. Sie würde ihm diese verlogene, egoistische Tour niemals verzeihen.

Männer – konnten ihr doch alle mal gestohlen bleiben. Kinderwunsch hin oder her, dafür brauchte man einen Mann. Das war außerhalb jeder Diskussion. Den Test würde sie bestimmt nicht mehr brauchen. Wütend pfefferte sie den Test in den Abfalleimer.

Auf einmal durchzuckte es sie wie ein Blitz. Klar, in der Aufregung der letzten Tage war es ihr gar nicht aufgefallen.

Sie hätte schon längst ihre Tage haben müssen!

Blut schoss in ihren Kopf und ein eisiger Schauer erfasste sie.

Nein, das konnte doch gar nicht sein.

Sie zählte nach. Doch, konnte doch sein.

Eigentlich hätte schon vor einer Woche eine Blutung einsetzen müssen, aber sie hatte andere Dinge im Kopf gehabt, als darüber nachzudenken.

Lea stockte der Atem. Nachdenklich setzte sie sich auf den Toilettendeckel. Es war also doch möglich, dass sie schwanger war. Und wenn, dann konnte nur einer der Vater sein.

Tim.

Das letzte Mal mit Thorsten war schon zu lange her, außerdem vergaß er nie das Kondom. Logisch.

Nervös kramte sie den Test wieder aus dem Abfalleimer. Er war noch nicht abgelaufen.

Während der Wartezeit hielt sie die Augen geschlossen und betete, dass er negativ ausfallen möge. Schwanger eine neue Arbeit suchen? Das war so gut wie aussichtslos. Als die Eieruhr klingelte, traute sie sich nicht, die Augen zu öffnen. Aber es half nichts, irgendwann musste sie sich der Wahrheit stellen.

Positiv.

Noch vor kurzer Zeit wäre sie vor Freude geplatzt. Egal, wie es weiter gegangen wäre. Leider fühlte sich das Ergebnis jetzt alles andere als positiv an. Wieder liefen heißkalte Schauer ihren Rücken hinunter. Was sollte sie jetzt nur tun? Die Katastrophen nahmen einfach kein Ende! Sie brauchte gar keine Bewerbungen zu schreiben. Schwanger würde sie keiner einstellen. Langsam wurde es zur Gewissheit: Sie würde nie wieder richtig glücklich werden.

Als Anne mit Linus nach Hause kam, saß Lea im Wohnzimmer. Sie konnte immer noch nicht aufhören zu heulen. Ihre Gedankenlosigkeit bereute sie sofort, als Linus auf sie zustürmte.

»Lea, warum weinst du?«, fragte er und streichelte ihre Wange. »Iiih ... nass.« Er nahm eins von den Taschentüchern aus der Box und hielt es ihr hin. »Warum bist du traurig, Lea?«

»Ach, manchmal ist man einfach traurig, weißt du.« Sie putzte sich die Nase, sah ihn an, und versuchte, dabei so normal wie möglich zu wirken.

»Hm«, machte Linus ungläubig und zog eine Schnute.

»Lässt du uns mal allein, Linus?«, fragte Anne. »Mal Lea doch ein Bild, darüber wird sie sich bestimmt freuen.«

»Ja Linus, darüber freue ich mich bestimmt.«

Linus nickte »Okay« und rannte eifrig davon.

»Also, dann mal raus mit der Sprache. Was ist passiert?«, wandte Anne sich an Lea, als er verschwunden war.

»Ich bin schwanger, das ist passiert«, grummelte Lea und warf das Taschentuch in die Abfallbox.

»Oh.«

Anne zuckte, als wollte sie sie berühren, zog dann aber ihre Hand wieder zurück.

»Ja genau … Oh … Oh mein Gott. Mensch Anne, ich hab das Gefühl, es hört niemals auf.« Erneut füllten sich Leas Augen mit Tränen.

»Dann ist wohl dieser Tim der Vater, von dem du mir erzählt hast, oder?«, fragte Anne und hielt ihr ein neues Taschentuch hin.

»Anzunehmen. Thorsten kann es nicht sein. Und selbst wenn … es wäre egal«, schluchzte sie. »Alleinerziehend und ohne Job. So hab ich mir das neue Leben bestimmt nicht vorgestellt.«

»Aber du bist nicht allein. Ich bin da … und Eltern hast du doch auch noch.«

»Ja, dahin werde ich wohl wieder zurückkehren müssen. Das ist eine Horrorvorstellung.«

»Natürlich kannst du hier weiter wohnen. Das ist ja wohl klar. Ich würde mich ehrlich freuen. Du wolltest doch immer ein eigenes Kind, oder?«

»Ja sicher. Deshalb kommt eine Abtreibung schon mal nicht infrage, aber allein ... das ist doch so schwer. Davor habe ich Angst.«

»Du bist doch nicht allein. Ich bin da ... und Linus, deine Eltern ... und deine Freundinnen. Wir werden dir alle helfen. Und dann solltest du auch diesem Tim sagen, dass er Vater wird.«

Energisch schüttelte Lea den Kopf. »Auf keinen Fall. Mit diesem Eisklotz möchte ich nie wieder etwas zu tun haben.«

»Sorry, dass ich zu spät bin, aber Anne ist nicht früher von der Arbeit weggekommen.« Abgehetzt traf Lea beim SatV Treffen ein. Sie schob die Ärmel hoch und setzte sich auf den Stuhl, den Karina schon ein Stückchen vom Tisch abgerückt hatte.

»Gut, dass du jetzt da bist. Wir können uns nicht über das Karnevalskostüm einigen. Bist du für ein braves, oder doch wieder ein freches Kostüm?«, fragte sie.

»Gar kein Kostüm. Ich werde nicht mitmachen können.«

»Waaas? Warum?«, fragten alle drei im Chor, denn oft war sie die federführende Kraft gewesen, wenn es um das alljährliche Altweibertreffen ging. Schon einige Jahre waren sie gemeinsam in aufeinander abgestimmten Kostümen in den Straßenkarneval gezogen.

Der Kellner kam vorbei und Manuela zupfte ihn an der Schürze. »Danny, bringst du auch noch ein Bier für Lea?«

»Danke nein, Danny. Keinen Alkohol. Kann ich ein Wasser haben?«

»Keinen Alkohol?«, wiederholten die drei im Chor.

»Warum?«, fragte Frauke. Die vier Freundinnen waren so überrascht, dass sie gar nicht bemerkten, wie etliche Gäste auf sie aufmerksam wurden.

»Weil ich schwanger bin. Zufrieden?«

»Schwanger?!«, wiederholten ihre Freundinnen im Chor. Diesmal so laut, dass praktisch das gesamte Lokal zu ihnen herüberschaute.

»Ja. Schsch. Na prima, jetzt bin ich Dorfklatsch. Geht das auch etwas unauffälliger? Oder soll ich hier eine öffentliche Ankündigung abhalten«, zischte sie in die Runde und sah jede einzeln vorwurfsvoll an.

Einige Gäste räusperten sich und die meisten drehten sich auffällig unauffällig weg.

»Da bist du uns jetzt aber eine Erklärung schuldig. Findest du nicht?«, raunte Karina in die Runde.

»Ja, ich dachte, du wolltest nichts mehr mit Männern zu tun haben. Oder war das jetzt eine unbefleckte Empfängnis.«

»Tja, leider habe ich diese, unzweifelhaft kluge, Entscheidung zu spät getroffen.«

»Iss ja ein Ding ... dann wird Thorsten also doch noch Vater. Wer hätte das gedacht?«, bemerkte Frauke. »Werdet ihr wieder zusammenkommen?

Du wolltest uns doch sowieso noch alles ausführlich erzählen«, hakte sie nach.

»Er ist nicht der Vater. Rechnerisch.«

»Nicht?!«, riefen alle drei im Chor, wieder einen Tick zu laut.

Lea sah sich um, aber die anderen Gäste schienen sich nicht mehr um sie zu kümmern. »Nicht. Er will keine Kinder. Hätte ich aber auch merken müssen, wenn ich nicht so verblendet gewesen wäre.«

»Und du wusstest nichts davon?«, fragte Manuela.

Lea schüttelte den Kopf. »Er ist immer ausgewichen.«

»Aber das war doch dein größter Wunsch. Ein eigenes Kind und ein Geschwisterchen für Linus.«

»Ja, stimmt. Aber das Leben ist nun mal kein Wunschkonzert«, seufzte Lea. »Und ich sag euch, die Männer spielen im echten Leben nur die schiefen Töne. Ich will keine Familie mehr.«

»Keine Familie?«, tönte es wieder im Chor.

»Nein, dieses Lebensziel ist doch illusorisch. Und jetzt erst recht. Ich hab es aufgegeben. Der Traum von der perfekten kleinen Familie ist vorbei.«

»Und was sagt der Vater? Wer ist es überhaupt, wenn es nicht Thorsten ist?«, fragte Karina.

»Ja, das würde mich auch interessieren«, ergänzte Frauke.

»Ich dachte, so was kann nur ich. Hätte ich dir gar nicht zugetraut. Also, Hose runter«, scherzte Manuela.

Karinas Frage hatte Lea am meisten gefürchtet.

»Der Vater ... ist ein Arsch ... und er will auch keine Kinder. Dem werde ich das bestimmt nicht unter die Nase reiben. Sonst kommt er mir noch mit Abtreibung, oder so. Nein, vielen Dank. Für solche Auseinandersetzungen hab ich keine Kraft übrig«, zischte sie verächtlich.

Die Mädels nickten.

»Und was hast du jetzt vor? Wie willst du deinen Lebensunterhalt verdienen?«, erkundigte sich Manuela.

»Bestimmt nicht, wie du, zu Mama und Papa zurück. Anne hat erst mal mir angeboten, bei ihr noch etwas länger zu wohnen.«

»Willst du kein Geld verdienen?«, fragte Frauke.

»Doch klar, aber wie du weißt, ist das sehr schwierig. Ich werde erst mal ein paar Wochen als Tagesmutter arbeiten. Die Mutter von Oskar, einem Freund von Linus, hat Schwierigkeiten, einen Betreuungsplatz für ihn zu finden.«

»Ich will ja nicht neugierig sein, aber wer ist denn jetzt der Vater? Rück schon raus mit der Sprache. Erzähl uns die ganze Geschichte. Wir platzen vor Neugier«, wagte Manuela einen neuen Vorstoß.

»Komm schon, uns kannst du es doch verraten«, ermunterte sie Karina.

Lea seufzte und nahm einen Schluck Wasser. Eigentlich erzählten sie sich ja immer alles, aber sie hatte große Angst vor guten Ratschlägen.

»Ihr gebt ja doch keine Ruhe«, leitete sie die Geschichte ein und räusperte sich. »Also kommt näher.«

Die vier Freundinnen steckten die Köpfe zusammen und Lea erzählte ihnen ihre Geschichte. Diesmal so leise, dass die anderen Gäste ganz bestimmt davon nichts mitbekamen.

***

Doch am Nebentisch saß jemand mit dem Rücken zu Lea. Eva hatte sie erkannt und die Unterhaltung teilweise mitbekommen. Lea dürfte sie nicht gesehen haben, und das war gut so. Denn auch wenn Eva Tims Namen nicht gehört hatte, sie konnte sich sehr wohl zusammenreimen, dass er der Vater war. Und sie konnte Lea für ihre Entscheidung nur beglückwünschen. Er durfte niemals erfahren, was passiert war. Das konnte doch nur in einer Katastrophe enden! Nein, sie würde niemandem davon erzählen - nicht einmal Marc.

Kapitel 23 Acht Monate später

»Hallo Anne, du bist ja schon da«, begrüßte Lea ihre Freundin.

»Hi meine dicke Freundin«, gab Anne mit einem Grinsen zurück. »Willst du zum Shopping?«

»Ja, ich brauche noch eine Schwangerschaftshose. Wahrscheinlich kann ich die nur noch ein paar Tage gebrauchen, aber ich habe sonst nur noch eine, in die ich noch reinkomme.«

»Das ist natürlich dumm. Aber du kommst sicher nach der Geburt nicht sofort in deine alten Hosen, dann kannst du sie noch etwas tragen. Dem Bauch nach gedeiht das Kind ja prächtig.«

Lea seufzte. »Mach mir nur Mut. Ich fühle mich wie eine Tonne. Ekelig unbeweglich und an Sport ist nicht zu denken. Ich bin bestimmt ein fetter, labberiger Sack, wenn das Baby endlich da ist.«

»Du wolltest das doch so. Keine Rose ohne Dornen.« Anne grinste. »Also beklag dich nicht.«

»Ach, hör bloß auf. Du klingst wie meine Mutter. Den Sport, den ich nicht machen kann, den macht die Kleine in meinem Bauch. Bevorzugt nachts. Ich kann gar nicht mehr richtig schlafen.«

»Oh, warte nur ab, wenn sie erst mal da ist, wirst du noch weniger schlafen können. Also genieße diese letzte ruhige Zeit. «

»Du kannst einen so richtig schön aufbauen«, stöhnte Lea. »Übrigens, ich kann Linus dann gleich bei seinem Vater abliefern.«

»Danke, das wäre toll.«

***

»Mann, Alter, willst du nicht langsam wieder ins echte Leben zurückkehren? Du kommst mir immer noch vor wie ein Zombie«, scherzte Marc und schlug Tim kumpelhaft auf die Schulter.

Der sackte stöhnend unter dem Schlag zusammen, ohne sich wieder aufzurichten. »Lass mich in Ruhe, Mann«, knurrte er.

»Nein, ganz im Ernst, du hast dich so verändert, dass ich langsam Angst bekomme. Ich weiß ja immer noch nicht, was damals zwischen dir und Lea vorgefallen ist, aber ich würde fast sagen, du bist verliebt. Dass du nicht mehr anderen Frauen nachstellst, ist ein untrügliches Zeichen. Und ich will mich ja nicht beschweren, aber du versuchst, dich mit Arbeit abzulenken. Wobei es offensichtlich bei dem Versuch bleibt.«

Tim legte den Kuli beiseite, mit dem er gerade gespielt hatte, und nahm ihn sofort wieder auf. »Verliebt? Meinst du? Hm … wir sind uns sehr nahegekommen … damals. Aber sie ist doch gebunden … ich meine … sie hat eine Familie. Also … eine Beziehung mit ihr hätte da sowieso keine Zukunft. Ich würde sie nur unglücklich machen.« Er runzelte die Stirn. »So, wie ich alle Frauen unglücklich mache«, seufzte er und rieb die Augen.

»Mann Tim, das ist doch Quatsch. Deine Ex-Frau ist doch wieder glücklich, nachdem du mit ihr geredet hast.«

»Ja, sie ist glücklich - weil wir uns getrennt haben. Nein, das mit Lea würde in einer Katastrophe enden. Letzten Endes würde ich sie in die Depression treiben ... wie alle anderen auch.«

»So ein Blödsinn. Hast du mit ihr jemals darüber geredet? Vielleicht hat sie sich ja auch in dich verliebt.«

»Nein, nicht direkt, aber selbst wenn ... nein.« Tim schüttelte den Kopf.

»Du kannst nichts wissen, bevor du nicht mit ihr geredet hast. Ich würde es zumindest einmal versuchen.«

»Ich weiß nicht.«

»Na ja, musst du selber wissen. Aber dann lockere wenigstens die Spaßbremse.«

Tim seufzte. »Ich werd's versuchen.«

Tim hatte seinen Firmenwagen schräg gegenüber dem Haus geparkt, in dem Lea wohnte. Er kam sich vor wie ein verdammter Stalker. Aber das Gespräch mit Marc hatte die Sehnsucht nach ihr wieder unerträglich angefeuert. Wenn er sie nur noch einmal sehen könnte, dann würde er sicher wissen, was zu tun ist. Vielleicht hatte Marc sogar recht, und er fehlte ihr ebenfalls.

Der Wagen, der gerade vor dem Haus hielt, war nicht der, mit dem sie damals zur Firma gefahren war. Doch es war eindeutig Lea, die hinter dem Steuer saß. Ein kleiner Junge stieg aus, das könnte der Sohn des Verlobten, oder vielleicht sogar schon ihres Ehemannes, sein. Die Haustür öffnete sich und der Junge ging ins Haus. Wer die Tür öffnete, war nicht zu sehen.

Lea blieb im Auto und fuhr los. Ob er ihr folgen sollte? In der Nebenstraße könnte er wenden. Schnell entschlossen wendete er den Wagen und folgte ihr. Gut, dass noch ein Auto zwischen ihnen war. So konnte sie ihn im Rückspiegel nicht erkennen.

Lea fuhr Richtung Innenstadt. Tim folgte ihr mühelos bis ins Parkhaus. Sie ignorierte etliche freie Parkplätze, um sich letztendlich ganz oben in eine fast leere Etage zu stellen. Er blieb möglichst weit von ihr entfernt stehen, denn sie sollte ihn nicht entdecken. Sie hielt auf der anderen Seite der Etage, ganz dicht an der Ausgangstür.

Als sie ausstieg, wurde ihm klar, warum sie einen freien Parkplatz neben sich brauchte. Lea schälte sich nur mühsam aus dem Auto. Erst die Beine, dann der Bauch, und schließlich der Rest.

Der Bauch!

Das war eindeutig kein Übergewicht. Sie war schwanger! Tim schloss die Augen und atmete tief durch. Das war definitiv das Ende all seiner Hoffnungen, die in ihm aufgekeimt waren.

Er schluckte und startete den Wagen. Die Parkkarte würde er in einem anderen Stockwerk bezahlen. Jetzt nur schnell weg von hier. Lea war schon im Ausgang verschwunden, als er an ihrem Wagen vorbeifuhr.

***

Abends saß Lea grübelnd im Wohnzimmer auf dem Sofa. Die Abendsonne schickte ihre warmen Strahlen durch das Fenster, konnte aber ihre Stimmung nicht aufhellen.

»Was ist mit dir? Du bist ja nie so gesprächig, aber heute sagst du gar nichts.« Anne reichte ihrer Freundin einen Pfefferminztee und setzte sich ebenfalls mit einer Tasse neben sie.

Lea atmete tief durch und seufzte. »Ach nichts.«

»Willst du mich auf den Arm nehmen? Irgendetwas ist doch passiert.«

»Nichts, glaub mir ... ich dachte nur, ich hätte Tim heute in einem Auto gesehen. Aber ich bezweifle, dass er es war, denn es war nicht sein Auto.«

»Er geistert immer noch in deinem Kopf rum, oder?«

»Nein!«, antwortete Lea entschieden. »Nur manchmal«, gestand sie leise nach einer Pause.

»Meinst du nicht, dass es vielleicht klug wäre, doch nochmal mit ihm zu sprechen? Deine Gefühle für ihn müssen ziemlich stark sein, wenn er dir auch nach all den Monaten nicht aus dem Kopf geht.«

»Bitte! ... Meine Eltern, meine Freundinnen und jetzt auch noch du. Alle reden auf mich ein. Ich kann nicht! Kapiert das endlich!«

»Du kannst nicht? Warum?«

»Weil ich Angst habe ... Okay?«

»Wovor hast du Angst? Was hast du zu verlieren? Um dich zur Abtreibung zu überreden, ist es doch längst zu spät. Vielleicht gibt es eine Überraschung und er sehnt sich genauso stark nach dir, wie du dich nach ihm.«

»Bei dir ist immer alles so einfach. Ich bin nun mal ein Angsthase. Ich habe sogar Angst vor der Angst.«

»Was soll denn schon passieren? Ihr werdet beide klarer sehen ... hinterher.«

»Er wird das Gefühl haben, ich wolle ihm das Kind unterschieben, um Unterhalt zu bekommen, oder so.«

»Blödsinn! Und wenn, dann kann man doch auch darüber sprechen.«

»Sag ich doch. Bei dir ist immer alles so einfach. Aber glaube mir, der Typ ist eiskalt. Und jetzt lass mich endlich in Ruhe damit.«

»Hm, ich weiß nicht Lea, ob das wirklich die richtige Entscheidung ist.«

»Ich auch nicht. Ich weiß nur, alles andere gefährdet mein mühsam zurückgewonnenes Glück. Zu viel Aufregung würde dem Baby schaden.«

»Hm, ich finde ja, du wirkst nicht wirklich glücklich. Na ja, musst du selbst wissen. Es ist schließlich dein Leben.«

***

»Tim?«

Tim fixierte geistesabwesend einen Punkt neben seiner Kollegin an.

»Erde an Tim.« Eva wedelte mit der Hand vor Tims Gesicht. »Ob du die Dokumente unterschrieben hast, habe ich gefragt.«

Tim schüttelte den Kopf. »Oh sorry, ich hab's vergessen. Ich mach es gleich, okay?«

»Also ich will ja nichts sagen ... Chef, aber obwohl du von deiner Einsiedlerzeit zurück bist, bist du nicht wirklich anwesend. Körperlich ja, sogar viel mehr als nötig. Aber das wirkt sich leider nicht auf die Qualität deiner Arbeit aus. Die meiste Zeit starrst du aus dem Fenster, wenn ich in dein Büro komme. Wie kann ich dich aus deiner Depression herausholen?«

Tim seufzte. »Ich gebe mir die größte Mühe, Eva. Es wird schon noch besser werden. Du kannst nichts tun. Niemand kann mir da helfen. Ich habe mich reingeritten und jetzt muss ich sehen, wie ich aus dem Loch wieder herauskomme.«

Eva nickte. Ihr war natürlich klar, dass es hier um den Vorfall mit Lea ging. Je länger sie zusehen musste, wie er sich quälte, desto mehr zweifelte sie an ihrem Entschluss, das Gespräch zwischen Lea und ihren Freundinnen zu verschweigen.

»Willst du nicht nochmal mit Lea reden?«, überwand sie sich zögernd.

»Nein. Ich war da, vor ihrem Haus, in dem sie wohnt«, antwortete er und rieb sich erschöpft über die Augen.

»Und?«

Tim lachte kurz zynisch auf. »Sie ist schwanger.«

»Und deshalb kannst du nicht mit ihr reden?«

»Eva, du bist doch auch sonst immer der Meinung, dass ich nicht beziehungsfähig bin. Und du hast recht. Sie bekommt nun die Familie, die sie sich immer gewünscht hat. Soll ich da jetzt einbrechen? Außerdem liebt sie ihren Verlobten, den Vater des Babys. Die Familie ist ihr heilig. Soll ich sie auseinanderreißen? Nein!«, sagte er und schüttelte den Kopf. »Ich würde sie nur unglücklich machen.«

»Noch vor ein paar Wochen hätte ich dir da zugestimmt«, antwortete Eva reflexartig und bereute es sogleich. Würde sie ihm jetzt alles erzählen, was sie wusste, müsste sie auch gestehen, dass sie mit ihrem Wissen so lange hinterm Berg gehalten hatte.

Tim schaute überrascht auf. »Wie meinst du das?«

Fuck! Ob es wirklich gut war, jetzt alles aufzuklären? Das musste sie sich noch überlegen. Schließlich trug sie die Verantwortung für das, was dann passierte und sie war sich immer noch nicht sicher, ob sie sie auf sich nehmen wollte. Erst mal war es besser, Zeit zu gewinnen.

»Och ... nur so. Du kommst mir irgendwie verändert vor ... geläutert.«

»Möglich. Mir ist klar geworden, dass ich mit meiner Frauenjagd auch Gefühle verletzen kann. Es ticken eben nicht alle wie ich. Vielleicht bin ich ja irgendwie geläutert. Aber vielleicht gerade deswegen nicht skrupellos genug, um eine intakte Beziehung zu zerstören ... wenn man das überhaupt könnte. Und dann müsste ich ja selbst mal eine hinbekommen. Das alles kommt mir immer noch vor wie ein Ding der Unmöglichkeit.«

Eva nickte nachdenklich.

»Wieso erzähle ich dir das eigentlich?«, fragte er.

»Weil Männer unter sich nicht über Gefühle reden können«, antwortete sie und lächelte, bevor sie sich wieder aus Tims Büro entfernte.

»Sag mal Marc ... was hältst du eigentlich von Tim? Er gefällt mir gar nicht, seit er wieder da ist. Eigentlich ist er nur körperlich anwesend«, meinte Eva, während Marc ihr den Nacken massierte.

Vor drei Monaten waren die beiden zusammengezogen und Eva genoss die täglichen Zärtlichkeiten sehr.

Marc unterbrach kurz seine Massage.

»Ja, ich denke, den hat's erwischt. Schwer zu glauben, aber es muss so sein.«

»Hast du mit ihm darüber geredet?«

»Ich hab's versucht. Aber er verliert kein Wort darüber, was genau vorgefallen ist. Ich habe ihm empfohlen, noch einmal mit Lea zu reden.«

»Glaubst du, dass eine Verbindung der beiden eine Zukunft hätte?«

»Keine Ahnung. Ich weiß nur, dass Tim ein ziemlich komplizierter Mensch ist, jedenfalls was Gefühle angeht. Er ist besessen von dem Gedanken, dass er alle Frauen nur unglücklich macht, wenn er eine Beziehung mit ihnen eingeht. Vielleicht stimmt das ja sogar.«

»Ja, das habe ich auch immer gedacht«, murmelte Eva.

Marc kreiste vor Evas Gesicht mit dem Finger. Einvernehmlich drehten sie sich um und jetzt massierte Eva Marcs Nacken.

»Und jetzt nicht mehr?«, fragte Marc und drehte sich kurz zu Eva um.

»Was?«

»Na, ob du das jetzt nicht mehr von Tim denkst?«, hakte er nach.

»Sag ... wenn du von einem Missverständnis wüsstest. Ich meine, was Tim angeht, würdest du ihm das sagen?«, fragte sie und knetete leidenschaftlich an seinen Verspannungen herum.

»Au! ... Bitte etwas liebevoller.« Er wand sich aus Evas Griff. »Was für ein Missverständnis meinst du? Weißt du mehr als ich?«

»Hm ... ja ... wahrscheinlich«, murmelte sie, während sie ihn wieder in den Klammergriff nahm.

»Wieso? Rück schon raus mit der Sprache. Wenn du eine Chance siehst, dass sich Tims Verhalten in nächster Zeit normalisiert, dann musst du mir das jetzt sagen. Wir leiden schließlich alle unter seiner bescheidenen Leistungsfähigkeit.«

»Also, ich weiß nicht, was Tim dir erzählt hat. Aber er ist deinem Rat gefolgt und wollte mit ihr reden.« Eva drückte fest auf eine Verhärtung, die sie in Marcs Muskulatur fand.

»Aua! Mann, was gab es zu Mittag bei dir? Eisennägel? ... So ist es gut ... hmmm weitermachen ... und was ist dabei herausgekommen?«, fragte er, während er sich unter der Massage wand.

»Er hat gesehen, dass sie schwanger ist, und ist davon ausgegangen, dass der Verlobte der Vater ist.«

»Und? Ist er es denn nicht?«

»Nein ... ist er nicht.« Beherzt packte Eva noch einmal zu, als könnte sie ihren Konflikt damit wegdrücken.

»Aua, Mann! Du merkst anscheinend gar nicht, dass du so zupackst.« Erst dann registrierte er, was Eva gesagt hatte. »Wow! Woher weißt du das? Weißt du auch wer?«

»Ja, vermutlich ... leider.« Eva seufzte und unterbrach die Massage. Dann erzählte sie Marc von dem Gespräch, das sie in der Kneipe mitgehört hatte.

»Oh Mann Eva! Und dann hast du einfach mal so entschieden, dass es besser ist, wenn er nie etwas davon erfährt? Wieso erlaubst du dir, darüber zu urteilen? Das müssen die beiden doch selbst entscheiden.«

»Ich erlaube mir gar nichts. Ich kann doch nicht Leas Entscheidung in Frage stellen und sie praktisch gegen ihren Willen hintergehen. *Dann* würde ich mir etwas anmaßen.«

»Aber die Entscheidung hat sie doch in dem Glauben getroffen, Tim wäre ein Eisklotz. Sieh ihn dir doch mal an ... den Eisklotz.«

»Der sich aber immer noch keine Beziehung zutraut ... der Trauerkloß.«

»Jaaa ... zugegeben ... schwierige Entscheidung. Und was machen wir jetzt? Wie geht's jetzt weiter?«

»Keine Ahnung ... was ist richtig? Sag du's mir.«

»Mann, Eva«, Marc seufzte, »mir wächst auch kein Gras aus der Tasche. Also ... als erste Maßnahme massierst du mal weiter, deine Zeit ist noch nicht um. Mit entspanntem Nacken kann ich besser nachdenken.«

Kapitel 24 Ein Versuch

»Das ist ja mal wieder typisch, Eva. Du sagst, was gemacht wird, und ich soll die unangenehmen Aufgaben erledigen.« Marc bog einen Ast zur Seite, um das Haus besser beobachten zu können. »Bah! Die Äste haben Dornen! Was ist das nur für ein fieses Gestrüpp.«

»Pssst!« Eva legte einen Zeigefinger auf ihren Mund und mit der anderen Hand brachte sie Marc zum Schweigen. »Du musst doch nicht noch die Nachbarn auf uns aufmerksam machen.«

»Ach, du spinnst doch. Die brauchen doch nur aus dem Fenster zu sehen, schon können sie zwei dilettantische Stalker beobachten.«

»Meinetwegen müssen wir uns hier nicht verstecken. Du wolltest nicht klingeln, sondern warten, bis Lea herauskommt. Warum sollte sie hier noch wohnen? Ich schlage vor, wir fragen und finden die neue Adresse heraus.«

»Ja klar, solange *ich* das mache.«

»Genau, klar! Schließlich warst du ihr Chef, ich nur die Assistentin.«

»Aber dafür sind Assistentinnen doch da, um ihrem Chef alle unangenehmen Aufgaben abzunehmen.«

Dafür verpasste Eva ihm einen Schlag.

»Aua«, beklagte er sich übertrieben und rieb sich den Arm. »Lea und ihr Verlobter könnten sich schließlich wieder vertragen haben, oder?«

»Okay ... wir gehen beide hin. Ich klingle, du übernimmst das Reden.«

Marc seufzte. »Wenn es sein muss.«

Die Tür öffnete sich nur einen Spalt. Genug, um einen ungepflegten Mann im weißen Unterhemd freizugeben. »Der Makler ist noch nicht da, bitte warten Sie solange«, murrte er. »Mann, Mann, Mann, die Geier können es nicht erwarten, sich über die am Boden Liegenden herzumachen.« Kopfschüttelnd schlug er ihnen die Tür vor der Nase zu, noch bevor Marc überhaupt ein Wort gesagt hatte.

»Da hörst du's«, bemerkte Marc, »das Haus wird verkauft.«

»Genau, aber wir müssen noch wissen, ob sie mit auszieht«, antwortete Eva, während sie wieder den Klingelknopf drückte.

Demonstrativ verschwand Marc hinter ihrem Rücken.

»Was ist denn noch?«, drang es unwillig aus der Tür, die sich mit einem Ruck wieder öffnete.

»Ähm ... ist Ihre Verlobte da?«, stotterte Eva.

»Meine Verlobte? Ich hab keine Verlobte. Die Ex wohnt nicht mehr hier. Sie hat sich einen Braten in die Röhre schieben lassen, die Schlampe. Aber nicht mit mir«, brummte er barsch und setzte an, die Tür wieder zuzuschlagen.

»Halt ... Moment!«, rief Marc und hielt die Tür fest. »Können Sie mir sagen, wie wir sie erreichen können?«

»Warum sollte ich das tun? Wer sind Sie überhaupt?«, antwortete Thorsten. Er drückte die

Tür wieder zu und machte es Marc schwer, sie offen zu halten.

»Wir ... ich bin Leas ehemaliger Chef. Ich wollte sie fragen, ob sie nicht zurückkommen will in unsere Firma.«

»Ach! Dann sind Sie der Beschäler?« Thorsten steckte sein unrasiertes Gesicht ein Stück weiter durch die Tür.

Marc schnappte nach Luft, ihm blieb der Mund offen.

Ein Hauch rauchgeschwängerte Luft entwich aus dem Inneren des Hauses. Aber nicht nur das ließ Eva die Nase rümpfen. Dieser Thorsten war einfach unter aller Kanone. Beschäler. Beschäler nannte man einen Deckhengst in der Pferdezucht.

»Nein!«, rief Eva entsetzt. »Er ist *mein* Beschäler, wenn Sie es genau wissen wollen. Und ... nichts für ungut, aber ich kann Lea verstehen.«

Zur Antwort knallte die Tür.

»Scheiße! Musste das sein? Dass ihr Frauen auch immer so emotional reagieren müsst.«

»Ja, das musste sein. So ein fieser Typ ... bah.«

»Er lässt sich gehen. Du siehst ja, er muss das Haus verkaufen. Lea hat damals so was angedeutet, dass sie deswegen arbeiten müsste.«

»Soll das jetzt eine Entschuldigung sein?«

Marc seufzte. »Nein ... aber was machen wir jetzt?«

»Jetzt wissen wir, dass sie hier nicht mehr wohnt, und fragen beim Einwohnermeldeamt, wohin sie gezogen ist«, antwortete sie und zog ihn Richtung Auto.

»Das Leben kann so einfach sein«, brummte er, während er ihr hinterher stolperte.

An der Haustür zu Annes Gründerzeitvilla hingen bunte Luftballons.

»Das ist bestimmt ungünstig, dass wir jetzt kommen. Kindergeburtstag oder so«, bemerkte Marc.

»Egal, jetzt sind wir hier und ziehen das auch durch«, sagte Eva. »Ein paar Minuten wird sie sicher für uns haben.«

Marc nickte. »Was tut man nicht alles für seinen besten Freund«, seufzte er.

»Das ist ein ganz schön beeindruckendes Haus. Wenn sie hier wohnt, scheint es ihr aber ziemlich gut zu gehen. Dann kommt sie bestimmt nicht zurück, wenn sie eine so gute neue Stelle hat, dass sie sich das hier leisten kann«, raunte Eva, während Marc den schweren Türklopfer betätigte.

»Abwarten.«

»Guten Tag, wir würden gerne Lea Kaiser sprechen. Sie wohnt doch hier?«, fragte er, als eine unbekannte Frau in der Tür erschien.

»Ja sicher, aber es ist gerade schlecht. Wir feiern eine Babyparty. Worum geht es denn?«

»Ich bin Marc Wagner, ihr früherer Arbeitgeber. Wir würden sie gern sprechen, dauert auch nicht lange.«

Mit einem »Ich kann ja mal fragen« verschwand die Frau im Haus.

Kurz darauf erschien Lea. »Hallo Eva, hallo Marc, schön euch zu sehen. Was habt ihr auf dem Herzen?«, fragte sie zurückhaltend.

Das schien Eva nicht im Mindesten zu beeindrucken. »Hallo Lea. Mensch, gut siehst du aus« platzte sie heraus und strahlte. »Herzlichen Glückwunsch zur Schwangerschaft.«

»Hallo Lea. Dir scheint es wirklich gut zu gehen. Die Schwangerschaft steht dir prächtig«, ergänzte Marc und hielt ihr die Hand hin.

»Ja danke«, antwortete Lea und schüttelte höflich seine Hand. »Ich will ja nicht unhöflich sein, aber ich habe gerade Gäste. Also, worum geht's? Ich muss schnell zurück.«

»Okay, dann fass ich mich mal kurz. Ja ... also ... deine Nachfolgerin hat gekündigt ... und da wollte ich ... wir fragen, ob du nicht zurückkommen kannst«, erklärte Marc und rieb sich verlegen am Kinn.

»Zurückkommen? Und wer ist wir?« Lea wirkte überrascht.

»Eva und ich ... na ja und irgendwie auch Tim. Die Nachfolgerin hat in der Probezeit die Brocken hingeschmissen, weil sie mit meinem lieben Partner nicht klarkam.«

»Verstehe. Ich kam aber auch nicht mit ihm klar. Weiß er überhaupt etwas von eurer Aktion? Außerdem hab ich kein Interesse«, erklärte Lea und schob den Türspalt weiter zu.

Diesmal hielt Eva die Tür fest. »Warte Lea! Tim geht es echt dreckig.«

»Und was kann ich dafür?«, fragte Lea mürrisch, gab aber den Widerstand auf.

»Deinetwegen«, ergänzte Eva. »Wir glauben, er liebt dich.«

»Seit du gekündigt hast, kann man ihn zu nichts mehr gebrauchen«, erklärte Marc. »Wir wissen, dass das Kind von ihm ist.«

Tadelnd boxte Eva ihm unauffällig in die Seite. »Ähm ... wir vermuten es, weil dein Ex-Verlobter etwas in diese Richtung fallen ließ«, erklärte sie.

Leas Blick wurde skeptisch. »Ihr wart bei Thorsten?«

»Ja, wir waren vorhin dort. Wir wussten ja nicht, wo du wohnst.«

»Er leidet«, erklärte Marc.

»Wie ein Hund«, ergänzte Eva.

»Wer? Thorsten? Das interessiert mich nicht mehr.«

»Nein, Tim. Es muss etwas passieren. Wir wissen ja nicht, was damals passiert ist, als Marc im Krankenhaus lag«, bekundete Eva.

»Na ja, jetzt wissen wir es schon«, erklärte Marc verlegen.

»Aber nicht genau«, versuchte Eva, zu beschwichtigen und schickte Marc einen strengen Blick.

»Ich habe ihm ins Gewissen geredet. Er war sogar bei deinem alten Haus und ist dir gefolgt«, führte Marc weiter aus.

»Das war vor ein paar Tagen«, erläuterte Eva.

»Dann hat er gesehen, dass du schwanger bist.«

»Und ist davon ausgegangen, dass Thorsten der Vater ist.«

»Seitdem ist es noch schlimmer.«

»Du musst mit ihm reden.«

Lea schaute von einem zum anderen, während beide die Situation erklärten. »Und dafür soll ich in die Firma zurückkommen? Ich dachte, ich soll dort arbeiten?«

»Ja, natürlich beides. Wir brauchen dich auch«, versicherte Eva eilig.

»Bitte. Das wäre doch eine gute Möglichkeit, mit ihm zu reden. Vielleicht klärt sich alles auf«, bettelte Marc.

Lea schüttelte den Kopf. »Aber wie ihr seht, bin ich schwanger. Also, was soll ich euch noch nützen? Es ist bald so weit. Das Kind soll in vierzehn Tagen kommen.«

»Natürlich nach der Geburt. Du könntest einen Betriebshort aufbauen. Das würden viele Mitarbeiter begrüßen.«

»Ja, ich auch«, ergänzte Eva.

»Waaas?« Marc wandte sich überrascht zu seiner Freundin. »Bist du schwanger?«

»Nein, natürlich nicht. Das hätte ich dir gesagt. Aber schließlich will ich auch Kinder ... irgendwann.«

»Na«, Marc fuhr sich nervös durchs Haar. »Gut, dass wir darüber geredet haben.«

»Du nicht?«, fragte Eva zerknirscht.

»Können wir das Thema vertagen? Wir wollten hier etwas anderes regeln«, raunte er.

Eva nickte und zog eine Schnute.

Lea zog die Stirn kraus. »Na gut. Nehmen wir mal an, ich würde zurückkommen. Was wäre mit Tim?«

»Wir haben ihm noch nichts erzählt. Es wäre eine Sache unter euch. Ihr könntet ja schon vor deiner Wiedereinstellung darüber reden.« Marc fuhr sich wieder verlegen durchs Haar.

»Ich dachte, ihr habt erst vorhin erfahren, dass es Tims Baby ist?«

»Äh ... wir haben natürlich gemeint, wir würden ihm nichts erzählen«, berichtigte Eva.

Lea schüttelte den Kopf. »Nein, ich kann das nicht. Ich wüsste nicht, was das bringen soll.«

»Warum nicht?«, fragte Eva verzweifelt.

»Weil ich weiß, dass er keine Kinder will.«

»Kannst du es dir nicht wenigstens überlegen?«, flehte sie. »Er hat sich stark verändert. Vielleicht hat sich auch alles zwischen euch verändert. Du fehlst ihm! Ganz sicher.«

»Er jagt auch keinen anderen Frauen mehr hinterher«, ergänzte Marc.

»Du würdest ihn nicht wiedererkennen«, bestätigte Eva. »Er ist nur noch ein Häufchen Elend.«

»Aber er will immer noch keine Kinder, oder? Ich kann und will ihn nicht unter Druck setzen. Nein, das wäre nicht gut.«

»Der alte Tim wollte keine Kinder. Ob der neue das auch nicht will, musst du noch herausfinden. Bitte Lea, überleg es dir nochmal.« Eva hatte die Handflächen zusammengepresst und bettelte herzerweichend.

Aber Lea schien unbeeindruckt.

»Nein tut mir leid. Diese ganze Sache bedeutet für mich zu viel Stress. Das würde dem Baby schaden. Was ist, wenn er sich nicht überwinden kann? Oder noch schlimmer, er kümmert sich eine Weile und verschwindet dann wieder aus unserem Leben. Dann hat mein Kind besser keinen Vater, als einen, der es nicht haben will. Sorry, aber ich muss passen. Vielen Dank für euer Angebot. Es würde nicht funktionieren.«

Lea schüttelte energisch den Kopf, verzerrte das Gesicht und fasste sich auf den Bauch. »Seht ihr? Es macht mir jetzt schon Stress. Danke für euer Angebot, aber ich muss jetzt wirklich zurück.« Mit diesen Worten schloss sie die Tür.

Marc und Eva sahen sich an.

»Und was machen wir jetzt?«, fragte er.

Eva stöhnte. »Keine Ahnung. Wenigstens haben wir alles versucht. Oder hast du noch einen Vorschlag? Du weißt doch sonst immer, was zu machen ist.«

»Tatsächlich?«

»Ja, dir wächst doch sogar Gras aus der Tasche.«

»Das ist eine Unterstellung. Aber ich würde sagen, wir sollten einen Happen essen gehen und dabei überlegen, ob wir nicht Tim einweihen.«

Eva verdrehte die Augen. »Dass ihr Männer auch immer nur an das Eine denken könnt.«

»Ich denke, das Eine ist etwas Anderes?«

»Nach einer gewissen Zeit nicht mehr.«

Kapitel 25 Manchmal kommt es anders ...

Leas vier Freundinnen saßen entspannt auf dem großen Polstersofa und schlürften Cocktails, als Lea wieder ins Wohnzimmer kam. Anne hatte das Zimmer für die kleine Party liebevoll geschmückt. Ein bisschen wie Karneval meinten ihre Freundinnen augenzwinkernd, als sie hereingekommen waren.

»Wer war das?«, fragte Anne.

»Das waren Marc, Tims Freund und Eva, die Assistentin.«

»Und was wollten sie?«, fragte Karina und schnappte sich noch einen Muffin.

»Dass ich zurückkomme.«

Ruckartig setzten sich alle vier auf und sahen Lea mit aufgerissenen Augen an. Alle fünf blickten zur Tür, die Linus in dem Moment aufstieß.

»Darf ich noch einen Muffin?«, fragte er mit seiner blitzenden Zahnlücke.

»Klar, schnapp dir einen«, antwortete Lea. Sie war froh über die Ablenkung. Linus nahm sich einen Kuchen und verschwand leider so schnell wieder, wie er gekommen war.

Natürlich ließen sich Leas Freundinnen nicht von der Unterbrechung ablenken. »Warum sollst du in die Firma zurückkommen?«, fragte Manuela.

»Erzähl schon«, drängte Frauke.

»Na gut. Ich werde versuchen, es euch zu erklären. Aber ich will keine Diskussionen, okay?« Lea setzte sich umständlich in den Ohrensessel. »Oh Mann, dieser Bauch wird immer dicker. Ich hab das Gefühl, der platzt gleich.«

»Dauert nicht mehr lange. Füttere ihn doch noch ein bisschen. Möchtest du noch einen alkoholfreien Cocktail?«, fragte Anne und grinste.

»Oh ja. Das wäre lieb, danke.«

Anne sprang auf, ging an die Bar und fing an zu mixen.

»Also«, begann Lea und warf ihre Haare nach hinten. »Ich soll wiederkommen, weil meine Nachfolgerin mit Tim nicht zurechtgekommen ist und gekündigt hat.«

»Ach ... du bist mit ihm doch auch nicht zurechtgekommen«, bemerkte Manuela und zwinkerte.

»Jepp. Eva hatte mich damals sogar gewarnt. Aber angeblich stellt er keinen Frauen mehr nach. Das haben beide beteuert und meinten, das läge an der Begegnung mit mir. Ihm ginge es schlecht.«

»Er liebt dich und leidet?«, fragte Karina.

Anne hörte auf zu schütteln, ließ den Shaker sinken und sah gespannt zu der Gruppe hinüber.

»Hörte sich so an. Angeblich glaubt er, das Kind wäre von Thorsten und deshalb – aua ... der Bauch zwackt immer so komisch heute – hätte er sich nicht gemeldet«, keuchte Lea, fasste sich an den Bauch und verzerrte das Gesicht.

»Hast du vielleicht Wehen?«, fragte Manuela.

»Quatsch! Es ist doch erst in zwei Wochen so weit.«

»Weiß das Kind das auch?«

»Klar hab ich mit ihr so abgemacht«, meinte Lea und lächelte tapfer. »Erst dann hat Anne Urlaub. Vorher geht es deshalb nicht.«

»Und? Gehst du wieder hin ... zur Arbeit? Zu erklären, dass du schwanger bist, brauchst du ja nicht«, sagte Frauke.

Die anderen kicherten.

»Quatsch, was ... so ... ll ... ich da.«

»Das sind Wehen. Und zwar in ziemlich kurzem Abstand«, meinte Frauke.

»Das ist die Aufregung. Ich hab schon den ganzen Tag so komische Bauchschmerzen. Nein«, flüsterte Lea und krümmte sich. »Was soll ich da?«, presste sie hinterher.

»Mit Tim reden?«, bemerkte Karina.

»Wozu? Nein! Ich hab euch gesagt: keine Diskussion.«

»Ich weiß nicht, ob das die richtige Entscheidung ist«, warf Frauke ein.

Anne kam mit dem fertigen Cocktail auf Lea zu. »So ... gerührt und nicht geschüttelt«, murmelte sie und stellte das Cocktailglas vor ihr auf den Tisch. Dabei warf sie einen Blick auf ihre Freundin und stutzte. »Die Entscheidung muss vertagt werden ... und das Cocktailtrinken auch. Die Fruchtblase ist gerade geplatzt«, sagte sie und nickte mit dem Kopf zu Leas Beinen. »Oder du hast dir in die Hose gemacht.«

»Boah ... Shit!« Lea fasste sich zwischen die Beine. »Und ich dachte schon, das fühlt sich so komisch an. Was mach ich denn jetzt?«

»Ins Krankenhaus fahren«, schlug Manuela gelassen vor. »Komm, lass uns ein paar Handtücher holen.«

Anne brachte schnell die fertig gepackte Krankenhaustasche und ein paar Handtücher. »Ich bleibe bei Linus. Und das mit dem Urlaub, das krieg ich schon hin. Mach dir keine Sorgen«, rief sie Lea hinterher.

Mit einer stöhnenden Lea auf dem Beifahrersitz fuhren die Freundinnen Richtung Krankenhaus.

»Das da vorn ist doch das Auto dieser Fitnesskette, oder? Da sitzen zwei Leute drin. Das müssen Marc und Eva sein. Überhol sie und mach den Warnblinker an«, rief Frauke aufgeregt.

»Hör mit dem Scheiß auf!«, kreischte Lea.

»Ich finde auch, Tim sollte wissen, dass sein Kind gerade geboren wird. Wie er darauf reagiert, wird sich zeigen. Man darf dem Schicksal nicht ins Handwerk pfuschen«, warf Karina ein.

»Das ist doch nicht ins Handwerk pfuschen, sondern die richtige Entscheidung«, gab Lea zurück und stöhnte noch lauter.

»Lea, du solltest deine Angst jetzt wirklich überwinden. Tim hat doch ein Recht auf sein Kind«, blieb Frauke hartnäckig.

Auch Manuela, die den Wagen steuerte, dachte nicht daran, auf Lea zu hören, und überholte mit Warnblinker. Marc hatte scheinbar verstanden und wurde langsamer. So konnte auch Manuela das Tempo drosseln.

»Das wird sich zeigen. Wenn es wirklich die richtige Entscheidung ist, ist sie das auch noch, nachdem ihr geredet habt«, erklärte Karina und schnallte sich ab, denn die beiden Wagen waren mittlerweile zum Stehen gekommen. Sie stieg aus und unterhielt sich aufgeregt mit Eva und Marc.

Dann sprintete sie zurück. »Ihr könnt weiterfahren. Ich fahre mit den beiden«, erklärte sie durch die heruntergelassene Scheibe und verschwand in Marcs Auto.

»Oh Mann, wer solche Freundinnen hat, der braucht keine Feinde«, stöhnte Lea und krümmte sich unter einer Wehe. »Das tut so scheiße weh!«

»Siehst du, lästere nie über deine Freundinnen. Kleine Sünden straft der liebe Gott sofort«, erklärte Manuela und startete grinsend den Wagen wieder.

***

»Wisst ihr, wo sich Tim aufhält?«, fragte Karina, nachdem sie auf dem Rücksitz Platz genommen hatte.

»Na wo schon? Vermutlich in der Firma«, spottete Marc und grinste.

»Am Sonntag?«

»Ja, sehr wahrscheinlich. Er versucht sich mit ›Arbeit‹ abzulenken, ist aber eigentlich nur körperlich anwesend. Und mit seinen ›Ideen‹ treibt er alle Kollegen in den Wahnsinn«, beklagte sich

Eva und machte bei ›Arbeit‹ und ›Ideen‹ mit den Fingern Gänsefüßchen.

»Wie gesagt, er ist nicht wirklich zu gebrauchen«, ergänzte Marc.

»Oh Mann«, entfuhr es Karina.

»Genau.«

»Ja, dann lass uns mal dahinfahren und ihn aufklären. Bin echt gespannt, wie er reagiert.«

»Und wir erst«, antworteten beide im Chor.

»Siehst du, da steht sein Auto«, bemerkte Eva, als sie die Firma erreichten.

Kurze Zeit später klopfte Marc energisch an Tims Bürotür. Ein heiseres »Herein« kam zurück.

»Hi Alter, schon wieder am Arbeiten?«, begrüßte ihn Marc.

»Ich gebe mein Bestes«, erwiderte Tim. »Wen bringst du da mit?«

»Das ist Karina, eine Freundin von Lea. Sie wollte mit dir reden.«

Tim wirkte überrascht. Er stand auf, strich sich durchs Haar und räusperte sich. Karina ging auf ihn zu und streckte ihm ihre Hand entgegen. »Hi Tim, schön dich kennenzulernen. Ich fall mal gleich mit der Tür ins Haus, denn wir haben keine Zeit zu verschwenden. Du weißt ja bereits, dass Lea schwanger ist.«

Tim nickte.

»Aber du weißt nicht, dass du der Vater bist, oder?«

Karina staunte, als sie sah, wie Tim anfing zu schwanken. »Das kann doch nicht sein«, stotterte er und seine Augen irrten nervös umher.

»Nicht?«, fragte sie irritiert. »Ich hab da andere Informationen.«

Tim atmete schneller. »Ähm ... doch ... aber«, erwiderte er und fing an, seine Hände zu kneten. »Ich muss mich hinsetzen.«

»Ihr müsst unbedingt miteinander reden«, forderte Eva leidenschaftlich.

»Aber nicht hier. Du solltest dich besser ins Auto setzen, denn in diesem Moment kommt dein Kind zur Welt«, platzte es aus Marc heraus.

»Moment! Moment! Das geht mir gerade ein bisschen zu schnell«, rief Tim und machte eine abwehrende Handbewegung.

»Komm schon! Die Zeit drängt. Wir erklären dir alles im Auto.« Mit diesen Worten zog Eva ihn energisch am Ärmel, Richtung Tür.

Als sie endlich die Entbindungsklinik erreichten, war Tim blass, und ihm stand der Schweiß auf der Stirn. Eva nahm seine feuchte Hand und Marc legte den Arm auf seine Schulter.

»Komm schon, überwinde deine Krankenhaus-allergie. Diesmal stirbt keiner, sondern es kommt ein Leben auf die Welt«, tröstete Eva.

Tim nickte. »Und wenn ich umfalle? Oder wieder kotzen muss?«

»Diesmal nicht ... glaube ich jedenfalls«, versuchte Marc, ihn aufzumuntern.

»Krankenhausallergie?«, fragte Karina.

»Lange Geschichte«, bemerkte Marc lakonisch.

Karina nickte und klopfte an der Tür zum Schwesternzimmer. Es dauerte eine Weile, bis sie den Schwestern die Situation erklärt hatten und die bereit war, sie zu Lea zu lassen. Doch ehe eine von ihnen zu ihrer Freundin durfte, mussten sie Kittel anziehen und die Hände desinfizieren.

Eine Schwester öffnete die Tür. Empfangen wurden sie von einem markerschütternden Schrei. Tims Gesichtsfarbe wechselte von blass zu kalkweiß und er taumelte zurück. »Sie können hier jetzt nicht rein, Sie stören«, verkündete die Hebamme barsch, aber leise.

»Ich denke doch«, erwiderte Karina. »Die Geschichte hört sich an wie aus einem Liebesroman, ist aber wahr. Also, dieser Held hier«, sie zog den zitternden Tim am Kittelärmel herbei, »ist der Vater des Kindes, auch wenn er bis vor kurzem nichts von seiner Vaterschaft wusste.«

»Ich glaube, dies ist wirklich eine Ausnahmesituation«, bestätigte die begleitende Schwester.

»Das stimmt«, brachten sich auch Eva und Marc im Chor ein.

»Also, ich werde erst einmal die Mutter fragen«, antwortete die Schwester sichtlich verunsichert und schloss sie die Tür.

Nach einiger Zeit wurde sie wieder geöffnet.

Karina schubste Tim als Erstes hindurch. Sie bekamen gerade noch mit, wie die Hebamme das Neugeborene auf Leas nackten Bauch legte.

Tim schnappte nach Luft.

Das Kind war blutverschmiert und lag gekrümmt da. Lea blickte mit feuchten Augen auf den Wurm.

Sie war vollkommen verschwitzt und sah erschöpft aus.

»Sie können hier nicht alle rein«, tadelte die Hebamme.

»Das hier ist der Vater«, bemerkte Karina und schubste Tim noch ein Stück weiter.

Jetzt erst entdeckte Lea die Personen, die den Raum betreten hatten. Die Rührung war ihr anzusehen, als sie Tim erblickte.

Der frischgebackene Vater blieb wie angewurzelt stehen und wirkte mindestens ebenso gerührt. Er schluckte, sah Lea an, betrachtete das Baby, dann sah er wieder ratlos zu Lea und anschließend hilfesuchend zu den Anderen.

Marc zuckte mit den Schultern. Eva hatte nur Augen für das Baby. Karina streichelte kurz liebevoll Tims Arm.

»Wir gehen dann mal«, sagte Manuela und räusperte sich. »Unsere Kinder warten schon.« Eilig entfernten sie sich.

Mit einem »Ihr wollt jetzt sicher allein sein«, schloss Frauke die Tür hinter sich.

Minutenlang sahen sich Tim und Lea in die Augen.

»Ich ... ich ... wusste ja nicht«, stotterte Tim irgendwann.

Gespannt blickte die Hebamme zwischen den beiden hin und her. »Der Vater, ja? Also, die Geburt verlief außergewöhnlich schnell. Praktisch eine Sturzgeburt. Wollen Sie die Nabelschnur durchtrennen?«, fragte sie und hielt ihm die Schere hin. »Bitte erst die Hände desinfizieren.«

Tim gehorchte und durchtrennte, nach Anweisung der Hebamme, mit zitternden Fingern die Nabelschnur.

Lea entfuhr ein Schluchzen. Abgekämpft legte sie den Kopf ins Kissen.

»Ich nehme die Kleine mal mit. Sie wird jetzt gereinigt und untersucht. Danach können Sie sie auf den Arm nehmen«, murmelte die Kinderschwester, während sie das Kind in ein Tuch wickelte und verschwand.

»Die Nachgeburt ist vollständig. Alles in Ordnung«, meldete die Hebamme. »Da haben wir das Drama ja gut überstanden.«

»Und? Was sagst du?« Lea wirkte völlig fertig, sah Tim aber erwartungsvoll an.

Tim fühlte sich überrumpelt. Was erwartete sie jetzt von ihm? »Sie ist wunderschön ... unsere Tochter. Ich ... ich weiß gar nicht, was ich sagen soll. Ich freu mich ... irgendwie.«

»Irgendwie ist besser als nichts«, flüsterte Lea erschöpft.

Tim nickte. »Gib mir etwas Zeit. Ich werde mich schon noch mehr freuen ... glaub ich wenigstens.«

Seit diese Frau in sein Leben getreten war, fühlte er sich nur noch zerrissen. Sie hatte es geschafft, seine ganze Welt auf den Kopf zu stellen. Wenn jemals wieder Ordnung in sein Leben kommen sollte, musste er sich auf sie einlassen – das komplette Paket, sozusagen. »Also eins kann ich dir versprechen. Ich werde auf jeden Fall für euch sorgen ... also ... für euch da sein.«

»Wirklich? Ich dachte, du willst keine Kinder?«

»Ach Lea ... ich dachte so viel. Zu mindestens freue ich mich für dich. Das kann ich dir jetzt schon sagen. Lass uns die Unterhaltung auf später verschieben. Du siehst erschöpft aus. Versuch ein bisschen zu schlafen, ja?«

Lea lächelte matt. »Stimmt, ich bin wirklich ziemlich fertig. Ich mach nur mal kurz die Augen zu, ja?«

»Mach das, ich setz mich hier auf den Stuhl und bewache deinen Schlaf«, sagte er, setzte sich und nahm ihre Hand. Sie drückte dankbar zu und legte sich ermattet zurück. Ganz sanft strich Tim mit dem Daumen über ihren Handrücken. Es dauerte nicht lange, da war sie eingenickt.

Die Säuglingsschwester kam nach einer Weile ins Zimmer zurück. Sie trug ein Bündel auf dem Arm. Seine Tochter. Tim wurde von eigenartigen Gefühlen überwältigt.

»Wollen Sie das Kind halten?«, flüsterte sie.

Das eigenartige Gefühl wandelte sich zu Unbehagen. Wie sollte er mit so einem zerbrechlichen Wesen umgehen? Er hatte noch nie ein Baby im Arm gehalten. Was, wenn er ihm wehtat, oder es fallen ließ? Tim zuckte mit den Schultern.

Doch die Schwester durchschaute seine Ängstlichkeit und warf ihm einen strengen Blick zu. Tim seufzte leise und ließ Leas Hand los. Die Schwester legte ihm das Kind in die Arme und rückte es fachmännisch zurecht. »Ihre Tochter ist kerngesund. Alles in Ordnung. Halten Sie sie ruhig ein bisschen. Wenn Sie genug haben, legen Sie sie einfach in das Säuglingsbettchen da hinten. Die Kleine ist auch erschöpft, wie ihre Mutter«, flüsterte sie und schlich aus dem Raum.

Tim kämpfte mit Angstgefühlen, die ihn zu überwältigen drohten. Für diesen Wurm sollte er jetzt Verantwortung übernehmen? Er konnte seine Tochter ja noch nicht einmal ohne Bammel im Arm halten. Er seufzte leise und betrachtete sie. Die hatte die Augen geschlossen und verzerrte das Gesicht, als wollte sie weinen. Doch gleich darauf lächelte sie wieder. Es war wie ein Wunder, so ein winziges Wesen. Und er hatte daran mitgewirkt. Der Wurm verströmte einen wunderbaren Duft, öffnete zwar nicht die Augen, aber die Mimik wechselte ständig. Ja, sie musste gerade viel erlebt haben, seine Tochter.

Meine Tochter.

Immer wieder blitzten diese zwei Worte durch seine Gedanken und lösten ein gewaltiges Gefühlschaos in ihm aus. Was geschah da gerade mit ihm? Er schüttelte den Kopf.

Vatergefühle.

Das konnten nur Vatergefühle sein – und Liebe – Liebe für sein Kind. Sein eigen Fleisch und Blut. Tim lächelte sein Baby selig an. »Ja, ich freue mich, dass du da bist. Du bist das schönste Kind, das ich je gesehen habe. Mein Engel«, flüsterte er und streichelte ganz zart über seine Wange. Das Baby lächelte.

Er konnte sich an seiner Tochter nicht sattsehen und vergaß darüber die Zeit.

Erst Leas »Du freust dich ja doch« holte ihn aus seinen versunkenen Betrachtungen. Er sah auf, in das Gesicht einer glücklichen Mutter. Tim strahlte sie an.

»Darf ich sie auch mal halten? Du hattest sie doch lange genug.«

»Natürlich.« Tim nickte und legte Lea das Baby vorsichtig in den Arm.

Glücksgefühle durchfluteten ihn, als er Mutter und Kind betrachtete.

»Als wir«, fing er zögernd an. »Als wir in der Hütte waren, da hab ich mich so anders gefühlt. Auf einmal war die Schwere weg, ich fühlte mich so … lebendig. Aber dann hab ich gesehen, dass du geweint hattest. Ich bin davon ausgegangen, dass es meinetwegen war. Du hattest ja deinen Verlobten betrogen. Ich meine … du bist keine Frau, die einfach so fremdgeht.«

»Ich hab mich so zerrissen gefühlt. Wir waren uns so nah und dann hast du wieder eine Mauer hochgezogen, indem du gesagt hast, dass du keine Beziehung willst. Am nächsten Morgen hast du dich in einen Eisklotz verwandelt«, erklärte sie leise.

»Ich wollte nicht, dass du unglücklich bist. Das war irgendwie das Einzige, an das ich denken konnte.«

»Wir hätten reden müssen … einfach nur reden. Aber ich war zu feige.«

»Lea, wenn ich gewusst hätte …«

»Tim, mir geht es genauso. Ich dachte, du hättest mich nur vernascht.«

»Am Anfang wollte ich das auch, aber das hat sich schnell gewandelt. Irgendetwas an dir hat mir Angst gemacht und mich gleichzeitig unglaublich angezogen. Ich war zu feige, mehr herauszufinden.«

Er streichelte über ihre Wange.

»Was herauszufinden?«, hakte sie nach.

»Ich bin nach unserer gemeinsamen Nacht in die Hütte zurückgekehrt. Dort bin ich fast drei Monate geblieben und habe nur nachgedacht. Aber bevor ich herausfinden konnte, was du mir bedeutest, bin ich in die Firma geflüchtet und hab mich in Arbeit vergraben. Marc hat mich irgendwann drauf aufmerksam gemacht, dass ich zu feige war herauszufinden, was das jetzt ist, zwischen uns. Du hast mir gefehlt, jede Sekunde. Also wollte ich nochmal mit dir reden. Ich bin zu eurem Haus gefahren.«

»Und dachtest, ich wohne noch dort. Aber da bin ich schon gleich nach meiner Rückkehr ausgezogen.«

»Aber du hast seinen Sohn abgeliefert. Ich bin dir gefolgt und dann sah ich, dass du schwanger bist.«

»Und da wusstest du Bescheid.«

»Jedenfalls dachte ich das.«

»Wir hätten reden müssen.«

»Über Gefühle nachzudenken, ist schon keine Stärke von mir, darüber reden erst recht nicht«, sagte er und rieb sich über die Augen.

»Ich wollte zu Thorsten zurück. Aber er hat mir nach meiner Rückkehr sein wahres Gesicht gezeigt.

Doch selbst, wenn er das nicht gemacht hätte ... er hat mich nie geliebt, obwohl er das immer beteuert hat. Ich glaube, ich habe das instinktiv gespürt ... irgendwann. Sonst hätte ich mich nicht in dich verliebt.«

»Sag das nochmal.«

»Dass Thorsten ein Arsch ist?«

»Karina hat mir erzählt, wie fies er sich benommen hat. Aber das meinte ich nicht.«

»Was meintest du dann?« Lea grinste.

»Du weißt schon.«

»Du auch.«

»Ich möchte dich jetzt küssen, darf ich?«, fragte Tim.

Lea strahlte und nickte. »Aber dafür musst du erst den Wurm in sein Bettchen legen.«

»Okay«, flüsterte Tim. Ganz behutsam legte er seine Tochter ins Bettchen und kam zu ihr zurück.

»Endlich«, sagte Lea und zog sein Gesicht zu sich heran. »Ich dachte schon, du küsst mich gar nicht mehr«, ergänzte sie und lachte.

Ihr Kuss schmeckte himmlisch und süß, nach Liebe und Geborgenheit.

›Alles wird gut‹, dachte er.

Epilog

»Achtung Papa! Konfrontationstherapie! Nicht die Augen schließen! Hier kommt Tessa«, rief Lea und warf ihr Baby ins Warmwasserbecken. »Soooo, keine Panik mein Süßer. Denk dran, die Atemwege schließen sich bei einem Baby aus Reflex. Atmen nicht vergessen! Sieh hin! Deine Tochter schwimmt schon wieder oben! Sie kann schwimmen, Süßer!«

Tim stand bis zur Brust im warmen Wasser und fühlte sich sichtlich unwohl. Auch die Sonne, die durch die großen Scheiben schien und das Wasser zum Glitzern brachte, änderte daran nichts. Sein Herz schlug bis zum Hals. Es war für ihn sehr schwer, seine Tochter allein im Wasser schwimmen zu sehen. Lea stand am Beckenrand und grinste.

»Ja mein Lieber, so habe ich mich damals im Fahrstuhl gefühlt. Lass sie noch ein bisschen Paddeln, dann kannst du sie nehmen.«

Tim registrierte den glückseligen Ausdruck auf ihrem Gesicht, als sie sah, wie er seine Tochter in die Arme nahm. Als er seine Tochter endlich auf dem Arm hielt, durchflutete ihn eine warme Glückswoge. Tessa legte ihr Köpfchen vertrauensvoll an seine Brust und er küsste sie sanft auf den Scheitel. Es war ein unbeschreiblich gutes Gefühl, seine Tochter zu halten. Er war süchtig danach.

»Die Idee mit dem Babyschwimmen war einfach klasse«, sagte er und strahlte Lea an.

»Ja, ich hab nur klasse Ideen. So ich komm jetzt auch rein und dann können wir zusammen noch ein bisschen plantschen.«

Tim fing an, sich zu entspannen. Er genoss das warme Wasser und die Herzenswärme, die ihn umgab. Zärtlich umarmte ihn Lea.

»Wir machen jetzt mal ein Spiel. Ich schreibe dir ein paar Buchstaben auf den Rücken und du musst die Worte erraten und aussprechen, ja? Wenn ein Wort zu Ende ist, bekommst du einen Kuss auf die Schulter.« Lea streichelte über seinen Rücken.

»Also, bereit?«

»Ja, okay«, antwortete Tim und lächelte erwartungsvoll.

»Erstes Wort.«

Es kitzelte ein bisschen, als sie große Buchstaben auf seinen Rücken malte. Tim wand sich ein wenig und bekam eine Gänsehaut.

»Ich«, riet er, als er den Kuss spürte.

»Richtig. Zweites Wort.«

»Liebe.«

»Wieder richtig.«

»Dich.«

»Genau. Kannst du das mal wiederholen? Im ganzen Satz.«

»Ich liebe dich«, raunte er und seine Augen funkelten.

»Siehst du, du kannst es doch ... sagen und auch fühlen.« Lea lachte und sie küssten sich zärtlich. Es besiegelte Tims bis dahin unausgesprochene Gefühle.

»Zweites Spiel. Wiederholung der letzten Schwimmlektion. Auf den Rücken legen und sich vertrauensvoll vom Wasser tragen lassen. Die ideale Vorbereitung auf die anschließende Schwimmstunde«, regte sie an.

Lea nahm ihm das Baby aus dem Arm und küsste ihn noch einmal. Er legte seine ganze Dankbarkeit und Liebe in diesen kurzen Kuss.

Brav folgte er ihren Anweisungen und legte sich auf die Wasseroberfläche. Es war immer noch wie ein Wunder für ihn, dass der Auftrieb ihn wirklich trug. Er entspannte sich und horchte auf das leise Plätschern der Wellen. Leas Anwesenheit gab ihm ein Gefühl von Vertrauen und Sicherheit. In den letzten Wochen hatten sich seine Ängste fast in Nichts aufgelöst.

»Komm, es ist soweit«, erinnerte sie ihn nach einer Weile. »Wir müssen rüber ins Nichtschwimmerbecken. Die Stunde fängt gleich an. Linus und Anne warten bestimmt schon.«

»Du deckst das Kind viel zu dick zu. Heute ist es doch warm«, bemerkte Lea, als Tim beim Verlassen des Schwimmbades die Decke in der Babyschale über Tessas kleinen Körper zog.

»Ich will nicht, dass sie sich erkältet. Jetzt nach dem Schwimmen ist sie sicher anfälliger.«

»Aber wenn sie zu sehr schwitzt, kann sie sich auch erkälten, Süßer«, erklärte Lea und zog das Deckchen ein kleines Stückchen wieder zurück. »Wir müssen uns beeilen. Ihr Wasserratten konntet wieder mal kein Ende finden.« Lea lächelte Tim an.

Er sicherte den Kindersitz und stieg dann in den neuen, familienfreundlichen Wagen ein. Sein Fahrstil hatte sich in letzter Zeit verändert. Er fuhr jetzt wesentlich langsamer und verantwortungsvoller. Auf keinen Fall wollte er sein Leben, und schon gar nicht das der Anderen, aufs Spiel setzen.

Lea hatte frischen, liebevollen Wind in seine Familie gebracht. Sie hatte so lange keine Ruhe gegeben, bis die Mitglieder wieder zusammengeführt waren.

»Bleib nicht auf den Scherben stehen«, hatte sie immer zu ihm gesagt und ihn ständig dazu animiert, die vielen Missverständnisse aus dem Weg zu räumen. Er hatte gelernt, dass man Dinge nicht ungeschehen machte, wenn man darüber schwieg. Mit Verdrängung kam man nun mal nicht weiter.

Der Golden Retriever bellte, als das Auto auf den Parkplatz vor dem Haus parkte. Sofort öffnete sich die Haustür und eine dunkelhaarige Frau trat auf sie zu. Sie nahm Tim das Baby ab. »Hallo Brüderchen«, begrüßte sie ihn und küsste seine Wange. »Da ist ja auch meine süße kleine Nichte. Kommt rein, der Opa wartet schon drinnen.« Lächelnd streichelte sie Tessas Wange. »Hallo zukünftige Schwägerin, Ich umarme dich gleich, wenn ich diese süße Last hier wieder los bin.«

»Hallo Tamara. Schön, dass du uns bei der Hochzeit helfen willst. Gib mir mal die süße Last. Ich glaube, sie hat großen Hunger. Ich sollte sie stillen.«

»Oh nein, mein Hunger nach einem Kuss ist größer. Der muss zuerst gestillt werden«, sagte Tim, nahm Lea in den Arm und küsste sie zärtlich und voller Dankbarkeit.

ENDE

Weitere Bücher der Reihe

Bücher der "Liebe passiert" Reihe:
"Liebe passiert" ist die überarbeitete Düsseldorf-Reihe YOLO. Jeder Roman ist in sich abgeschlossen, in jedem gibt es ein Wiedersehen mit den Freundinnen.

Liebe wagt sich (Bittersüßer Kaffee)
Liebe will nicht (Liebe lieber ungefährlich)
Liebe kämpft nicht
Liebe stirbt nicht
Es sind noch zwei Bände in Planung.

Liebe wagt sich

Nie wieder in so einem Aufzug zum Feiern gehen! Das schwört sich Frauke, als sie mit ihren Freundinnen aufbricht, ihre Scheidung zu vergessen. Die vier Frauen lenken die Blicke auf sich, doch Frauke wäre am liebsten unsichtbar. Bis sie Elias begegnet. Lässig, sexy und unverschämt gutaussehend verschafft er ihr ein aufregendes Kribbeln, das sie zögernd anfängt zu genießen. Schon bald schwelgt sie in nie gekannten Gefühlen. An diesem Abend interessiert es sie nicht, wer Elias wirklich ist und die beiden vergessen die Zeit.

Für Elias steht fest, dass es mehr ist und er offenbart sich. Noch ahnt er nicht, dass für Frauke der siebte Himmel und die Hölle verdammt nah beieinander liegen...

Liebe kämpft nicht

Das kann keine Liebe sein, erkennt Ela schmerzlich und fällt hart aus Wolke Sieben. Gerade erst hat sie in Mario ihren Traumprinz gefunden, da verlangt er etwas Ungeheuerliches von ihr. All ihre Wünsche und Hoffnungen fallen wie ein Kartenhaus in sich zusammen. Sie hat sich vor lauter Sehnsucht nach Liebe schon wieder nur etwas vorgemacht. Damit muss jetzt Schluss sein. Ela nimmt allen Mut zusammen, entschließt sich zur Trennung, und will endlich ihr Leben selbst in die Hand nehmen. Doch da hat sie die Rechnung ohne Mario gemacht. Der "Traumprinz" denkt nicht daran, sie gehen zu lassen. Er weiß genau, wie er sie unter Druck setzen kann.
Ela ist in der Zwickmühle und sucht verzweifelt nach einem Ausweg. Da ist es nicht besonders hilfreich, dass Luca, der neue Nachbar, ihre Gefühle restlos durcheinanderbringt. Oder ist er das Licht am Horizont? Zögernd lässt sie sich auf ihn ein, denn sie ahnt nichts von Lucas wahrer Motivation...

Elas neue Mafia-Geschichte hat Tiefgang
Spannend, ergreifend, aufregend sinnlich